U0088379

# 懶人日語單字
>>> 舉一反三的
# 日語單字書

50音基本發音表

清音　🎧 MP3 002

あ ア	い イ	う ウ	え エ	お オ
か カ	き キ	く ク	け ケ	こ コ
さ サ	し シ	す ス	せ セ	そ ソ
た タ	ち チ	つ ツ	て テ	と ト
な ナ	に ニ	ぬ ヌ	ね ネ	の ノ
は ハ	ひ ヒ	ふ フ	へ ヘ	ほ ホ
ま マ	み ミ	む ム	め メ	も モ
や ヤ		ゆ ユ		よ ヨ
ら ラ	り リ	る ル	れ レ	ろ ロ
わ ワ		を ヲ		ん ン

濁音　🎧 MP3 003

が ガ	ぎ ギ	ぐ グ	げ ゲ	ご ゴ
ざ ザ	じ ジ	ず ズ	ぜ ゼ	ぞ ゾ
だ ダ	ぢ ヂ	づ ヅ	で デ	ど ド
ば バ	び ビ	ぶ ブ	べ ベ	ぼ ボ
ぱ パ	ぴ ピ	ぷ プ	ぺ ペ	ぽ ポ

拗音

kya ㄎㄧㄚ	kyu ㄎㄧㄩ	kyo ㄎㄧㄛ
きゃ キャ	きゅ キュ	きょ キョ
sha ㄒㄧㄚ	shu ㄒㄧㄩ	sho ㄒㄧㄛ
しゃ シャ	しゅ シュ	しょ ショ
cha ㄑㄧㄚ	chu ㄑㄧㄩ	cho ㄑㄧㄛ
ちゃ チャ	ちゅ チュ	ちょ チョ
nya ㄋㄧㄚ	nyu ㄋㄧㄩ	nyo ㄋㄧㄛ
にゃ ニャ	にゅ ニュ	にょ ニョ
hya ㄏㄧㄚ	hyu ㄏㄧㄩ	hyo ㄏㄧㄛ
ひゃ ヒャ	ひゅ ヒュ	ひょ ヒョ
mya ㄇㄧㄚ	myu ㄇㄧㄩ	myo ㄇㄧㄛ
みゃ ミャ	みゅ ミュ	みょ ミョ
rya ㄌㄧㄚ	ryu ㄌㄧㄩ	ryo ㄌㄧㄛ
りゃ リャ	りゅ リュ	りょ リョ

gya ㄍㄧㄚ	gyu ㄍㄧㄩ	gyo ㄍㄧㄛ
ぎゃ ギャ	ぎゅ ギュ	ぎょ ギョ
ja ㄐㄧㄚ	ju ㄐㄧㄩ	jo ㄐㄧㄛ
じゃ ジャ	じゅ ジュ	じょ ジョ
ja ㄐㄧㄚ	ju ㄐㄧㄩ	jo ㄐㄧㄛ
ぢゃ ヂャ	ぢゅ ヂュ	ぢょ ヂョ
bya ㄅㄧㄚ	byu ㄅㄧㄩ	byo ㄅㄧㄛ
びゃ ビャ	びゅ ビュ	びょ ビョ
pya ㄆㄧㄚ	pyu ㄆㄧㄩ	pyo ㄆㄧㄛ
ぴゃ ピャ	ぴゅ ピュ	ぴょ ピョ

● | 平假名 | 片假名 |

目錄

Chapter 5
動作篇

Chapter 6
生理狀態篇

Chapter 7
常用名詞篇

使用說明

　　本書介紹各種場合情境適用的基礎必備單字及例句，同時列出和該主題相關、舉一反三的相關單字，希望藉此幫助讀者了解每個單字的用法，並延伸了解相關單字間的差異或共通之處。以下是本書的使用說明：

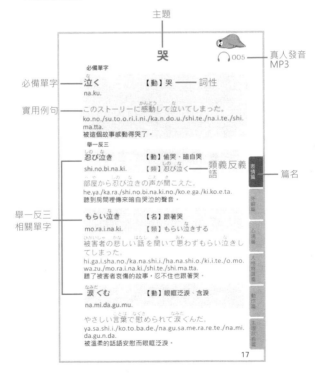

主題

真人發音 MP3

必備單字

實用例句

舉一反三

舉一反三相關單字

詞性

類義反義語

篇名

哭

∩ 005

必備單字

泣く　　　　　　【動】哭 —— 詞性
na.ku.

このストーリーに感動して泣いてしまった。
ko.no./su.to.o.ri.i.ni./ka.n.do.u./shi.te./na.i.te./shi.ma.tta.
被這個故事感動得哭了。

舉一反三

忍び泣き　　　　【動】偷哭、暗自哭
shi.no.bi.na.ki.　　【類】忍び泣く
部屋から忍び泣きの声が聞こえた。
he.ya./ka.ra./shi.no.bi.na.ki.no./ko.e.ga./ki.ko.e.ta.
聽到房間裡傳來暗自哭泣的聲音。

もらい泣き　　　【名】跟著哭
mo.ra.i.na.ki.　　　【類】もらい泣きする
被害者の悲しい話を聞いて思わずもらい泣きしてしまった。
hi.ga.i.sha.no./ka.na.shi.i./ha.na.shi.o./ki.i.te./o.mo.wa.zu./mo.ra.i.na.ki./shi.te./shi.ma.tta.
聽了被害者哀傷的故事，忍不住也跟著哭。

涙ぐむ　　　　　【動】眼眶泛淚、含淚
na.mi.da.gu.mu.
やさしい言葉で慰められて涙ぐんだ。
ya.sa.shi.i./ko.to.ba.de./na.gu.sa.me.ra.re.te./na.mi.da.gu.n.da.
被溫柔的話語安慰而眼眶泛淚。

表情篇

外貌篇

心境篇

人格特質篇

動作篇

生理狀態篇

17

13

凡例

各種詞性

【動】 動詞

【名】 名詞

【形】 形容詞

【副】 副詞

【疑】 疑問詞

【連】 連接詞

【常】 常用表現

類義語、反義語

【類】 意思相近的類義語

【反】 反義語

Chapter 1
表情篇

懶人日語單字
舉一反三的

日語
單字書

笑

🎧 005

必備單字

笑う　　　　【動】笑
わら

wa.ra.u.

先生の冗談を聞いて、皆は腹を抱えて笑った。
せんせい　じょうだん　き　　　　　みな　はら　かか　わら

se.n.se.i.no./jo.u.da.n.o./ki.i.te./mi.na.wa./ha.ra.o./
ka.ka.e.te./wa.ra.tta.

聽了老師開的玩笑，大家都捧腹大笑。

舉一反三

苦笑い　　　　【名】苦笑
にがわら

ni.ga.wa.ra.i.

課長は苦笑いして間違いを認めた。
かちょう　にがわら　　　　まちが　　みと

ka.cho.u.wa./ni.ga.wa.ra.i./shi.te./ma.chi.ga.i.o./mi.to.
me.ta.

課長苦笑著承認了錯誤。

高笑い　　　　【名】高聲笑、哈哈笑
たかわら

ta.ka.wa.ra.i.

彼の答えを聞いて、先生が高笑いした。
かれ　こた　　き　　　せんせい　たかわら

ka.re.no./ko.ta.e.o./ki.i.te./se.n.se.i.ga./ta.ka.wa.ra.i./
shi.ta.

聽了他的回答，老師高聲笑了。

微笑む　　　　【動】微笑
ほほえ

ho.ho.e.mu.

母は幸せそうに微笑んでいる。
はは　しあわ　　　　　　ほほえ

ha.ha.wa./shi.a.wa.se.so.u.ni./ho.ho.e.n.de./i.ru.

媽媽看似幸福地微笑著。

哭

🎧 005

必備單字

泣く 【動】哭
な

na.ku.

このストーリーに感動して泣いてしまった。
かんどう　　　　　な

ko.no./su.to.o.ri.i.ni./ka.n.do.u./shi.te./na.i.te./shi.
ma.tta.

被這個故事感動得哭了。

舉一反三

忍び泣き 【動】偷哭、暗自哭
しの　な

shi.no.bi.na.ki. 【類】忍び泣く
しの　な

部屋から忍び泣きの声が聞こえた。
へや　　　しの　な　　こえ

he.ya./ka.ra./shi.no.bi.na.ki.no./ko.e.ga./ki.ko.e.ta.

聽到房間裡傳來暗自哭泣的聲音。

もらい泣き 【名】跟著哭
な

mo.ra.i.na.ki. 【類】もらい泣きする
な

被害者の悲しい話を聞いて思わずもらい泣きし
ひがいしゃ　かな　　はなし　き　　おも　　　　　　な
てしまった。

hi.ga.i.sha.no./ka.na.shi.i./ha.na.shi.o./ki.i.te./o.mo.
wa.zu./mo.ra.i.na.ki./shi.te./shi.ma.tta.

聽了被害者哀傷的故事，忍不住也跟著哭。

涙ぐむ 【動】眼眶泛淚、含淚
なみだ

na.mi.da.gu.mu.

やさしい言葉で慰められて涙ぐんだ。
ことば　なぐさ　　　　なみだ

ya.sa.shi.i./ko.to.ba.de./na.gu.sa.me.ra.re.te./na.mi.
da.gu.n.da.

被溫柔的話語安慰而眼眶泛淚。

表情篇 外觀篇 心境篇 人格特質篇 動作篇 生理狀態篇

17

笑聲

🎧006

必備單字

ケラケラ
ke.ra.ke.ra.

【副】嘻嘻哈哈、呵呵笑

【類】ゲラゲラ

子供がペンギンの動きを見てケラケラと笑った。
ko.do.mo.ga./pe.n.gi.n.no./u.go.ki.o./mi.te./ke.ra.ke.ra.to./wa.ra.tta.

小朋友看到企鵝的動作，嘻嘻地笑了。

舉一反三

くすくす
ku.su.ku.su.

【副】竊笑

彼は漫画を読みながらくすくす笑った。
ka.re.wa./ma.n.ga.o./yo.mi.na.ga.ra./ku.su.ku.su./wa.ra.tta.

他一邊讀著漫畫一邊竊笑。

にこにこ
ni.ko.ni.ko.

【副】笑咪咪、笑盈盈

先生はいつも明るくてにこにこしている。
se.i.se.n.wa./i.tsu.mo./a.ka.ru.ku.te./ni.ko.ni.ko./shi.te./i.ru.

老師總是很開朗而且笑盈盈地。

にやにや
ni.ya.ni.ya.

【副】奸笑

弟はにやにやしながらいたずらを考えている。
o.to.u.to.wa./ni.ya.ni.ya./shi.na.ga.ra./i.ta.zu.ra.o./ka.n.ga.e.te./i.ru.

弟弟一邊奸笑一邊想著如何惡作劇。

哭聲

必備單字

うるうる 【副】淚水在眼眶打轉

u.ru.u.ru.

かんどう
感動してうるうるした。
ka.n.do.u./shi.te./u.ru.u.ru./shi.ta.
因為感動，淚水在眼眶打轉。

舉一反三

しくしく 【副】抽咽、抽抽搭搭

shi.ku.shi.ku.

まいご こ こうばん な
迷子の子が交番でしくしく泣いていた。
ma.i.go.no.ko.ga./ko.u.ba.n.de./shi.ku.shi.ku./na.i.te./i.ta.
迷路的孩子在派出所抽抽搭搭地哭著。

わあわあ 【副】哇哇大哭

wa.a.wa.a.

おとな な
大人なのにわあわあと泣いてしまった。
o.to.na./na.no.ni./wa.a.wa.a.to./na.i.te./shi.ma.tta.
明明是大人卻哇哇大哭。

めそめそ 【副】哭哭啼啼

me.so.me.so. 【類】めそめそする

おんな
女にふられたくらいでめそめそするな。
o.n.na.ni./fu.ra.re.ta./ku.ra.i.de./me.so.me.so./su.ru.na.
只是被女人甩了別這樣哭哭啼啼的。

看

🎧007

必備單字

見る 【動】看
み

mi.ru.

彼女はずっと下の方を見ている。
かのじょ　　　　　した　ほう　み

ka.no.jo.wa./zu.tto./shi.ta.no./ho.u.o./mi.te./i.ru.

她一直看著下方。

舉一反三

見える 【動】看見
み

mi.e.ru.

ここからスカイツリーが見える。
み

ko.ko./ka.ra./su.ka.i.tsu.ri.i.ga./mi.e.ru.

從這裡可以看見晴空塔。

見かける 【動】撞見、碰巧看到
み

mi.ka.ke.ru.

駅で先生を見かけた。
えき　せんせい　み

e.ki.de./se.n.se.i.o./mi.ka.ke.ta.

在車站看到老師。

2度見 【名】再多看一眼
に　ど　み

ni.do.mi.

彼女らが似すぎて思わず2度見した。
かのじょ　　　　に　　　　　おも　　　に　ど　み

ka.no.jo.ra.ga./ni.su.gi.te./o.mo.wa.zu./ni.do.mi./shi.ta.

她們長得太像了，忍不住再多看了一眼。

忽略

必備單字

見逃す 【動】漏看、沒看到
みのが

mi.no.ga.su.

私 は重要なメールを見逃してしまった。
わたし じゅうよう　　　　　　　　　みのが

wa.ta.shi.wa./ju.u.yo.u.na./me.e.ru.o./mi.no.ga.shi.
te./shi.ma.tta.

我漏看了很重要的郵件。

舉一反三

ざっと見る 【常】大致瀏覽
み

za.tto.mi.ru.

社 長 はリストをざっと見た。
しゃちょう　　　　　　　　　　　み

sha.cho.u.wa./ri.su.to.o./za.tto./mi.ta.

社長大致看過了名單。

見落とす 【動】漏看、沒看到
み お

mi.o.to.su.

彼は赤信号を見落として、前の車にぶつけた。
かれ あかしんごう み お　　　　　　まえ くるま

ka.re.wa./a.ka.shi.n.go.u.o./mi.o.to.shi.te./ma.e.no./
ku.ru.ma.ni./bu.tsu.ke.ta.

他沒看到紅燈而撞上了前方的車。

見て見ぬふり 【常】裝作沒看見、視而不見
み み

mi.te.mi.nu.fu.ri.

課長は部下の小さい過ちを見て見ぬふりをし
かちょう ぶ か ちい あやま み み
た。

ka.cho.u.wa./bu.ka.no./chi.i.sa.i./a.ya.ma.chi.o./mi.te.
mi.nu.fu.ri.o./shi.ta.

課長裝作沒看到部下的小過錯。

表情篇 外觀篇 心境篇 人格特質篇 動作篇 生理狀態篇

發怒生氣 🎧008

必備單字

怒る（おこる） 【動】生氣、發怒

o.ko.ru.

彼（かれ）は突然（とつぜん）の知（し）らせに怒（おこ）った。
ka.re.wa./to.tsu.ze.n.no./shi.ra.se.ni./o.ko.tta.
他對突如其來的通知感到生氣。

舉一反三

腹立つ（はらだつ） 【動】生氣、火大

ha.ra.da.tsu.

彼女（かのじょ）のわがままに本当（ほんとう）に腹立（はらだ）つ。
ka.no.jo.no./wa.ga.ma.ma.ni./ho.n.to.u.ni./ha.ra.da.tsu.
對她的任性感到火大。

頭にくる（あたま） 【動】憤怒、生氣

a.ta.ma.ni./ku.ru.

近所（きんじょ）の人（ひと）があまりにもうるさくて頭（あたま）にきた。
ki.n.jo.no./hi.to.ga./a.ma.ri.ni.mo./u.ru.sa.ku.te./a.ta.ma.ni./ki.ta.
鄰居太吵了讓人很生氣。

ぷんぷん 【副】氣憤

pu.n.pu.n.

姉（あね）は小（ちい）さい事（こと）でぷんぷんしている。
a.ne.wa./chi.i.sa.i./ko.to.de./pu.n.pu.n./shi.te./i.ru.
姊姊因為小事而氣憤著。

哀傷

 008

必備單字

悲しい　かな
悲しい　　　　　【形】傷心、哀傷

ka.na.shi.i.

ペットが死んで悲しい。　し　かな
pe.tto.ga./shi.n.de./ka.na.shi.i.
因寵物死了很傷心。

舉一反三

切ない　せつ
切ない　　　　　【形】難過、悲傷

se.tsu.na.i.

この映画はとても切ない話です。　えいが　せつ　はなし
ko.no./e.i.ga.wa./to.te.mo./se.tsu.na.i./ha.na.shi./de.su.
這部電影講的是很悲傷的故事。

心苦しい　こころくる
心苦しい　　　　【形】難過、心痛

ko.ko.ro.gu.ru.shi.i.

友達と離れなければならないのは心苦しい。　ともだち　はな　こころくる
to.mo.da.chi.to./ha.na.re.na.ke.re.ba./na.ra.na.i./no.wa./ko.ko.ro.gu.ru.shi.i.
不得不和朋友分離，感到很心痛。

心が痛い　こころ　いた
心が痛い　　　　【常】心痛

ko.ko.ro.ga./i.ta.i.

被災者の言葉を聞くと心が痛い。　ひさいしゃ　ことば　き　こころ　いた
hi.sa.i.sha.no./ko.to.ba.o./ki.ku.to./ko.ko.ro.ga./i.ta.i.
聽了災民的話，覺得很心痛。

表情篇

外觀篇

心境篇

人格特質篇

動作篇

生理狀態篇

沒表情

 009

必備單字

無表情　むひょうじょう　【名、形】面無表情、沒表情

mu.hyo.u.jo.u.

彼はそのジョークを無表情のまま聞いた。

ka.re.wa./so.no./jo.o.ku.o./mu.hyo.u.jo.u.no./ma.ma./
ki.i.ta.

他面無表情地聽完那個笑話。

舉一反三

冷たい表情　つめ　ひょうじょう　【常】冷漠的表情

tsu.me.ta.i./hyo.u.jo.u.

両親は冷たい表情で無言のまま入ってきた。

ryo.u.shi.n.wa./tsu.me.ta.i./hyo.u.jo.u.de./mu.go.
n.no./ma.ma./ha.i.tte./ki.ta.

父母帶著冷漠的表情，不發一語地走進來。

ポーカーフェイス　【名】撲克臉、扳著臉

po.o.ka.a.fe.i.su.

あの弁護士はどんな状況にあってもポーカーフェイスだ。

a.no./be.n.go.shi.wa./do.n.na./jo.u.kyo.u.ni./a.tte.mo./
po.o.ka.a.fe.i.su.da.

那位律師不管遇到什麼狀況，總是一張撲克臉。

平然とする　へいぜん　【常】泰然自若

he.i.ze.n.to./su.ru.

あの子は平然と嘘をつく。

a.no.ko.wa./he.n.ze.n.to./u.so.o./tsu.ku.

那孩子泰然自若地說謊。

驚訝

必備單字

驚く　おどろ　【動】驚訝、嚇一跳

o.do.ro.ku.

私たちが勝ったと知って驚いた。

wa.ta.shi.ta.chi.ga./ka.tta.to./shi.tte./o.do.ro.i.ta.

得知我們贏了，覺得很驚訝。

舉一反三

びっくりする　【動】嚇一跳

bi.kku.ri./su.ru.

私達は結果を見てびっくりした。

wa.ta.shi.ta.chi.wa./ke.kka.o./mi.te./bi.kku.ri./shi.ta.

我們看到結果嚇了一跳。

息を呑む　いき　の　【常】摒息、摒住呼吸

i.ki.o./no.mu.

北海道の景色の美しさに思わず息を呑んだ。

ho.kka.i.do.u.no./ke.shi.ki.no./u.tsu.ku.shi.sa.ni./
o.mo.wa.zu./i.ki.o./no.n.da.

北海道的景色美得讓人不禁摒息。

呆れる　あき　【動】嚇呆、傻眼

a.ki.re.ru.

先生は彼の回答に呆れた。

se.n.se.i.wa./ka.re.no./ka.i.to.u.ni./a.ki.re.ta.

老師對他的回答感到傻眼。

表情篇

外觀篇

心境篇

人格特質篇

動作篇

生理狀態篇

聴

必備單字

聴きく

ki.ku.

【動】聽

【類】聞きく

彼女かのじょの歌うたを聴きいてみたい。

ka.no.jo.no./u.ta.o./ki.i.te./mi.ta.i.

想聽聽看她的歌。

舉一反三

聴きこえる

ki.ko.e.ru.

【動】聽見

【類】聞きこえる

遠とおくから音楽おんがくが聴きこえる。

to.o.ku.ka.ra./o.n.ga.ku.ga./ki.ko.e.ru.

聽到從遠處傳來音樂。

聴きき取とる

ki.ki.to.ru.

【動】聽懂、聽清楚

私わたしはあまり日本語にほんごを聴きき取とれない。

wa.ta.shi.wa./a.ma.ri./ni.ho.n.go.o./ki.ki.to.re.na.i.

我不太能聽得懂日文。

耳みみを傾かたむける

mi.mi.o./ka.ta.mu.ke.ru.

【常】傾聽、專心聽

学生がくせいたちは目めを閉とじて音楽おんがくに耳みみを傾かたむけた。

ga.ku.se.i.ta.chi.wa./me.o./to.ji.te./o.n.ga.ku.ni./mi.mi.o./ka.ta.mu.ke.ta.

學生們閉上眼傾聽音樂。

說

必備單字

話す 　　　　【動】說、聊

ha.na.su.

同窓会で彼とたくさん話した。

do.u.so.u.ka.i.de./ka.re.to./ta.ku.sa.n./ha.na.shi.ta.

同學會時和他聊了很多。

舉一反三

しゃべる 　　　【動】閒聊、說

sha.be.ru.

私たちはお茶しながらしゃべっていた。

wa.ta.shi.ta.chi.wa./o.cha.o./shi.na.ga.ra./sha.be.tte./i.ta.

我們一邊喝茶一邊閒聊。

口を滑らせる 　　【常】說溜嘴

u.chi.o./su.be.ra.se.ru.

口を滑らせて秘密を言ってしまった。

ku.chi.o./su.be.ra.se.te./hi.mi.tsu.o./i.tte./shi.ma.tta.

不小心說溜嘴把祕密講出來了。

言葉を交わす 　　【常】對話

ko.to.ba.o./ka.wa.su.

あの人と言葉を交わしたことはない。

a.no.hi.to.to./ko.to.ba.o./ka.wa.shi.ta./ko.to.wa./na.i.

沒有和那個人說過話。

表情篇 外觀篇 心境篇 人格特質篇 動作篇 生理狀態篇

27

聞

必備單字

嗅ぐ
か

【動】聞、嗅

ka.gu.

いぬ　あか　　　　　　　　　　　　　　　　　　　か
犬は赤ちゃんをくんくん嗅いだ。

i.nu.wa./a.ka.cha.n.o./ku.n.ku.n./ka.i.da.

狗動著鼻子聞了嬰兒。

舉一反三

匂い
にお

ni.o.i.

【名】味道

【類】臭い
　　　にお

へ　や　　　　　　　　　　　にお
この部屋はいい匂いがする。

ko.no./he.ya.wa./i.i./ni.o.i.ga./su.ru.

這房間有好聞的味道。

香り
かお

ka.o.ri.

【名】香味、香氣

【類】いい匂い
　　　　　　にお

かのじょ　　　　　　　　　　　　　かお　か
彼女はコーヒーの香りを嗅いだ。

ka.no.jo.wa./ko.o.hi.i.no./ka.o.ri.o./ka.i.da.

她聞了咖啡的香氣。

臭い
くさ

ku.sa.i.

【形】臭

つけもの　　　　　　　　　　くさ
この漬物はとても臭い。

ko.no./tsu.ke.mo.no.wa./to.te.mo./ku.sa.i.

這個醬菜非常臭。

Chapter 2
外觀篇

懶人日語單字
舉一反三的
**日語
單字書**

大 　　　　🎧012

必備單字

大きい　　　【形】大
おお

o.o.ki.i.

大きい魚を獲った。
おお　　さかな　と

o.o.ki.i./sa.ka.na.o./to.tta.

捕獲了大魚。

舉一反三

でかい　　　【形】大 (較大きい口語)
　　　　　　　　　　　　　　おお

de.ka.i.

彼はでかい箱を運んできた。
かれ　　　　はこ　はこ

ka.re.wa./de.ka.i./ha.ko.o./ha.ko.n.de./ki.ta.

他搬了一個大箱子來。

巨大　　　【形】巨大
きょだい

kyo.da.i.

港に巨大な船がいっぱい泊まっている。
みなと　きょだい　ふね　　　　　　と

mi.na.to.ni./kyo.da.i.na./fu.ne.ga./i.ppa.i./to.ma.tte./i.ru.

港口停了很多巨大的船。

壮大　　　【形】壯闊
そうだい

so.u.da.i.

この城はとても壮大で美しい。
　　　しろ　　　　　　そうだい　うつく

ko.no./shi.ro.wa./to.te.mo./so.u.da.i.de./u.tsu.ku.shi.i.

這座城非常壯闊美麗。

小

必備單字

小さい 【形】小

chi.i.sa.i.

この部屋はとても小さい。
ko.no./he.ya.wa./to.te.mo./chi.i.sa.i.
那個房間非常地小。

舉一反三

細かい 【形】細微、細緻

ko.ma.ka.i.

細かい文字を読むと目が疲れる。
ko.ma.ka.i./mo.ji.o./yo.mu.to./me.ga./tsu.ka.re.ru.
讀細小的文字時，眼睛會感到疲勞。

些細 【形】細微、細小

sa.sa.i.

彼はいつも些細な事で怒る。
ka.re.wa./i.tsu.mo./sa.sa.i.na./ko.to.de./o.ko.ru.
他總是為了小事生氣。

プチ 【複合用詞】小、小型

pu.chi.

【用法】プチ＋名詞

昨日友達4人でプチ同窓会を行った。
ki.no.u./to.mo.da.chi./yo.ni.n.de./pu.chi.do.u.so.u.ka.i.o./o.ko.na.tta.
昨天和4個朋友舉行了小型同學會。

表情篇

外觀篇

心境篇

人格特質篇

動作篇

生理狀態篇

31

美

🎧013

必備單字

きれい 　　　　【形】美麗、漂亮、乾淨

ki.re.i.

<ruby>彼女<rt>かのじょ</rt></ruby>はとてもきれい。
ka.no.jo.wa./to.te.mo./ki.re.i.
她非常漂亮。

舉一反三

<ruby>美<rt>うつく</rt></ruby>しい 　　　　【形】美麗

u.tsu.ku.shi.i.

ここの<ruby>景色<rt>けしき</rt></ruby>はとても<ruby>美<rt>うつく</rt></ruby>しい。
ko.ko.no./ke.shi.ki.wa./to.te.mo./u.tsu.ku.shi.i.
這裡的景色非常美麗。

<ruby>見<rt>み</rt></ruby>た<ruby>目<rt>め</rt></ruby> 　　　　【名】外表、看起來、模樣

mi.ta.me.

このチョコレートは<ruby>見<rt>み</rt></ruby>た<ruby>目<rt>め</rt></ruby>がとてもかわいい。
ko.no./cho.ko.re.e.to.wa./mi.ta.me.ga./to.te.mo./ka.wa.i.i.
這個巧克力的外形很可愛。

かわいい 　　　　【形】可愛

ka.wa.i.i.

<ruby>今日<rt>きょう</rt></ruby>の<ruby>服<rt>ふく</rt></ruby>もかわいいね。
kyo.u.no./fu.ku.mo./ka.wa.i.i.ne.
今天的衣服也很可愛呢

醜

必備單字

醜い 　　　　【形】醜
みにく

mi.ni.ku.i.

この建物は醜い。
たてもの　みにく

ko.no./ta.te.mo.no.wa./mi.ni.ku.i.
這建築物真醜。

舉一反三

ダサい 　　　　【形】醜、土氣

da.sa.i.

何でそんなダサい格好してるの？
なん　　　　　　　　　　かっこう

na.n.de./so.n.na./da.sa.i./ka.kko.u./shi.te.ru.no.
你怎麼穿得那麼土氣呢？

ブサイク 　　　　【形、名】醜

bu.sa.i.ku.

この犬はブサイクだけどかわいい。
いぬ

ko.no./i.nu.wa./bu.sa.i.ku./da.ke.do./ka.wa.i.i.
這隻狗雖然醜但很可愛。(醜得很可愛)

見苦しい 　　　　【形】看了難受、看不下去
みぐる

mi.gu.ru.shi.i.

あまり学問を見せびらかすのは見苦しい。
がくもん　み　　　　　　　　　　みぐる

a.ma.ri./ga.ku.mo.no./mi.se.bi.ra.ka.su./no.wa./
mi.gu.ru.shi.i.
過度炫耀學問讓人看了難受。

表情篇

外觀篇

心境篇

人格特質篇

動作篇

生理狀態篇

33

高

🎧014

必備單字

高い 【形】高、貴

たか

ta.ka.i.

せかい いちばんたか たてもの
このビルは世界で一番高い建物です。

ko.no./bi.ru.wa./se.ka.i.de./i.chi.ba.n./ta.ka.i./ta.te.
mo.no.de.su.

這棟樓是世界最高的建築。

舉一反三

高さ 【名】高度

たか

ta.ka.sa.

テレビタワーの高さは何メートルですか？

te.re.bi.ta.wa.a.no./ta.ka.sa.wa./na.n./me.e.to.ru./de.
su.ka.

電視塔的高度是幾公尺呢？

そびえる 【動】聳立、矗立

so.bi.e.ru.

まつやまじょう し ちゅうしん
松山城は市の中心にそびえている。

ma.tsu.ya.ma.jo.u.wa./shi.no./chu.u.shi.n.ni./so.bi.
e.te./i.ru.

松山城矗立在市中心。

高所 【名】高處

こうしょ

ko.u.sho.

こうしょきょうふしょう てんぼうだい のぼ
高所恐怖症だから展望台には上りたくない。

ko.u.sho.kyo.u.fu.sho.u.da.ka.ra./te.n.bo.u.da.i.ni.wa./
no.bo.ri.ta.ku.na.i.

因為有懼高症，所以不想上去瞭望台。

低矮

必備單字

低い
ひくい

hi.ku.i.

【形】低、矮

【類】身長が低い

父は私より身長が低い。
ちち わたし しんちょう ひく

chi.chi.wa./wa.ta.shi.yo.ri./shi.n.cho.u.ga./hi.ku.i.

爸爸的身高比我矮。

舉一反三

短い
みじか

mi.ji.ka.i.

【形】短

彼女は髪の毛が短い。
かのじょ かみ け みじか

ka.no.jo.wa./ka.mi.no.ke.ga./mi.ji.ka.i.

她的頭髮很短。

小柄
こがら

ko.ga.ra.

【名、形】矮小、嬌小

彼女は小柄で痩せている。
かのじょ こがら や

ka.no.jo.wa./ko.ga.ra.de./ya.se.te./i.ru.

她很嬌小而且很瘦。

ちび

chi.bi.

【名】小

うちのちびっ子も4月から1年生です。
こ しがつ いちねんせい

u.chi.no./chi.bi.kko.mo./shi.ga.tsu.ka.ra./i.chi.ne.n.se.i.de.su.

我家的小朋友到4月也要上1年級了。

表情篇 外觀篇 心境篇 人格特質篇 動作篇 生理狀態篇

35

胖

🎧015

必備單字

太る 【動】變胖
fu.to.ru.

食べ過ぎて太った。
ta.be.su.gi.te./fu.to.tta.
吃太多了變胖。

舉一反三

太っている 【常】肥、胖
fu.to.tte./i.ru.

部長は背が低くて太っている。
bu.cho.o.wa./se.ga./hi.ku.ku.te./fu.to.tte./i.ru.
部長長得矮又胖。

太い 【形】粗
fu.to.i.

野球選手は腕が太い。
ya.kyu.u.se.n.shu.wa./u.de.ga./fu.to.i.
棒球選手的手臂很粗。

ぽっちゃり 【副】有肉、微胖、福態
po.ccha.ri. 【類】ぽっちゃり（と）する

彼女はぽっちゃりしていてもかわいい。
ka.no.jo.wa./po.ccha.ri./shi.te./i.te.mo./ka.wa.i.i.
她就算微胖也很可愛。

痩

015

必備單字

痩せる 【名】變瘦

ya.se.ru.

もっと痩せたいなあ。
mo.tto./ya.se.ta.i.na.a.
好想再瘦一點啊。

舉一反三

痩せている 【常】瘦的

ya.se.te./i.ru.

彼女はがりがりに痩せている。
ka.no.jo.wa./ga.ri.ga.ri.ni./ya.se.te./i.ru.
她骨瘦如柴。

細い 【形】細

ho.so.i.

彼女は足がとても細い。
ka.no.jo.wa./a.shi.ga./to.te.mo./ho.so.i.
她的腿很細。

がりがり 【副】骨瘦如柴

ga.ri.ga.ri.

近所にがりがりに痩せこけた野良猫がいる。
ki.n.jo.ni./ga.ri.ga.ri.ni./ya.se.ko.ke.ta./no.ra.ne.ko.
ga./i.ru.
附近有骨瘦如柴的流浪貓。

表情篇 外觀篇 心境篇 人格特質篇 動作篇 生理狀態篇

純樸

 016

必備單字

地味　　　　　【形】樸實、不顯眼

ji.mi.

彼女は地味な服を着ている。
ka.no.jo.wa./ji.mi.na./fu.ku.o./ki.i.te./i.ru.
她穿著樸實的衣服。

舉一反三

素朴　　　　　【形】樸素、質樸

so.bo.ku.

彼は素朴で純粋な人間です。
ka.re.wa./so.bo.ku.de./ju.n.su.i.na./ni.n.ge.n.de.su.
他是很質樸單純的人。

目立たない　　　【常】不顯眼

me.da.ta.na.i.　　　【類】影が薄い

田中くんはクラスでは目立たない存在です。
ta.na.ka.ku.n.wa./ku.ra.su.de.wa./me.da.ta.na.i./so.n.
za.i.de.su.
田中君在班上並不起眼。

控えめ　　　　【名、形】低調、克制、內斂

hi.ka.e.me.

皆の褒め言葉に彼女は控えめに微笑んだ。
mi.na.no./ho.me.ko.to.ba.ni./ka.no.jo.wa./hi.ka.e.me.
ni./ho.ho.e.n.da.
面對大家的稱讚，她低調地微笑著。

華麗顯眼

必備單字

派手　はで
【形】華麗、浮誇、花俏

ha.de.

彼女は派手なコートを着ている。
かのじょ　はで　　　　　き
ka.no.jo.wa./ha.de.na./ko.o.to.o./ki.te./i.ru.
她穿著花俏的大衣。

舉一反三

目立つ　めだ
【動】醒目、顯眼

me.da.tsu.

社長の赤いドレスは目立つ。
しゃちょう　あか　　　　　めだ
sha.cho.u.no./a.ka.i./do.re.su.wa./me.da.tsu.
社長的紅色禮服很醒目。

華やか　はな
【形】華麗、光鮮亮麗

ha.na.ya.ka.

とても豪華で華やかなパーティーでしたね。
ごうか　はな
to.te.mo./go.u.ka.de./ha.na.ya.ka.na./pa.a.ti.i.de.shi.ta.ne.
真是既豪華又華麗的派對呢。

見栄を張る　みえ　は
【常】擺闊、充排場、逞強

mi.e.o./ha.ru.

彼は見栄を張って、高級車を買った。
かれ　みえ　は　　　　　こうきゅうしゃ　か
ka.re.wa./mi.e.o./ha.tte./ko.u.kyu.u.sha.o./ka.tta.
他為了擺闊，所以買了高級車。

表情篇

外觀篇

心境篇

人格特質篇

動作篇

生理狀態篇

39

厚 🎧017

必備單字

厚い　　　　　【形】厚
あつ

a.tsu.i.

兄は手で厚い板を２つに割った。
あに　て　あつ　いた　ふた　わ

a.ni.wa./te.de./a.tsu.i./i.ta.o./fu.ta.tsu.ni./wa.tta.

哥哥用手把厚木板劈成兩半。

舉一反三

分厚い　　　　【形】很厚
ぶあつ

bu.a.tsu.i.

あの人は、毎日分厚い辞書を学校に持ってきた。
ひと　まいにちぶあつ　じしょ　がっこう　も

a.no./hi.to.wa./ma.i.ni.chi./bu.a.tsu.i./ji.sho.o./ga.kko.
u.ni./mo.tte./ki.ta.

那個人，每天都帶著很厚的字典到學校。

肉厚　　　　　【形】(肉)很厚、(肉)很肥
にくあつ

ni.ku.a.tsu.

この季節のアジは肉厚で美味しい。
きせつ　にくあつ　お　い

ko.no./ki.se.tsu.no./a.ji.wa./ni.ku.a.tsu.de./o.i.shi.i.

這個季節的竹筴魚很肥美。

厚手　　　　　【形、名】厚的
あつで

a.tsu.de.

寒いから今日は厚手のシャツを着た。
さむ　きょう　あつで　き

a.mu.i./ka.ra./kyo.u.wa./a.tsu.de.no./sha.tsu.o./ki.ta.

因為冷所以今天穿厚的襯衫。

薄

必備單字

薄い 【形】薄

u.su.i.

こんなに寒いのに何で薄いジャケットで来たの？
ko.n.na.ni./sa.mu.i.no.ni./na.n.de./u.su.i./ja.ke.tto.
de./ki.ta.no.
這麼冷，怎麼只穿薄夾克來呢？

舉一反三

薄っぺら 【形】很薄、輕薄

u.su.ppe.ra.

寒い部屋に薄っぺらな布団で寝た。
sa.mu.i./he.ya.ni./u.su.pe.ra.na./fu.to.n.de./ne.ta.
在寒冷的房間裡蓋著很薄的被子睡了。

ひらひら 【副】輕飄飄

hi.ra.hi.ra.

花びらがひらひらと舞い落ちた。
ha.na.bi.ra.ga./hi.ra.hi.ra.to./ma.i.o.chi.ta.
花瓣輕輕地飄落。

薄手 【形、名】薄的

u.su.de.

このアウターは薄手で暖かい。
ko.no./a.u.ta.a.wa./u.su.de.de./a.ta.ta.ka.i.
這件外套又薄又暖。

表情篇
外觀篇
心境篇
人格特質篇
動作篇
生理狀態篇

濃 018

必備單字

濃い 【形】濃的、深色的
こ
ko.i.

彼は目玉焼きに濃い茶色のソースをかけた。
かれ　めだまや　　　　こ　ちゃいろ
ka.re.wa./me.da.ma.ya.ki.ni./ko.i./cha.i.ro.no./so.o.su.o./ka.ke.ta.
他在荷包蛋上淋了深咖啡色的醬料。

舉一反三

強烈 【形】強烈、深刻
きょうれつ
kyo.u.re.tsu.

彼とは初対面でも強烈な印象を残した。
かれ　　しょたいめん　　　きょうれつ　いんしょう　のこ
ka.re.to.wa./sho.ta.i.me.n./de.mo./kyo.u.re.tsu.na./i.n.sho.u.o./no.ko.shi.ta.
和他雖是初次見面但留下了深刻的印象。

濃厚 【形】濃厚、濃醇
のうこう
no.u.ko.u.

このケーキは味が濃厚なバターのようです。
　　　　　　　あじ　のうこう
ko.no./ke.e.ki.wa./a.ji.ga./no.u.ko.u.na./ba.ta.a.no./yo.u.de.su.
這個蛋糕就像味道濃醇的奶油般。

凝縮する 【動】濃縮、精練
ぎょうしゅく
gyo.u.shu.ku./su.ru.

彼の心境がこの曲に凝縮されている。
かれ　しんきょう　　　きょく　ぎょうしゅく
ka.re.no./shi.n.kyo.u.ga./ko.no./kyo.ku.ni./gyo.u.shu.ku./sa.re.te./i.ru.
他的心情濃縮在這首歌裡。

淡

必備單字

薄い 【形】淡、薄

u.su.i.

色が薄い。濃くしてください。
i.ro.ga./u.su.i./ko.ku.shi.te./ku.da.sa.i.
顏色太淡了。調深一點。

舉一反三

淡い 【形】淺、淡

a.wa.i.

淡いピンクは柔らかく優しい印象を持っている。
a.wa.i./pi.n.ku.wa./ya.wa.ra.ka.ku./ya.sa.shi.i./i.n.sho.u.o./mo.tte./i.ru.
淺的粉紅色具有柔軟溫和的形象。

あっさりする 【動】淡雅、清淡、清爽

a.ssa.ri.su.ru.

部屋はあっさりした色にした方がいい。
he.ya.wa./a.ssa.ri./shi.ta./i.ro.ni./shi.ta./ho.u.ga./i.i.
房間最好用清爽的顏色。

澄み切る 【動】清澈、澄澈

su.mi.ki.ru. 【類】透明

秋の空は水のように澄み切った。
a.ki.no./so.ra.wa./mi.zu.no./yo.u.ni./su.mi.ki.tta.
秋天的天空就像水一樣清澈。

表情篇 外觀篇 心境篇 人格特質篇 動作篇 生理狀態篇

43

形狀

🎧019

必備單字

形
ka.ta.chi.

【名】形狀、形式

この商品は機能による様々な形がある。

ko.no./sho.u.hi.n.wa./ki.no.u.ni./yo.ru./sa.ma.za.ma.
na./ka.ta.chi.ga./a.ru.

這項商品依功能而有各種造型。

舉一反三

フォーム
fo.o.mu.

【名】外觀、形狀、姿勢

【類】形態

いい投球フォームってどんなフォームですか？

i.i./to.u.kyu.u./fo.o.mu.tte./do.n.na./fo.o.mu./de.su.
ka.

好的投球姿勢是怎麼樣的呢？

格好
ka.kko.u.

【名】打扮、模樣

【類】外見

派手な格好で出かけた。

ha.de.na./ka.kko.u.de./de.ka.ke.ta.

帶著花俏的打扮出門了。

構造
ko.u.zo.u.

【名】構造

この家は骨太の構造をしていて、耐震性が高い。

ko.no./i.e.wa./ho.ne.bu.to.no./ko.u.zo.u.o./shi.te./
i.te./ta.i.shi.n.se.i.ga./ta.ka.i.

這房子的結構很紮實，耐震度很高。

顔色

必備單字

色
いろ
i.ro.

【名】顔色
【類】色彩、カラー
しきさい

暗い色はあまり好きじゃない。
くら いろ　　　　　　　　す
ku.ra.i./i.ro.wa./a.ma.ri./su.ki./ja.na.i.
不太喜歡暗色系。

舉一反三

色遣い
いろづか
i.ro.zu.ka.i.

【名】用色

この絵は色遣いが素晴らしいです。
え　いろづか　　すば
ko.no./e.wa./i.ro.zu.ka.i.ga./su.ba.ra.shi.i.de.su.
這幅畫的用色很傑出。

色合い
いろあ
i.ro.a.i.

【名】色調
【類】配色
はいしょく

デザインも色合いも素敵です。
いろあ　　すてき
de.za.i.n.mo./i.ro.a.i.mo./su.te.ki.de.su.
設計和色調都很出色。

彩り
いろど
i.ro.do.ri.

【名】色彩、増色
【類】彩る
いろど

社長の出席が大会に彩りを添えてくれた。
しゃちょう しゅっせき たいかい いろど　そ
sha.cho.u.no./shu.sse.ki.ga./ta.i.ka.i.ni./i.ro.do.ri.o./
so.e.te./ku.re.te.
社長的出席為大會增色不少。

表情篇

外觀篇

心境篇

人格特質篇

動作篇

生理狀態篇

光澤平順　　　🎧020

必備單字

滑らか　　　【形】光滑、滑溜
_{なめ}

na.me.ra.ka.

この布は手触りが柔らかくて滑らかですね。
_{ぬの} _{てざわ} _{やわ} _{なめ}

ko.no./nu.no.wa./te.za.wa.ri.ga./ya.wa.ra.ka.ku.te./
ne.me.ra.ka.de.su.ne.

這塊布摸起來很柔軟又滑溜。

舉一反三

平ら　　　【形】平、平坦
_{たい}

ta.i.ra.　　　【類】フラット

道路を平らにした。
_{どうろ} _{たい}

do.u.ro.o./ta.i.ra.ni./shi.ta.

把道路弄平。

つるつる　　　【副】光滑、滑溜

tsu.ru.tsu.ru.

【類】つるつる（と）する

雪の後、道路はつるつるして危ない。
_{ゆき} _{あと} _{どうろ} _{あぶ}

yu.ki.no./a.to./do.u.ro.wa./tsu.ru.tsu.ru./shi.te./a.bu.
na.i.

下雪過後，道路很滑非常危險。

すべすべ　　　【副】光滑、光潤

su.be.su.be.

若い人の肌はすべすべしている。
_{わか} _{ひと} _{はだ}

wa.ka.i./hi.to.no./ha.da.wa./su.be.su.be./shi.te./i.ru.

年輕人的皮膚很光滑。

凹凸不平 020

必備單字

でこぼこ 【形、名】坑坑巴巴、凹凸不平

de.ko.bo.ko.

道はとてもでこぼこで運転しづらい。
mi.chi.wa./to.te.mo./de.ko.bo.ko.de./u.n.te.n./shi.
zu.ra.i.
道路非常凹凸不平很難駕駛。

舉一反三

ざらざら 【副】粗糙

za.ra.za.ra.

このテーブルは手触りがざらざらしている。
ko.no./te.e.bu.ru.wa./te.za.wa.ri.ga./za.ra.za.ra./shi.
te./i.ru.
這桌子的觸感很粗糙。

しわくちゃ 【名、形】皺皺的、皺巴巴

shi.wa.ku.cha.

服がしわくちゃになった。
fu.ku.ga./shi.wa.ku.cha.ni./na.tta.
衣服變得皺巴巴。

ぶつぶつ 【名、副】一粒粒、疙瘩

bu.tsu.bu.tsu.

顔にぶつぶつができた。
ka.o.ni./bu.tsu.bu.tsu.ga./de.ki.ta.
臉上長了一粒粒的(疹子或痘子)。

表情篇

外觀篇

心境篇

人格特質篇

動作篇

生理狀態篇

堅固

 021

必備單字

丈夫（じょうぶ）　　　【形】堅固、強壯、耐用

jo.u.bu.

この財布（さいふ）は丈夫（じょうぶ）で長持（ながも）ちする。

ko.no./sa.i.fu.wa./jo.u.bu.de./na.ga.mo.chi./su.ru.

這個錢包很耐用，可以用很久。

舉一反三

しっかり　　　【副】堅實、紮實、牢固

shi.kka.ri.

テーブルをしっかりと固定（こてい）した。

te.e.bu.ru.o./shi.kka.ri.to./ko.te.i./shi.ta.

把桌子牢牢地固定好。

頑丈（がんじょう）　　　【名、形】結實、牢靠

ga.n.jo.u.

この本棚（ほんだな）は頑丈（がんじょう）そうです。

ko.no./ho.n.da.na.wa./ga.n.jo.u.so.u.de.su.

這個書架看起來很牢固。

がっしり　　　【副】粗壯、壯大、堅固
　　　　　　　　　【類】がっちり

ga.sshi.ri.

新（あたら）しい社宅（しゃたく）はがっしりした建物（たてもの）です。

a.ta.ra.shi.i./sha.ta.ku.wa./ga.sshi.ri./shi.ta./ta.te.mo.no.de.su.

新的公司宿舍是很堅固的建築。

脆弱

必備單字

もろい 【形】脆弱
mo.ro.i.

ガラス製品はすごくもろいので、しっかりテープ
で固定してください。
ga.ra.su./se.i.hi.n.wa./su.go.ku./mo.ro.i.no.de./shi.
kka.ri./te.e.pu.de./ko.te.i./shi.te./ku.da.sa.i.
玻璃製品非常脆弱，請用膠帶確實固定好。

舉一反三

割れやすい 【常】易碎
wa.re.ya.su.i.

このコップは割れやすい。
ko.no./ko.ppu.wa./wa.re.ya.su.i.
這杯子很易碎。

壊れやすい 【常】容易壞、脆弱
ko.wa.re.ya.su.i.

壊れやすい商品なのでしっかりと梱包してくだ
さい。
ko.wa.re.ya.su.i./sho.u.hi.n./na.no.de./shi.kka.ri.to./
ko.n.po.u.shi.te./ku.da.sa.i.
因為是很脆弱的商品，請確實包裝好。

繊細 【名】精細、細緻
se.n.sa.i.

彼女の作品はとても繊細で美しい。
ka.no.jo.no./sa.ku.hi.n.wa./to.te.mo./se.n.sa.i.de./
u.tsu.ku.shi.i.
她的作品非常細緻且優美。

遠

🎧022

必備單字

遠い　　　【形】遠
とお

to.o.i.

会社はとても遠い。
かいしゃ　　　　とお

ka.i.sha.wa./to.te.mo./to.o.i.

公司非常遠。

舉一反三

程遠い　　　【形】差得遠
ほどとお

ho.do.to.o.i.

この論文は完璧には程遠い。
ろんぶん　かんぺき　　ほどとお

ko.no./ro.n.bu.n.wa./ka.n.pe.ki.ni.wa./ho.do.to.o.i.

這篇論文離完美還差得遠。

遥々　　　【副】千里迢迢、遙遠
はるばる

ha.ru.ba.ru.

彼女は北海道から遥々来た。
かのじょ　ほっかいどう　　　はるばるき

ka.no.jo.wa./ho.kka.i.do.u./ka.ra./ha.ru.ba.ru./ki.ta.

她遠從北海道而來。

遥か　　　【形、副】遠遠、遙遠
はる

ha.ru.ka.

この映画は私たちが期待したより遥かに面白かった。
えいが　わたし　　　　きたい　　　はる　　おもしろ

ko.no./e.i.ga.wa./wa.ta.shi.ta.chi.ga./ki.ta.i./shi.ta./yo.ri./ha.ru.ka.ni./o.mo.shi.ro.ka.tta.

這部電影遠遠比我期待的還有趣。

近

必備單字

近い 【形】近
ちか

chi.ka.i.

駅は家から近い。
えき　いえ　　　ちか

e.ki.wa./i.e./ka.ra./chi.ka.i.
車站離家很近。

舉一反三

身近 【形】身邊、貼身
みぢか

mi.ji.ka. 　　　【類】手近
てぢか

スマホはいつも身近に置いています。
みぢか　お

su.ma.ho.wa./i.tsu.mo./mi.ji.ka.ni./o.i.te./i.ma.su.
(智慧型) 手機一直都放在身邊。

緊密 【名、形】緊密、密切
きんみつ

ki.n.mi.tsu.

彼らは緊密に連絡をとっています。
かれ　きんみつ　れんらく

ka.re.ra.wa./ki.n.mi.tsu.ni./re.n.ra.ku.o./to.tte./i.ma.su.
他們很密切地保持著聯絡。

すぐそこ 【常】就在那裡 (指很近的地方)
su.gu.so.ko.

コンビニはすぐそこです。
ko.n.bi.ni.wa./su.gu.so.ko.de.su.
便利商店就在那裡 (附近)。

外觀篇

心境篇

人格特質篇

動作篇

生理狀態篇

51

寬廣

🎧023

必備單字

広い
ひろ

【形】寬廣、寬闊

hi.ro.i.

この家のリビングはとても広い。
いえ　　　　　　　　　　　　　　　　ひろ

ko.no./i.e.no./ri.bi.n.gu.wa./to.te.mo./hi.ro.i.

這間房子的客廳非常寬闊。

舉一反三

手広い
てびろ

【形】寬廣、廣泛

te.bi.ro.i.

その店はもっと手広い場所に引っ越した。
みせ　　　　　　　てびろ　ばしょ　ひ　こ

so.no./mi.se.wa./mo.tto./te.bi.ro.i./ba.sho.ni./hi.kko.
shi.ta.

那間店搬到更廣寬的地方了。

開放的
かいほうてき

【形】開闊

ka.i.ho.u.te.ki.

【類】開放感
かいほうかん

このキッチンは窓があるので明るく開放的です。
まど　　　　　　　　　あか　　かいほうてき

ko.no./ki.cchi.n.wa./ma.do.ga./a.ru.no.de./a.ka.ru.ku./
ka.i.ho.u.te.ki.de.su.

這個廚房因為有窗戶，所以很明亮開闊。

広々とする
ひろびろ

【常】寬廣的、大範圍地

hi.ro.bi.ro.to./su.ru.

子犬は広々とした草原を走り回った。
こいぬ　ひろびろ　　　　　　そうげん　はし　まわ

ko.i.nu.wa./hi.ro.bi.ro.to./shi.ta./so.u.ge.n.no./ha.shi.
ri.ma.wa.tta.

小狗在寬廣的草原上來回跑。

狭小

必備單字

狭い
せま

【形】狹窄

se.ma.i.

この部屋は物が多くてとても狭い。
へ や もの おお せま

ko.no./he.ya.wa./mo.no.ga./o.o.ku te./to.te.mo./se.ma.i.

這房間的東西很多所以很狹窄。

舉一反三

窮屈
きゅうくつ

【形】緊、侷促

kyu.u.ku.tsu.

この靴は小さすぎて窮屈です。
くつ ちい きゅうくつ

ko.no./ku.tsu.wa./chi.i.sa.su.gi.te./kyu.u.ku.tsu.de.su.

這鞋子太小了穿起來很緊。

圧迫感
あっぱくかん

【名】壓迫感

a.ppa.ku.ka.n.

【類】圧迫
あっぱく

この部屋は狭くて圧迫感を感じる。
へ や せま あっぱくかん かん

ko.no./he.ya.wa./se.ma.ku.te./a.ppa.ku.ka.n.o./ka.n.ji.ru.

這房間很狹窄讓人感到壓迫感。

限界
げんかい

【名】臨界點、極限

ge.n.ka.i.

メモリーの容量が限界に達した。
ようりょう げんかい たっ

me.mo.ri.i.no./yo.u.ryo.u.ga./ge.n.ka.i.ni./ta.sshi.ta.

記憶體已經到達了極限。

表情篇

外觀篇

心境篇

人格特質篇

動作篇

生理狀態篇

空的

🎧 024

必備單字

空っぽ
から

【名、形】空空的、空無一物

ka.ra.ppo.

買い物しすぎて財布が空っぽになった。
か もの さいふ から

ka.i.mo.no./shi.su.gi.te./sa.i.fu.ga./ka.ra.ppo.ni./na.tta.

買太多東西，錢包變得空空的。

舉一反三

すかすか
【副】稀疏、稀稀落落、很多空隙

su.ka.su.ka.
【類】隙間が多い
すきま おお

始発なので、車内はスカスカだった。
しはつ しゃない

shi.ha.tsu./na.no.de./sha.na.i.wa./su.ka.su.ka.da.tta.

因為是第 1 班車，所以車內乘客稀稀落落。

がらがら
【副】稀稀落落

ga.ra.ga.ra.
【類】からから

その映画は人気がなくて客席はいつもがらがら。
えいが にんき きゃくせき

so.no./e.i.ga.wa./ni.n.ki.ga./na.ku.te./kya.ku.se.ki.wa./
i.tsu.mo./ga.ra.ga.ra.

那部電影因為沒有人氣，所以觀眾席總是稀稀落落。

閑古鳥が鳴く
かんこどり な

【常】門可羅雀

ka.n.ko.do.ri.ga./na.ku.

不景気でどの店も閑古鳥が鳴いているのだ。
ふけいき みせ かんこどり な

fu.ke.i.ki.de./do.no./mi.se.mo./ka.n.ko.do.ri.ga./
na.i.te./i.ru./no.da.

因為不景氣，每間店都門可羅雀。

滿的

必備單字

いっぱい　　　　【副】很多、很滿
i.ppa.i.

<ruby>会場<rt>かいじょう</rt></ruby>に<ruby>客<rt>きゃく</rt></ruby>がいっぱい<ruby>来<rt>き</rt></ruby>ている。
ka.i.jo.u.ni./o.kya.ku.ga./i.ppa.i./ki.te./i.ru.
會場來了很多客人。

舉一反三

ぎゅうぎゅう<ruby>詰<rt>づ</rt></ruby>め　　【常】塞滿
gyu.u.gyu.u.zu.me.　　　　【類】ぎっしり

<ruby>今朝<rt>けさ</rt></ruby>のバスは<ruby>乗客<rt>じょうきゃく</rt></ruby>がいっぱいでぎゅうぎゅう<ruby>詰<rt>づ</rt></ruby>めだった。
ke.sa.no./ba.su.wa./jo.u.kya.ku.ga./i.ppa.i.de./gyu.u.gyu.u.zu.me.da.tta.
今早的公車乘客很多，車裡塞得滿滿的。

すし<ruby>詰<rt>づ</rt></ruby>め　　　　【常】塞滿、很擁擠
su.shi.zu.me.

<ruby>私<rt>わたし</rt></ruby>が<ruby>乗<rt>の</rt></ruby>っている<ruby>通勤電車<rt>つうきんでんしゃ</rt></ruby>はいつもすし<ruby>詰<rt>づ</rt></ruby>め<ruby>状態<rt>じょうたい</rt></ruby>だ。
wa.ta.shi.ga./no.tte./i.ru./tsu.u.ki.n.de.n.sha.wa./i.tsu.mo./su.shi.zu.me.jo.u.ta.i.da.
我坐的通勤電車總是塞滿了乘客。

<ruby>満員<rt>まんいん</rt></ruby>　　　　　【名】客滿
ma.n.i.n.

<ruby>昨日<rt>きのう</rt></ruby>のコンサートは<ruby>満員<rt>まんいん</rt></ruby>だった。
ki.no.u.no./ko.n.sa.a.to.wa./ma.n.i.n.da.tta.
昨天的演唱會是客滿的。

表情篇　外觀篇　心境篇　人格特質篇　動作篇　生理狀態篇

乾淨

🎧025

必備單字

きれい 【形】乾淨、漂亮
ki.re.i.

<ruby>母<rt>はは</rt></ruby>は<ruby>部屋<rt>へや</rt></ruby>をとてもきれいに<ruby>掃除<rt>そうじ</rt></ruby>してくれた。
ha.ha.wa./he.ya.o./to.te.mo./ki.re.i.ni./so.u.ji./shi.te./
ku.re.ta.
母親幫我把房間打掃得非常乾淨。

舉一反三

清潔<rt>せいけつ</rt> 【形】潔淨、乾淨
se.i.ke.tsu.

<ruby>ちり<rt>ひと</rt></ruby>１つない<ruby>清潔<rt>せいけつ</rt></ruby>なホテルに<ruby>泊<rt>と</rt></ruby>まりたい。
chi.ri./hi.to.tsu.na.i./se.i.ke.tsu.na./ho.te.ru.ni./to.ma.
ri.ta.i.
我想要住一塵不染的乾淨飯店。

清潔感<rt>せいけつかん</rt> 【名】潔淨感、清潔度
se.i.ke.tsu.ka.n.

<ruby>彼女<rt>かのじょ</rt></ruby>はいつも<ruby>清潔感<rt>せいけつかん</rt></ruby>のある<ruby>服<rt>ふく</rt></ruby>を<ruby>着<rt>き</rt></ruby>ている。
ka.no.jo.wa./i.tsu.mo./se.i.ke.tsu.ka.n.no./a.ru./fu.ku.
o./ki.te./i.ru.
她總是穿著有潔淨感的衣服。

清<rt>きよ</rt>らか 【形】清澈、澄澈
ki.yo.ra.ka.

この<ruby>島<rt>しま</rt></ruby>は<ruby>空気<rt>くうき</rt></ruby>が<ruby>清<rt>きよ</rt></ruby>らかで<ruby>景色<rt>けしき</rt></ruby>もきれいです。
ko.no./shi.ma.wa./ku.u.ki.ga./ki.yo.ra.ka.de./ke.shi.
ki.mo./ki.re.i.de.su.
這島上的空氣很清淨，景色也很美麗。

骯髒

必備單字

汚い
きたな

ki.ta.na.i. 【形】髒

【類】うす汚い
きたな

彼の部屋は散らかっていて汚い。
かれ へ や ち きたな

ka.re.no./he.ya.wa./chi.ra.ka.tte./i.te./ki.ta.na.i.

他的房間又亂又髒。

舉一反三

濁る
にご

ni.go.ru. 【動】混濁

ここの水は泥で濁っている。
みず どろ にご

ko.ko.no./mi.zu.wa./do.ro.de./ni.go.tte./i.ru.

這裡的水因為泥沙而混濁。

汚れる
よご

yo.go.re.ru. 【動】髒了、髒污

転んじゃって服が汚れた。
ころ ふく よご

ko.ro.n.ja.tte./fu.ku.ga./yo.go.re.ta.

跌倒把衣服弄髒了。

不潔
ふけつ

fu.ke.tsu. 【形】不乾淨

このレストランはキッチンも汚いし、お皿も
きたな さら

不潔な感じです。
ふけつ かん

ko.no./re.su.to.ra.n.wa./ki.cchi.n.mo./ki.ta.na.i.shi./o.sa.ra.mo./fu.ke.tsu.na./ka.n.ji.de.su.

這家餐廳的廚房很髒，盤子也感覺不乾淨。

表情篇

外觀篇

心境篇

人格特質篇

動作篇

生理狀態篇

清楚

🎧 026

必備單字

明らか　　　【形】明顯、明白

あきらか

a.ki.ra.ka.

かれ せつめい じじつ あき
彼の説明で事実が明らかになった。

ka.re.no./se.tsu.me.i.de./ji.ji.tsu.ga./a.ki.ra.ka.ni./
na.tta.

他的說明讓事實真相大白

舉一反三

明確　　　【名、形】明確

めいかく

me.i.ka.ku.　　　【反】あいまい(曖昧模糊)

だれ せきにん めいかく
誰に責任があるかを明確にしたい。

da.re.ni./se.ki.ni.n.ga./a.ru.ka.o./me.i.ka.ku.ni./shi.ta.i.

想要明確分清楚是誰的責任。

はっきり　　　【副】清楚、明白

ha.kki.ri.　　　【類】判然
　　　　　　　　　　　　はんぜん

い
言いたいことがあるならはっきり言いなさい。

i.i.ta.i./ko.to.ga./a.ru.na.ra./ha.kki.ri./i.i.na.sa.i.

如果有想說的就明白說出來。

見え見え　　　【名、形】顯而易見、一眼就能看穿

みみみ

mi.e.mi.e.　　　【類】わかりやすい

かれ へいき み み うそ
彼は平気で見え見えの嘘をついた。

ka.re.wa./he.i.ki.de./mi.e.mi.e.no./u.so.o./tsu.i.ta.

他泰然自若地說了個一眼就能看穿的謊言。

Chapter 3
心境篇

懶人日語單字
舉一反三的

**日語
單字書**

孤單

🎧027

必備單字

寂しい 【形】孤單、寂寞
さび

sa.bi.shi.i.

皆と別れるのがすごく寂しい。
みな わか　　　　　　　　　　さび

mi.na.to./wa.ka.re.ru.no.ga./su.go.ku./sa.bi.shi.i.

和大家分開覺得很孤單。

舉一反三

ひとりぼっち 【名】獨自1人

hi.to.ri.bo.cchi.

皆が帰って彼女は教室でひとりぼっちになった。
みな かえ　　 かのじょ きょうしつ

mi.na.ga./ka.e.tte./ka.no.jo.wa./kyo.u.shi.tsu.de./hi.to.
ri.bo.cchi.ni./na.tta.

大家都回家,教室只剩她獨自1人。

寂しがり屋 【名】怕寂寞的人
さび　　　　 や

sa.bi.shi.ga.ri.ya.

彼は寂しがり屋で、いつも誰かと一緒にいるのが
かれ さび　　　　 や　　　　　だれ　 いっしょ
好き。
す

ka.re.wa./sa.bi.shi.ga.ri.ya.de./i.tsu.mo./da.re.ka.to./
i.ssho.ni./i.ru.no.ga./su.ki.

他很怕寂寞,總是喜歡和人在一起。

わびしい 【形】孤寂、寂寞

wa.bi.shi.i.

老人は1人わびしくご飯を食べている。
ろうじん ひとり　　　　　　 はん た

ro.u.ji.n.wa./hi.to.ri./wa.bi.shi.ku./go.ha.no./ta.be.te./
i.ru.

老人1個人孤寂地吃著飯。

幸福

027

必備單字

幸せ　　　【形、名】幸福

shi.a.wa.se.

友達に誕生日を祝って貰ってとても幸せです。

to.mo.da.chi.ni./ta.n.jo.u.bi.o./i.wa.tte./mo.ra.tte./
to.te.mo./shi.a.wa.se.de.su.

朋友為我慶祝生日，覺得非常幸福。

舉一反三

ラッキー　　　【形】幸運

ra.kki.i.

今朝、ギリギリで電車に間に合って、本当にラッキーだった。

ke.sa./gi.ri.gi.ri.de./de.n.sha.ni./ma.ni.a.tte./ho.n.to.
u.ni./ra.kki.i.da.tta.

今早千鈞一髮之際趕上電車，真的是太幸運了。

幸い　　　【形】幸好、慶幸

sa.i.wa.i.

幸いに死傷者は１人もなかった。

sa.i.wa.i.ni./shi.sho.u.sha.wa./hi.to.ri.mo./i.na.ka.tta.

幸好沒有任何傷亡。

好運　　　【名】幸運、好運

ko.u.u.n.

このお守りは好運をもたらすよ。

ko.no./o.ma.mo.ri.wa./ko.u.u.n.o./mo.ta.ra.su.yo.

這個御守能帶來好運喔。

表情篇

外觀篇

心境篇

人格特質篇

動作篇

生理狀態篇

害羞

🎧028

必備單字

人見知り　　　【名】怕生
ひとみしり

hi.to.mi.shi.ri.

この子は誰に対してもニコニコして人見知りしない。
こ　　だれ　たい　　　　　　　　　　　　　ひとみし

ko.no.ko.wa./da.re.ni./ta.i.shi.te.mo./ni.ko.ni.ko./shi.te./hi.to.mi.shi.ri./shi.na.i.

這孩子不管對誰都笑咪咪的，不會怕生。

舉一反三

恥ずかしい　　　【形】不好意思、覺得丟臉
は

ha.zu.ka.shi.i.

皆の前で転んじゃってとても恥ずかしかった。
みな　まえ　ころ　　　　　　　　　は

mi.na.no./ma.e.de./ko.ro.n.ja.tte./to.te.mo./ha.zu.ka.shi.ka.tta.

在大家的面前跌倒，真是丟臉。

恥ずかしがり屋　【名】個性害羞
は　　　　　　や

ha.zu.ka.shi.ga.ri.ya.

彼女は恥ずかしがり屋で誰にも口を利けなかった。
かのじょ　は　　　　　　　や　だれ　　　くち　き

ka.no.jo.wa./ha.zu.ka.shi.ga.ri.ya.de./da.re.ni.mo./ku.chi.o./ki.ke.na.ka.tta.

她個性害羞，不管對誰都無法開口攀談。

内気　　　　　　【形】個性害羞、内向
うちき

u.chi.ki.

彼は内気で人前で話すことが苦手だそうだ。
かれ　うちき　ひとまえ　はな　　　　　　にがて

ka.re.wa./u.chi.ki.de./hi.to.ma.e.de./ha.na.su./ko.to.ga./ni.ga.te.da.so.u.da.

他好像很内向，不擅長在眾人面前發言。

大方

028

必備單字

堂々とする 　　　　【動】大方、光明正大
どうどう

do.u.do.u.to./su.ru.　　【類】堂々
　　　　　　　　　　　　　　　どうどう

胸を張って堂々としていなさい。
むね は　　　どうどう

mu.ne.o./ha.tte./do.u.do.u.to./shi.te./i.na.sa.i.

帶著信心大方一點！

舉一反三

どんと構える 　　　　【動】穩重、不為所動、不動如山
かま

do.n.to./ka.ma.e.ru.

父は、些細な事では動じないし、どんなときでもど
ちち　　ささい こと　　どう
んとかまえている。

chi.chi.wa./sa.sa.i.na./ko.to.de.wa./do.u.ji.na.i.shi./
do.n.na./to.ki.de.mo./do.n.to./ka.ma.e.te./i.ru.

父親不會因小事而動搖，無論何時都不動如山。

落ち着く 　　　　【動】沉著、冷靜下來
お つ

o.chi.tsu.ku.　　　　【類】穏やか、悠々たる
　　　　　　　　　　　　　　おだ　　　ゆうゆう

彼女はいつも落ち着いた行動をする。
かのじょ　　　　　お つ　　　こうどう

ka.no.jo.wa./i.tsu.mo./o.chi.tsu.i.ta./ko.u.do.u.o./su.
ru.

她總是能沉著冷靜地行動。

素直 　　　　【形】坦率、誠實、直接
すなお

su.na.o.　　　　【類】率直
　　　　　　　　　　そっちょく

キャプテンは素直な性格なので、皆から信頼されて
すなお せいかく　　　 みな しんらい
いる。

kya.pu.te.n.wa./su.na.o.na./se.i.ka.ku./na.no.de./mi.
na./ka.ra./shi.n.ra.i./sa.re.te./i.ru.

隊長因為個性坦率而受到大家的信賴。

表情篇

外觀篇

心境篇

人格特質篇

動作篇

生理狀態篇

期待

∩029

必備單字

期待する　　　　【動】期待
<small>き たい</small>

ki.ta.i./su.ru.

私 たちはいい知らせを期待している。
<small>わたし　　　　　　　　　　し　　　　　き たい</small>

wa.ta.shi.ta.chi.wa./i.i./shi.ra.se.o./ki.ta.i./shi.te./i.ru.
我們期待著好消息。

舉一反三

わくわくする　　　　【動】興奮、期待

wa.ku.wa.ku./su.ru.

日本への旅行にわくわくしている。
<small>にほん　　　　　りょこう</small>

ni.ho.n.e.no./ryo.ko.u.ni./wa.ku.wa.ku./shi.te./i.ru.
期待去日本的旅行。

待ち遠しい　　　　【形】引頸期盼
<small>ま　どお</small>

ma.chi.do.o.shi.i.　　　【類】待望する
　　　　　　　　　　　　　　<small>たいぼう</small>

私 は大好きなレッスンが待ち遠しい。
<small>わたし　　だいす　　　　　　　　　　　　ま　どお</small>

wa.ta.shi.wa./da.i.su.ki.na./re.ssu.n.ga./ma.chi.
do.o.shi.i.
我引頸期盼著喜歡的課程到來。

心待ちにする　　　　【常】衷心期待
<small>こころま</small>

ko.ko.ro.ma.chi.ni./su.ru.

皆さんが台湾に来るのを心待ちにしています。
<small>みな　　　　　たいわん　く　　　　　こころま</small>

mi.na.sa.n.ga./ta.i.wa.n.ni./ku.ru.no.o./ko.ko.ro.ma.
chi.ni./shi.te./i.ma.su.
衷心期待各位蒞臨台灣。

失望

029

必備單字

がっかり　　　　【副】失望

ga.kka.ri.

　　　　　　　　　【類】がっくり

ふごうかく　　ほんとう
不合格なんて本当にがっかりだ。

fu.go.u.ka.ku./na.n.te./ho.n.to.u.ni./ga.kka.ri.da.

竟然沒合格，真是太失望了。

舉一反三

しつぼう
失望する　　　　【動】失望

shi.tsu.bo.u./su.ru.

かれ　りょうしん　　　　　けっか　しつぼう
彼の両親はその結果に失望した。

ka.re.no./ryo.u.shi.n.wa./so.no./ke.kka.ni./shi.tsu.
bo.u./shi.ta.

他的父母對那個結果感到失望。

み　　だお
見かけ倒し　　　【形、名】跌破眼鏡、大失所望

mi.ka.ke.da.o.shi.

あのレストランは雰囲気はいいが、料理は見かけ
だお
倒しだった。

a.no./re.su.to.ra.n.wa./fu.n.i.ki.wa./i.i.ga./ryo.u.ri.wa./
mi.ka.ke.da.o.shi.da.tta.

那間餐廳雖然氣氛很好，但菜餚讓人大失所望。

らくたん
落胆する　　　　【動】失望、氣餒、灰心

ra.ku.ta.n./su.ru.

しっぱい　　　　　　　らくたん
たとえ失敗しても、落胆しないでね。

ta.to.e./shi.ppa.i./shi.te.mo./ra.ku.ta.n./shi.na.i.de.ne.

就算失敗了，也不要氣餒。

稱讚滿足

🎧 030

必備單字

満足する
ま ん ぞ く

ma.n.zo.ku./su.ru.

【動】滿足、滿意

【類】満ち足りる
み　た

私 は今の仕事に満足している。
わたし　いま　しごと　まんぞく

wa.ta.shi.wa./i.ma.no./shi.go.to.ni./ma.n.zo.ku./shi.te./i.ru.

我對現在的工作感到滿意。

舉一反三

気が済む
き　す

ki.ga./su.mu.

【常】滿意、心滿意足

週 末 は気が済むまで寝たい。
しゅうまつ　き　す　ね

shu.u.ma.tsu.wa./ki.ga./su.mu./ma.de./ne.ta.i.

週末想睡到飽。(睡到滿意為止)

満喫する
まんきつ

ma.n.ki.tsu./su.ru.

【動】飽嘗、充分享受

【類】堪能する
かんのう

バンコクで買い物と食事を満喫した。
か　もの　しょくじ　まんきつ

ba.n.ko.ku.de./ka.i.mo.no.to./sho.ku.ji.o./ma.n.ki.tsu./shi.ta.

我們在曼谷充分享受購物和美食。

満たされる
み

mi.ta.sa.re.ru.

【動】滿足、充實

子供の笑顔を見ているだけで、心が満たされる。
こども　えがお　み　こころ　み

ko.do.mo.no./e.ga.o.o./mi.te./i.ru./da.ke.de./ko.ko.ro.ga./mi.ta.sa.re.ru.

只要看到孩子的笑容，心裡就覺得滿足。

抱怨

🎧030

必備單字

不満
ふまん

【名】不滿

fu.ma.n.

彼は給料に不満を感じている。
かれ　きゅうりょう　　ふまん　かん

ka.re.wa./kyu.u.ryo.u.ni./fu.ma.n.o./ka.n.ji.te./i.ru.

他對薪水感到不滿。

舉一反三

文句
もんく

【名】抱怨、牢騷

mo.n.ku.

【類】愚痴
ぐち

ホテルの部屋が汚くてフロントに文句を言った。
へや　きたな　　　　　　　　　　もんく　い

ho.te.ru.no./he.ya.ga./ki.ta.na.ku.te./fu.ro.n.to.ni./
mo.n.ku.o./i.tta.

因為飯店的房間太髒，所以向櫃檯提出抱怨。

不平
ふへい

【名】不服氣、怨言

fu.he.i.

【類】不服、不平不満
ふふく　ふへいふまん

彼は自分の給料が低いと不平をこぼした。
かれ　じぶん　きゅうりょう　ひく　　　ふへい

ka.re.wa./ji.bu.n.no./kyu.u.ryo.u.ga./hi.ku.i.to./fu.he.
i.o./ko.bo.shi.ta.

他抱怨自己的薪資很低。

クレーム

【名】客訴、埋怨

ku.re.e.mu.

【類】苦情、物申す
くじょう　ものもう

バイト初日で大きなミスをしてしまい、クレームが
しょにち　おお

来ました。
き

ba.i.to./sho.ni.chi.de./o.o.ki.na./mi.su.o./shi.te./shi.
ma.i./ku.re.e.mu.ga./ki.ma.shi.ta.

打工的第1天就犯下大錯，收到了客訴。

心境篇

67

高興

🎧031

必備單字

嬉しい　　　　　【形】高興、開心

う れ

u.re.shi.i.

お会いできて嬉しいです。
あ　　　　　　　　　う れ

o.a.i./de.ki.te./u.re.shi.i.de.su.

很高興見到你。

舉一反三

ハッピー　　　　　【形】開心

ha.ppi.i.

体重が減ってきて、とてもハッピーだよ。
たいじゅう　へ

ta.i.ju.u.ga./he.tte./ki.te./to.te.mo./ha.ppi.i.da.yo.

體重漸漸降下來，覺得十分開心。

上機嫌　　　　　【名、形】心情很好、興高采烈
じょうきげん

jo.u.ki.ge.n.　　　　【類】機嫌がいい、ご機嫌
　　　　　　　　　　　　きげん　　　　　きげん

兄は久しぶりに試合に勝って上機嫌で帰ってき
あに　ひさ　　　　　しあい　か　　　じょうきげん　かえ

た。

a.ni.wa./hi.sa.shi.bu.ri.ni./shi.a.i.ni./ka.tte./jo.u.ki.

ge.n.de./ka.e.tte./ki.ta.

哥哥久違地贏了比賽，興高采烈地回來了。

喜び　　　　　【名】喜悅、愉快、樂趣
よろこ

yo.ro.ko.bi.

皆で勝利の喜びを味わいたい。
みな　しょうり　よろこ　　あじ

mi.na.de./sho.u.ri.no./yo.ro.ko.bi.o./a.ji.wa.i.ta.i.

想和大家一起品嘗勝利的喜悅。

心情低落

031

必備單字

落_おち込_こむ

【動】鬱悶、心情低落

o.chi.ko.mu.

【類】へこむ

彼_{かれ}は先生_{せんせい}に叱_{しか}られて、落_おち込_こんだ。

ka.re.wa./se.n.se.i.ni./shi.ka.ra.re.te./o.chi.ko.n.da.

他被老師罵了，所以心情低落。

舉一反三

打_うちのめされる 　【動】備受打擊

u.chi.no.me.sa.re.ru.

彼_{かれ}は悲_{かな}しい知_しらせに打_うちのめされた。

ka.re.wa./ka.na.shi.i./shi.ra.se.ni./u.chi.no.me.sa.re.ta.

他因悲傷的消息而備受打擊。

テンションが下_さがる 　【常】心情急轉直下

te.n.sho.n.ga./sa.ga.ru. 　**【類】**テンションが低_{ひく}い

仕事_{しごと}のミスでテンションが下_さがった。

shi.go.to.no./mi.su.de./te.n.sho.n.ga./sa.ga.tta.

因為工作上的疏失，心情急轉直下。

ネガティブ 　**【形、名】**負面想法、負面思考

ne.ga.ti.bu. 　**【類】**消極的_{しょうきょくてき}

失敗_{しっぱい}を恐_{おそ}れてついついネガティブに考_{かんが}えてしまった。

shi.ppa.i.o./o.so.re.te./tsu.i.tsu.i./ne.ga.ti.bu.ni./ka.n.ga.e.te./shi.ma.tta.

因為害怕失敗，忍不住有了負面思考。

樂意　　　🎧032

必備單字

喜んで　　　【常】我很樂意

yo.ro.ko.n.de.　　　【類】お安いご用

A:「相談に乗ってもらえますか？」

　　so.u.da.n.ni./no.tte./mo.ra.e.ma.su.ka.
　　可以和你商量一下嗎？

B:「もちろん、喜んで。」

　　mo.chi.ro.n./yo.ro.ko.n.de.
　　當然可以，我很樂意。

舉一反三

快い　　　【形】爽快、快意

ko.ko.ro.yo.i.　　　【類】快諾する

課長は快く承諾してくれた。

ka.cho.u.wa./ko.ko.ro.yo.ku./sho.u.da.ku./shi.te./ku.re.ta.

課長很爽快地答應了。

二つ返事　　　【名】連聲答應、爽快答應

fu.ta.tsu.he.n.ji.

彼女は友達の頼みを二つ返事で引き受けた。

ka.no.jo.wa./to.mo.da.chi.no./ta.no.mi.o./fu.ta.tsu.e.n.ji.de./hi.ki.u.ke.ta.

她爽快地答應，接受了朋友的請託。

不情願

032

必備單字

渋々
しぶしぶ

shi.bu.shi.bu.

【副】勉為其難、勉強

【類】嫌々
いやいや

学生たちは渋々先生の指示に従った
がくせい　　　　しぶしぶせんせい　　し じ　　したが

ga.ku.se.i.ta.chi.wa./shi.bu.shi.bu./se.n.se.i.no./shi.
ji.ni./shi.ta.ga.tta.

學生們勉為其難地遵照老師的指示。

舉一反三

気が重い
き　おも

ki.ga./o.mo.i.

【常】心情沉重、鬱悶

明日締め切りなのに、仕事はまだ溜まっていて、な
あした　し　め き り　　　　　　し ごと　　　　　た
んだか気が重い。
　　　　き　おも

a.shi.ta./shi.me.ki.ri./na.no.ni./shi.go.to.wa./ma.da./
ta.ma.tte./i.te./na.n.da.ka./ki.ga./o.mo.i.na.

明明是截止日，但工作還堆積如山，總覺得心情沉重。

面倒くさがる
めんどう

me.n.do.u.ku.sa.ga.ru.

【動】嫌麻煩、覺得厭煩

子供が両親の話を面倒くさがって適当に相づちを
こども　りょうしん　はなし　めんどう　　　　てきとう　あい
打っている。
う

ko.do.mo.ga./ryo.u.shi.n.no./ha.na.shi.o./me.n.do.
u.ku.sa.ga.tte./te.ki.to.u.ni./a.i.zu.chi.o./u.tte./i.ru.

孩子們對父母的話感到厭煩，正隨便回答著。

やむを得ず
え

ya.mu.o./e.zu.

【常】不得不

用事でやむを得ず休ませていただきます。
ようじ　　　　　　え　　やす

yo.u.ji.de./ya.mu.o./e.zu./ya.su.ma.se.te./i.ta.da.ki.
ma.su.

因為有事不得不請假。

心境篇

害怕　　　　🎧033

必備單字

恐る恐る　　　　【副】害怕地、小心翼翼
（おそ　おそ）

o.so.ru.o.so.ru.

彼女は恐る恐るその怪しい箱を開けた。
（かのじょ　おそ　おそ　　　あや　　　はこ　あ）

ka.no.jo.wa./o.so.ru.o.so.ru./so.no./a.ya.shi.i./ha.ko.
o./a.ke.ta.

她小心翼翼地打開那個可疑的箱子。

舉一反三

怖がる　　　　【動】害怕
（こわ）

ko.wa.ga.ru.

この子は歯医者を怖がることはありません。
（こ　は　いしゃ　こわ）

ko.no.ko.wa./ha.i.sha.o./ko.wa.ga.ru./ko.to.wa./a.ri.
ma.se.n.

這孩子從不怕牙醫。

びくびく　　　　【副】提心吊膽

bi.ku.bi.ku.

弟 は叱られるかと思ってびくびくしている。
（おとうと　しか　　　　　　　おも）

o.to.u.to.wa./shi.ka.ra.re.ru.ka.to./o.mo.tte./bi.ku.
bi.ku./shi.te./i.ru.

弟弟覺得會被罵而提心吊膽。

心細い　　　　【形】膽怯、不安
（こころほそ）

ko.ko.ro.bo.so.i.

１人だけで海外へ行くのは心細い。
（ひとり　　　　かいがい　い　　　　こころほそ）

hi.to.ri.da.ke.de./ka.i.ga.i.e./i.ku.no.wa./ko.ko.ro.bo.
so.i.

獨自１人去國外會覺得膽怯。

勇敢

∩ 033

必備單字

勇気（ゆうき）
【名】勇氣

yu.u.ki.

私（わたし）は勇気（ゆうき）を出（だ）して怖（こわ）い部長（ぶちょう）に相談（そうだん）した。

wa.ta.shi.wa./yu.u.ki.o./da.shi.te./ko.wa.i./bu.cho.u.ni./so.u.da.n./shi.ta.

我鼓起勇氣和可怕的部長商量事情。

舉一反三

度胸（どきょう）
【名】膽量

do.kyo.u.

彼（かれ）は度胸（どきょう）のある人（ひと）だから、このピンチにも対応（たいおう）できるだろう。

ka.re.wa./do.kyo.u.no./a.ru./hi.to.da.ka.ra./ko.no./pi.n.chi.ni.mo./ta.i.o.u./de.ki.ru.da.ro.u.

他是個有膽量的人，應該也能處理這個危機吧。

肝（きも）が据（す）わる
【常】有膽量、處變不驚

ki.mo.ga./su.wa.ru.

あの新人（しんじん）は若（わか）いのに、肝（きも）が据（す）わっている。

a.no./shi.n.ji.n.wa./wa.ka.i.no.ni./ki.mo.ga./su.wa.tte./i.ru.

那個新人雖然年輕，但很有膽量。

大胆（だいたん）
【形】膽大、大膽

da.i.ta.n.

彼（かれ）は市民（しみん）と対立（たいりつ）して、ことを大胆（だいたん）に処理（しょり）した。

ka.re.wa./shi.mi.n.to./ta.i.ri.tsu./shi.te./ko.to.o./da.i.ta.n.ni./sho.ri./shi.ta.

他和市民對立，大膽地處理了事情。

心境篇

爭吵

🎧034

必備單字

喧嘩する 【動】吵架
けんか

ke.n.ka./su.ru.

私 たちは仲がよくて一度も喧嘩したことがない。
わたし　　　なか　　　　　　いちど　けんか

wa.ta.shi.ta.chi.wa./na.ka.ga./yo.ku.te./i.chi.do.mo./
ke.n.ka./shi.ta./ko.to.ga./na.i.

我們的感情很好，從來沒吵過架。

舉一反三

口喧嘩 【名】拌嘴、吵架
くちげんか

ku.chi.ge.n.ka.

姉と兄はいつも些細なことで口喧嘩ばかりしてい
あね　あに　　　　　　ささい　　　　　　くちげんか
る。

a.ne.to./a.ni.wa./i.tsu.mo./sa.sa.i.na./ko.to.de./ku.chi.
ge.n.ka./ba.ka.ri./shi.te./i.ru.

哥哥姊姊總是為了小事拌嘴。

殴り合い 【名】互毆、打架
なぐ　あ

na.gu.ri.a.i.

彼らは軽い喧嘩から殴り合いになった。
かれ　　　かる　けんか　　　なぐ　あ

ka.re.ra.wa./ka.ru.i./ke.n.ka./ka.ra./na.gu.ri.a.i.ni./
na.tta.

他們從輕微的吵架演變成互毆。

冷戦状態 【名】冷戰狀態
れいせんじょうたい

re.i.se.n.jo.u.ta.i.

友達と喧嘩して冷戦状態になってしまった。
ともだち　けんか　　　れいせんじょうたい

to.mo.da.chi.to./ke.n.ka./shi.te./re.i.se.n.jo.u.ta.i.ni./
na.tte./shi.ma.tta.

和朋友吵架而變成冷戰狀態。

原諒

🎧 034

必備單字

許す
ゆる

【動】原諒

yu.ru.su.

貴方に2度と嘘をつかないので許してください。
あなた　　にど　　うそ　　　　　　　　　　ゆる

a.na.ta.ni./ni.do.to./u.so.o./tsu.ka.na.i.no.de./yu.ru.shi.te./ku.da.sa.i.

我不會再騙你了，請原諒我。

舉一反三

水に流す
みず　なが

【常】一筆勾銷、付之東流

mi.zu.ni./na.ga.su.

お互い喧嘩のことは水に流して仲良くしようよ。
たが　けんか　　　　　　　みず　なが　　　なかよ

o.ta.ga.i./ke.n.ka.no./ko.to.wa./mi.zu.ni./na.ga.shi.te./na.ka.yo.ku./shi.yo.u.yo.

彼此就把吵架的事一筆勾銷，好好相處啦。

帳消し
ちょうけ

【名】抵消

cho.u.ke.shi.　【類】チャラにする

今度こそいい結果を出して私のミスを帳消しにしたい。
こんど　　　　　けっか　だ　　わたし　　　ちょうけ

ko.n.do./ko.so./i.i.ke.kka.o./da.shi.te./wa.ta.shi.no./mi.su.o./cho.u.ke.shi.ni./shi.ta.i.

這次想要拿出好成果，好抵消我犯的錯。

勘弁
かんべん

【名】饒、放過

ka.n.be.n.　【類】勘弁する、堪忍する
　　　　　　　　　かんべん　　かんにん

次からちゃんとやりますから、今度だけは勘弁してください。
つぎ　　　　　　　　　　　　こんど　　　かんべん

tsu.gi.ka.ra./cha.n.to./ya.ri.ma.su.ka.ra./ko.n.do./da.ke.wa./ka.n.be.n./shi.te./ku.da.sa.i.

下次一定會好好做的，這次就饒了我吧。

相信

 035

必備單字

信じる 【動】相信

shi.n.ji.ru.

彼女は何でも親の言うことを信じる。

ka.no.jo.wa./na.n.de.mo./o.ya.no./i.u.ko.to.o./shi.n.ji.
ru.

不管父母說什麼她都會相信。

舉一反三

確信する 【動】堅信、確信

ka.ku.shi.n./su.ru.

皆の反応を見て彼は成功すると確信している。

mi.na.no./ha.n.no.u.o./mi.te./ka.re.wa./se.i.ko.u./su.
ru.to./ka.ku.shi.n./shi.te./i.ru.

看了大家的反應，他確信一定會成功。

信用する 【動】信任

shi.n.yo.u./su.ru.

私は彼を信用して何でも話せる。

wa.ta.shi.wa./ka.re.o./shi.n.yo.u./shi.te./na.n.de.mo./
ha.na.se.ru.

我很信任他，什麼都能告訴他。

信頼 【名】信賴、信任
shi.n.ra.i. 【類】信頼する

あの政治家は収賄で国民の信頼を失った。

a.no./se.i.ji.ka.wa./shu.u.wa.i.de./ko.ku.mi.n.no./shi.
n.ra.i.o./u.shi.na.tta.

那個政治家因為收賄而失去人民的信任。

懷疑

必備單字

疑う（うたが）　【動】懷疑

u.ta.ga.u.

彼（かれ）は子供（こども）が約束（やくそく）を守（まも）るか疑（うたが）っている。

ka.re.wa./ko.to.mo.ga./ya.ku.so.ku.o./ma.mo.ru.ka./
u.ta.ga.tte./i.ru.

他懷疑孩子是不是能遵守約定。

舉一反三

推測（すいそく）　【名】推測、猜想

su.i.so.ku.

これは何（なん）の根拠（こんきょ）もない、ただ彼（かれ）の推測（すいそく）です。

ko.re.wa./na.n.no./ko.n.kyo.mo./na.i./ta.da./ka.re.
no./su.i.so.ku.de.su.

這沒有任何依據，單純只是他的推測。

不審（ふしん）　【形】可疑

fu.shi.n.　【類】不審（ふしん）がる

あの人（ひと）の証言（しょうげん）に不審（ふしん）な点（てん）が多（おお）い。

a.no./hi.to.no./sho.u.ge.n.ni./fu.shi.n.na./te.n.ga./
o.o.i.

那人的證詞有很多可疑的地方。

怪（あや）しむ　【動】覺得可疑

a.ya.shi.mu.

夕（ゆう）べ、夜釣（よづ）りに行（い）くとき、警察（けいさつ）に怪（あや）しまれた。

yu.u.be./yo.zu.ri.ni./i.ku./to.ki./ke.i.sa.tsu.ni./a.ya.shi.
ma.re.ta.

昨晚去夜釣時，警察覺得我很可疑。

表情篇　外貌篇　心境篇　人格特質篇　動作篇　身體狀態篇

誤會

🎧 036

必備單字

誤解 ごかい

【名】誤會

go.ka.i.　　　　　【類】誤解する ごかい

私の言い方が悪く、誤解を招いてしまった。 わたし　い　かた　わる　　　　　ごかい　まね

wa.ta.shi.no./i.i.ka.ta.ga./wa.ru.ku./go.ka.i.o./ma.ne.
i.te./shi.ma.tta.

我的說法太差，以致招來了誤會。

舉一反三

勘違いする かんちが

【動】誤解、記錯

ka.n.chi.ga.i./su.ru.　【類】思い違い おも　ちが

面接の時間を勘違いして1時間前に着いてしまっ めんせつ　じかん　かんちが　　　　いちじかんまえ　つ
た。

me.n.se.tsu.no./ji.ka.n.no./ka.n.chi.ga.i./shi.te./i.chi.
ji.ka.n.ma.e.ni./tsu.i.te./shi.ma.tta.

記錯了面試時間，而提早1個小時到達。

間違える まちが

【動】搞錯

ma.chi.ga.e.ru.

初めての町だから、何度も道を間違えた。 はじ　　　　まち　　　　なんど　みち　まちが

ha.ji.me.te.no./ma.chi.da.ka.ra./na.n.do.mo./mi.chi.o./
ma.chi.ga.e.ta.

因為是第1次來到這城市，所以走錯了好幾次路。

混同する こんどう

【動】搞混、混在一起

ko.n.do.u./su.ru.

日本語の初心者はよく「ヨ」と「ユ」の発音を混同 にほんご　しょしんしゃ　　　　　　　　　　　　　はつおん　こんどう
する。

ni.ho.n.go.no./sho.shi.n.sha.wa./yo.ku./yo.to./yu.no./
ha.tsu.o.no./ko.n.do.u./su.ru.

日語的初學者經常搞混「YO」和「YU」的發音。

坦白

036

必備單字

打ち明ける　　【動】吐露、坦白
う　あ

u.chi.a.ke.ru.

私 は悩みを打ち明けてほっとした。
わたし　なや　　　う　あ

wa.ta.shi.wa./na.ya.mi.o./u.chi.a.ke.te./ho.tto.shi.ta.
我吐露了煩惱之後覺得鬆了一口氣。

舉一反三

自白　　　　　【名】坦白、招認
じはく

ji.ha.ku.　　　　　　【類】白状
　　　　　　　　　　　　　はくじょう

彼はカンニングのことを先生に自白した。
かれ　　　　　　　　　　　　　せんせい　じはく

ka.re.wa./ka.n.ni.n.gu.no./ko.to.o./se.n.se.i.ni./ji.ha.
ku./shi.ta.
他向老師坦白了作弊的事。

告白する　　　【動】告白、坦白
こくはく

ko.ku.ha.ku./su.ru.　　【類】告る
　　　　　　　　　　　　　こく

子供はテレビを壊したことを告白できなかった。
こども　　　　こわ　　　　　　　こくはく

ko.do.mo.wa./te.re.bi.o./ko.wa.shi.ta./ko.to.o./ko.ku.
ha.ku./de.ki.na.ka.tta.
孩子沒辦法坦白把電視弄壞的事。

明かす　　　　【動】揭露、說出
あ

a.ka.su.

社 長 が成功の秘訣を明かした。
しゃちょう　せいこう　ひけつ　あ

sha.cho.u.ga./se.i.ko.u.no./hi.ke.tsu.o./a.ka.shi.ta.
社長說出了成功的祕訣。

心境篇

誠心 🎧037

必備單字

誠に
ma.ko.to.ni.

【副】真心地、誠然
【類】本当に

ご連絡が遅くなり、誠に申し訳ございません。

go.re.n.ra.ku.ga./o.so.ku./na.ri./ma.ko.to.ni./mo.u.shi.wa.ke./go.za.i.ma.se.n.

這麼遲才聯絡，真的感到很抱歉。

舉一反三

実は
ji.tsu.wa.

【副】其實、事實上

ずっと黙ってたけど実は私も野球が好きなんです。

zu.tto./da.ma.tte.ta./ke.do./ji.tsu.wa./wa.ta.shi.mo./ya.kyu.u.ga./su.ki./na.n.de.su.

一直沒說，其實我也喜歡棒球。

心底
shi.n.so.ko.

【名】內心深處、內心、心底
【類】本心

友人達の暖かい心遣いに心底から感謝している。

yu.u.ji.n.ta.chi.no./a.ta.ta.ka.i./ko.ko.ro.zu.ka.i.ni./shi.n.so.ko./ka.ra./ka.n.sha./shi.te./i.ru.

打從心底感謝朋友們溫暖的關懷。

誠実
se.i.ji.tsu.

【形】誠實、正直
【類】切実に

そこのスタッフはとても誠実で信用できる。

so.ko.no./su.ta.ffu.wa./to.te.mo./se.i.ji.tsu.de./shi.n.yo.u./de.ki.ru.

那裡的工作人員很誠實值得信任。

必備單字

嘘をつく
うそ

u.so.o./tsu.ku.

【常】說謊

【類】嘘つき
うそ

彼は両親を喜ばすために嘘をついた。
かれ りょうしん よろこ うそ

ka.re.wa./ryo.u.shi.no./yo.ro.ko.ba.su./ta.me.ni./u.so.
o./tsu.i.ta.

他為了讓雙親高興，而說了謊。

舉一反三

偽り
いつわ

i.tsu.wa.ri.

【名】虛假、虛偽、謊言

【類】欺き
あざむ

少年は警察に偽りの名前と住所を告げた。
しょうねん けいさつ いつわ なまえ じゅうしょ つ

sho.u.ne.n.wa./ke.i.sa.tsu.ni./i.tsu.wa.ri.no./na.ma.
e.to./ju.u.sho.o./tsu.ge.ta.

少年告訴警察假的名字和地址。

捏造する
ねつぞう

ne.tsu.zo.u./su.ru.

【動】捏造、假造

あの学生は実験を行わずにデータを捏造した。
がくせい じっけん おこな ねつぞう

a.no./ga.ku.se.i.wa./ji.kke.n.o./o.ko.na.wa.zu.ni./de.e.
ta.o./ne.tsu.zo.u./shi.ta.

那個學生沒進行實驗就捏造了數據。

ごまかす

go.ma.ka.su.

【動】含糊其詞、矇混

彼は自分のミスを笑ってごまかした。
かれ じぶん わら

ka.re.wa./ji.bu.n.no.mi.su.o./wa.ra.tte.go.ma.ka.shi.ta.

他用笑容含糊掩飾自己的錯誤。

心境篇

猶豫

∩038

必備單字

ためらう 【動】猶豫

ta.me.ra.u.

私は海外へ行くかどうかまだためらっている。

wa.ta.shi.wa./ka.i.ga.i.e./i.ku.ka./do.u.ka./ma.da./
ta.me.ta.tte./i.ru.

我還在猶豫該不該出國。

舉一反三

さまよう 【動】徘徊

sa.ma.yo.u.

ホームレスは町をあちこちさまよった。

ho.o.mu.re.su.wa./ma.chi.o./a.chi.ko.chi./sa.ma.yo.tta.

無家可歸的街友在城裡到處徘徊。

迷う 【動】迷惑、迷惘、煩惱

ma.yo.u.

毎朝何を着ようか迷っている。

ma.i.a.sa./na.ni.o./ki.yo.u.ka./ma.yo.tte./i.ru.

每天早上都煩惱要穿什麼。

尻込みする 【動】躊躇、退縮

shi.ri.go.mi./su.ru.

彼は手術と聞いて怖くなって、尻込みした。

ka.re.wa./shu.ju.tsu.to./ki.i.te./ko.wa.ku./na.tte./shi.
ri.go.mi./shi.ta.

他聽到手術後覺得害怕而退縮了。

決定

038

必備單字

決める　き
ki.me.ru.

【動】決定
【類】決定する　けってい

散々迷った結果、彼は白い車に決めた。　さんざんまよ　けっか　かれ　しろ　くるま　き

sa.n.za.n./ma.yo.tta./ke.kka./ka.re.wa./shi.ro.i./ku.ru.
ma.ni./ki.me.ta.

猶豫很久的結果，他決定要白色車。

舉一反三

決心　けっしん
ke.sshi.n.

【名】下決心、決定
【類】決断　けつだん

彼は留学する決心をした。　かれ　りゅうがく　けっしん

ka.re.wa./ryu.u.ga.ku./su.ru./ke.sshi.n.o./shi.ta.

他決定要去留學。

決意する　けつい
ke.tsu.i./su.ru.

【動】決定、下決心

医師からの指示で禁煙を決意した。　いし　しじ　きんえん　けつい

i.shi./ka.ra.no./shi.ji.de./ki.n.e.n.o./ke.tsu.i./shi.ta.

因為醫生的指示，決定要戒菸。

覚悟　かくご
ka.ku.go.

【名】心理準備、決心
【類】覚悟する　かくご

夢を叶えるためには人生全体を捧げるくらいの　ゆめ　かな　じんせいぜんたい　ささ
覚悟が必要だ。　かくご　ひつよう

yu.me.o./ka.na.e.ru./ta.me.ni.wa./ji.n.se.i.ze.n.ta.i.o./
sa.sa.ge.ru./ku.ra.i.no./ka.ku.go.ga./hi.tsu.yo.u.da.

為了實現夢想，就需要有奉獻整個人生的心理準備。

贊成

039

必備單字

賛成 さんせい 【名】贊成

sa.n.se.i.

私も同じ考えで、あなたの意見に賛成です。

wa.ta.shi.mo./o.na.ji./ka.n.ga.e.de./a.na.ta.no./i.ke.
n.ni./sa.n.se.i.de.su.

我也有相同的想法，所以贊成你的意見。

舉一反三

認める みと 【動】認可、承認

mi.to.me.ru. 　　　　　【類】支持する しじ

一生懸命考えた企画がやっと社長に認められた。

i.ssho.u.ke.n.me.i./ka.n.ga.e.ta./ki.ka.ku.ga./ya.tto./
sha.cho.u.ni./mi.to.me.ra.re.ta.

竭盡心力想出來的企畫，終於獲得社長的認可。

肩を持つ かた も 【常】擁護、偏袒、站在同一邊

ka.ta.o./mo.tsu.

親友だから私はできるだけあなたの肩を持つよ。

shi.n.yu.u.da.ka.ra./wa.ta.shi.wa./de.ki.ru.da.ke./a.na.
ta.no./ka.ta.o./mo.tsu.yo.

因為是好朋友，我會盡可能站在你這邊的。

納得する なっとく 【動】接受、心服口服

na.tto.ku./su.ru.

部下の説明を聞いて、部長も結果を納得した。

bu.ka.no./se.tsu.me.i.o./ki.i.te./bu.cho.u.mo./ke.kka.
o./na.tto.ku./shi.ta.

聽了屬下的說明，部長也接受結果了。

反對

必備單字

反対
ha.n.ta.i.

【名】反對

【類】断固拒否
だんこきょひ

わたし せんそう はんたい
私 は戦争に反対です。

wa.ta.shi.wa./se.n.so.u.ni./ha.n.ta.i.de.su.

我反對戰爭。

舉一反三

対立
たいりつ
ta.i.ri.tsu.

【名】對立、敵對

かれ たいりつ さ かちょう しじ したが
彼は対立を避けるために課長の指示に 従 った。

ka.re.wa./ta.i.ri.tsu.o./sa.ke.ru./ta.me.ni./ka.cho.
u.no./shi.ji.ni./shi.ta.ga.tta.

他為了避免敵對，而遵從了課長的指示。

反抗期
はんこうき
ha.n.ko.u.ki.

【名】叛逆期

むすこ はんこうき わたし い き
息子が反抗期で私の言うことは聞いてくれない。

mu.su.ko.ga./ha.n.ko.u.ki.de./wa.ta.shi.no./i.u.ko.
to.wa./ki.i.te./ku.re.na.i.

兒子正處於叛逆期，不肯聽我的話。

反発する
はんぱつ
ha.n.pa.tsu./su.ru.

【動】反彈、抗拒

しちょう ひと たいと じゅうみん つよ
市長の人をバカにしたような態度に住民は強く
はんぱつ
反発した.

shi.cho.u.no./hi.to.o./ba.ka.ni./shi.ta.yo.u.na./ta.i.do.
ni./ju.u.mi.n.wa./tsu.yo.ku./ha.n.pa.tsu./shi.ta.

市長把別人當傻瓜的態度，引起居民強烈反彈。

表情篇

外貌篇

心境篇

人格特質篇

動作篇

生理狀態篇

忍耐

🎧 040

必備單字

我慢
が ま ん

ga.ma.n.

【名】忍耐

【類】我慢強い
が ま ん づ よ

ダイエットのために、おやつを我慢している。
が ま ん

da.i.e.tto.no./ta.me.ni./o.ya.tsu.o./ga.ma.n./shi.te./i.ru.

為了減肥，忍著不吃零食。

舉一反三

やせ我慢する
が ま ん

【動】逞強

ya.se.ga.ma.n./su.ru.

転んじゃって痛かったけどやせ我慢して平気を 装 っ
ころ   いた   が ま ん   へ い き よ そ お
た。

ko.ro.n.ja.tte./i.ta.ka.tta.ke.do./ya.se.ga.ma.n./shi.te./
he.i.ki.o./yo.so.o.tta.

跌倒了雖然很痛，但逞強假裝沒事。

根 性 がある
こ ん じ よ う

【常】有骨氣、有毅力

ko.n.jo.u.ga./a.ru.

【類】いい 根 性 する
こ ん じ よ う

彼の 長 所 は 根 性 があることです。 失敗してもくじけ
か れ ちょうしょ こ ん じ よ う   しっぱい
ない。

ka.re.no./cho.u.sho.wa./ko.n.jo.u.ga./a.ru.ko.to.de.su./
shi.ppa.i./shi.te.mo./ku.ji.ke.na.i.

他的優點是有毅力。就算失敗也不氣餒。

辛抱強い
しんぼうづよ

【形】有耐心

shi.n.bo.u.zu.yo.i.

彼は怒っていたけれども、辛抱強く妻の言うことを聞
か れ お こ   しんぼうづよ   つ ま い   き
いた。

ka.re.wa./o.ko.tte./i.ta.ke.re.do.mo./shi.n.bo.u.zu.yo.ku./
tsu.ma.no./i.u./ko.to.o./ki.i.ta.

他雖然生氣，但耐著性子聽妻子講的話。

煩躁

040

必備單字

いらいらする　【動】心煩

i.ra.i.ra./su.ru.

となり そうおん
隣の騒音にいらいらしてきた。
to.na.ri.no./so.u.o.n.ni./i.ra.i.ra./shi.te./ki.ta.
因隔壁的噪音而變得心煩。

舉一反三

いらだ
苛立つ　【動】焦急、心浮氣躁

i.ra.da.tsu.

かれ たんき ささい いらだ
彼は短気で、ほんの些細なことでさえすぐ苛立つ。
ka.re.wa./ta.n.ki.de./ho.n.no./sa.sa.i.na./ko.to.de.sa.e./su.gu./i.ra.da.tsu.
他很沒耐性，一點就事就心浮氣躁。

もやもやする　【動】心裡不舒服、不舒暢

mo.ya.mo.ya./su.ru.　【類】うっとうしい

こころ
心にわだかまりがあってもやもやしている。
ko.ko.ro.ni./wa.da.ka.ma.ri.ga./a.tte./mo.ya.mo.ya./shi.te./i.ru.
心裡有疙瘩，覺得很不舒暢。

うんざり　【副】厭煩

u.n.za.ri.

かれ い わけ
彼はいつも言い訳ばかりで、もううんざりだ。
ka.re.wa./i.tsu.mo./i.i.wa.ke./ba.ka.ri.de./mo.u./u.n.za.ri.da.
他總是一堆藉口，我已經厭煩了。

報復

🎧041

必備單字

仕返し
しかえ

shi.ka.e.shi.

【名】報仇

【反】恩返し (報恩)
おんが

友達に裏切られ、いつか仕返ししてやろうと思っ
ともだち うらぎ　　　　　　　　　 しかえ　　　　　　　　　おも
ている。

to.mo.da.chi.ni./u.ra.gi.ra.re./i.tsu.ka./shi.ka.e.shi.shi.
te./ya.ro.u.to./o.mo.tte./i.ru.

被朋友背叛，想著總有一天要報仇。

舉一反三

見返す
みかえ

mi.ka.e.su.

【動】還以顏色、再看一次

彼はいつか周りを見返してやろうと誓った。
かれ　　　　　　 まわ　　 みかえ　　　　　　　　　 ちか

ka.re.wa./i.tsu.ka./ma.wa.ri.o./mi.ka.e.shi.te./ya.ro.
u.to./chi.ka.tta.

他發誓總有一天要對周遭的人還以顏色。

復讐する
ふくしゅう

fu.ku.shu.u./su.ru.

【動】報仇

私はいつか私を侮辱したやつに復讐する。
わたし　　　　　 わたし ぶじょく　　　　　　 ふくしゅう

wa.ta.shi.wa./i.tsu.ka./wa.ta.shi.o./bu.jo.ku.shi.ta./
ya.tsu.ni./fu.ku.shu.u./su.ru.

我總有一天會向侮辱我的傢伙報仇。

リベンジ

ri.be.n.ji.

【名】再挑戰、報復

準決勝で負けてしまって、次は絶対リベンジし
じゅんけっしょう ま　　　　　　　　　　　 つぎ ぜったい
たい。

ju.n.ke.ssho.u.de./ma.ke.te./shi.ma.tte./tsu.gi.wa./
ze.tta.i./ri.be.n.ji./shi.ta.i.

在準決賽時輸了，下次一定要復仇。

Chapter 4
人格特質篇

懶人日語單字
舉一反三的

日語
單字書

親切熱心

042

親切
しんせつ
【形、名】親切

shi.n.se.tsu.

かれ　しんせつ　みちあんない
彼は親切に道案内をしてくれた。

ka.re.wa./shi.n.se.tsu.ni./mi.chi.a.n.na.i.o./shi.te./
ku.re.ta.

他很親切地為我指路。

世話好き
せ　わ　ず
【名】熱心

se.wa.zu.ki.

わたし　おおや　　　　　　　　　　　　せわず
私 の大家さんはとても世話好きで、いつもよくして
もらってます。

wa.ta.shi.no./o.o.ya.sa.n.wa./to.te.mo./se.wa.zu.ki.de./
i.tsu.mo./yo.ku./shi.te./mo.ra.tte./ma.su.

我的房東非常熱心，總是對我很好。

気を配る
き　くば
【常】照顧、注意、顧全

ki.o./ku.ba.ru.

かのじょ　やさ　　せいかく　　　　　　まわ　　　き　くば
彼女は優しい性格でいつも周りに気を配っている。

ka.no.jo.wa./ya.sa.shi.i./se.i.ka.ku.de./i.tsu.mo./ma.wa.
ri.ni./ki.o./ku.ba.tte./i.ru.

她的個性很善良，總是照顧著周圍的人。

心遣い
こころづか
【名】關懷、擔心

ko.ko.ro.zu.ka.i.
おも
【類】思いやりがある

わたし　みな　　　あたた　こころづか　　　かんしゃ
私 は皆さんの温かい心遣いに感謝しています。

wa.ta.shi.wa./mi.na.sa.n.no./a.ta.ta.ka.i./ko.ko.ro.zu.
ka.i.ni./ka.n.sha./shi.te./i.ma.su.

我很感謝大家溫暖的關懷。

冷淡

必備單字

冷たい
つめ

tsu.me.ta.i.

【形】冷淡、冰冷

【類】つれない、冷淡
れいたん

彼は怒っているようで、私に冷たい態度をとって
かれ おこ　　　　　　　　わたし つめ　　たいど
いる。

ka.re.wa./o.ko.tte./i.ru./yo.u.de./wa.ta.shi.ni./tsu.me.
ta.i./ta.i.do.o./to.tte./i.ru.

他好像在生氣，用冷淡的態度對待我。

舉一反三

無関心
むかんしん

mu.ka.n.shi.n.

【名】沒興趣

【類】無頓着
むとんちゃく

彼は自分の専攻以外のことには全く無関心だ。
かれ じぶん せんこういがい　　　　　　まった むかんしん

ka.re.wa./ji.bu.n.no./se.n.ko.u.i.ga.i.no./ko.to./ni.wa./
ma.tta.ku./mu.ka.n.shi.n.da.

他對自己主修以外的東西完全沒興趣。

素っ気ない
そ け

so.kke.na.i.

【形】冷淡

彼女は不満そうで素っ気ない返事をした。
かのじょ ふまん　　　　　そ け　　　へんじ

ka.no.jo.wa./fu.ma.n.so.u.de./so.kke.na.i./he.n.ji.o./shi.
ta.

她看似不滿地給了冷淡的回答。

他人行儀
たにんぎょうぎ

ta.ni.n.gyo.u.gi.

【名】見外、客氣

【類】水くさい
みず

同級生なのにそんな他人行儀な話し方はしないでよ。
どうきゅうせい　　　　　　　たにんぎょうぎ はな かた

do.u.kyu.u.se.i./na.no.ni./so.n.na./ta.ni.n.gyo.u.gi.na./
ha.na.shi.ka.ta.wa./shi.na.i.de.yo.

明明是同學，不要用這麼見外的方式講話嘛。

聰明機伶

🎧043

必備單字

賢い 【形】聰明
か し こ

ka.shi.ko.i.

彼は賢くて相手の言うことをすぐに理解できる。
かれ かしこ あいて い りかい

ka.re.wa./ka.shi.ko.ku.te./a.i.te.no./i.u.ko.to.o./su.gu.ni./ri.ka.i./de.ki.ru.

他很聰明,對方講什麼都能立刻理解。

舉一反三

気が利く 【常】機靈、懂得察言觀色
き き

ki.ga./ki.ku. 【類】機転がいい
きてん

彼は仕事の判断が早くて、気が利いている。
かれ しごと はんだん はや き き

ka.re.wa./shi.go.to.no./ha.n.da.n.ga./ha.ya.ku.te./ki.ga./ki.i.te./i.ru.

他對工作的判斷很快,十分機靈。

利口 【形】聰明、機靈
りこう

ri.ko.u.

そんな難しい問題も分かるなんてこの学生は利口だね。
むずか もんだい わ がくせい りこう

so.n.na./mu.zu.ka.shi.i./mo.n.da.i.mo./wa.ka.ru./na.n.te./ko.no./ga.ku.se.i.wa./ri.ko.u./da.ne.

這麼難的問題也知道,真是聰明的學生。

頭 がいい 【常】頭腦很好、聰明
あたま

a.ta.ma.ga./i.i. 【類】頭 の回転が速い
あたま かいてん はや

彼は頭がいいけど、勉強が嫌いみたいだ。
かれ あたま べんきょう きら

ka.re.wa./a.ta.ma.ga./i.i./ke.do./be.n.kyo.u.ga./ki.ra.i./mi.ta.i.da.

他雖然很聰明,但好像討厭讀書。

遅鈍

043

必備單字

鈍感 （どんかん）

【形、名】遲鈍

do.n.ka.n.

彼は鈍感でいつも仕事のチャンスを逃している。
（かれ どんかん　　しごと　　　　　　のが）

ka.re.wa./do.n.ka.n.de./i.tsu.mo./shi.go.to.no./cha.
n.su.o./no.ga.shi.te./i.ru.

他很遲鈍，總是錯失工作機會。

舉一反三

鈍い （にぶい）

【形】遲鈍、鈍

ni.bu.i.

眠気で動きと反応が鈍くなった。
（ねむけ　うご　　はんのう　にぶ）

ne.mu.ke.de./u.go.ki.to./ha.n.no.u.ga./ni.bu.ku./
na.tta.

因為想睡，動作和反應都變遲鈍了。

無神経 （むしんけい）

【形】反應遲鈍、不在乎、不體貼

mu.shi.n.ke.i.

彼女は服装に無神経でいつもダサい服を着ている。
（かのじょ　ふくそう　むしんけい　　　　　　　ふく　き）

ka.no.jo.wa./fu.ku.so.u.ni./mu.shi.n.ke.i.de./i.tsu.mo./
da.sa.i./fu.ku.o./ki.te./i.ru.

她對服裝很沒概念，總是穿著土氣的衣服。

リアクションが遅い （おそ）

【常】反應慢

ri.a.ku.sho.n.ga./o.so.i.

【類】反応が遅い（はんのう　おそ）

彼はリアクションが遅いから、いつも彼女をいらい
らさせる。
（かれ　　　　　　　　おそ　　　　　　　　　かのじょ）

ka.re.wa./ri.a.ku.sho.n.ga./o.so.i./ka.ra./i.tsu.mo./ka.
no.jo.o./i.ra.i.ra./sa.se.ru.

他因為反應很慢，總是讓她感到煩躁。

穩健

🎧044

必備單字

しっかりする
shi.kka.ri./su.ru.

【動】牢靠、穩健

【類】頼りになる

彼はしっかりした性格で、頼りになるよ。

ka.re.wa./shi.kka.ri./shi.ta./se.i.ka.ku.de./ta.yo.ri.ni./na.ru.yo.

他個性穩健，值得信賴。

舉一反三

気丈
ki.jo.u.

【形】穩重、剛強

息子のために弱みも見せずに気丈に振る舞っている。

mu.su.ko.no./ta.me.ni./yo.wa.mi.mo./mi.se.zu.ni./ki.jo.u.ni./fu.ru.ma.tte./i.ru.

為了兒子，不讓人看出柔弱之處，表現得很剛強。

堅実
ke.n.ji.tsu.

【形】踏實、腳踏實地

彼は堅実な仕事ぶりで同僚や上司からの信頼を得た。

ka.re.wa./ke.n.ji.tsu.na./shi.go.to./bu.ri.de./do.u.ryo.u.ya./jo.u.shi./ka.ra.no./shi.n.ra.i.o./e.ta.

他因為踏實的工作表現，得到同事和上司的信賴。

芯の強い
shi.n.no./tsu.yo.i.

【常】剛強、穩健

彼女は芯の強い女性で、常に目標に向かって頑張っている。

ka.ra.jo.wa./shi.n.no./tsu.yo.i./jo.se.i.de./tsu.ne.ni./mo.ku.hyo.u.ni./mu.ka.tte./ga.n.ba.tte./i.ru.

她是很剛強穩健的女性，總是朝著目標努力。

孩子氣

🎧 044

必備單字

子供っぽい 【形】幼稚、像小孩
こども

ko.do.mo.ppo.i.

かれ　かんが　かた　ようち　こども
彼は考え方が幼稚で子供っぽい。

ka.re.wa./ka.n.ga.e.ka.ta.ga./yo.u.chi.de./ko.do.mo.p-po.i.

他的思考方式很幼稚像小孩一樣。

舉一反三

大人気ない 【形】不像大人、不穩重
おとなげ

o.to.na.ge.na.i.

こども　あいて　けんか　　　　　　おとなげ
子供を相手に喧嘩するなんて大人気ないな。

ko.do.mo.o./a.i.te.ni./ke.n.ka./su.ru./na.n.te./o.to.na.ge.na.i.na.

和小朋友吵架，真是不像大人。

わがまま 【形】任性

wa.ga.ma.ma.

こ　わがまま わたし　い　　　　　　き
この子は我儘で私の言うことを聞かないんです。

ko.no.ko.wa./wa.ga.ma.ma.de./wa.ta.shi.no./i.u./ko.to.o./ki.ka.na.i.n.de.su.

這孩子很任性，不聽我的話。

だだをこねる 【動】任性要求、耍賴要求

da.da.o./ko.ne.ru.

こども　　　　　　　　あたら　　　　　　　　か
子供はだだをこねて新しいゲームを買ってもらおうとした。

ko.do.mo.wa./da.da.o./ko.ne.te./a.ta.ra.shi.i./ge.e.mu.o./ka.tte./mo.ra.o.u.to./shi.ta.

孩子耍賴要求要我買新玩具給他。

溫順老實

🎧045

必備單字

おとなしい 　　　【形】老實、溫順

o.to.na.shi.i.

あの人は見かけは荒っぽいが実際はおとなしい。

a.no.hi.to.wa./mi.ka.ke.wa./a.ra.pp.i.ga./ji.ssa.i.wa./
o.to.na.shi.i.

那個人外表看來粗野，但實際上是很溫和的人。

舉一反三

温厚 　　　【形】溫厚、敦厚

o.n.ko.u.

社長は温厚な人で、大声を出して怒ることはない。

sha.cho.u.wa./o.n.ko.u.na./hi.to.de./o.o.go.e.o./da.shi.
te./o.ko.ru./ko.to.wa./na.i.

社長是很溫厚的人，從沒大聲生氣過。

冷静 　　　【形】冷靜

re.i.se.i.

彼はいつも落ち着いて冷静な人です。

ka.re.wa./i.tsu.mo./o.chi.tsu.i.te./re.i.se.i.na./hi.to./
de.su.

他總是很沉著，是很冷靜的人。

穏やか 　　　【形】穩重、安穩、和氣

o.da.ya.ka.

彼は穏やかでおとなしい性格だ。

ka.re.wa./o.da.ya.da.de./o.to.na.shi.i./se.i.ka.ku.da.

他的個性很穩重溫和。

軽浮

045

必備單字

チャラい
cha.ra.i.

【形】態度輕佻、輕浮

かれ み め なかみ いがい まじめ
彼は見た目がチャラいけど中身は意外と真面目です。

ka.re.wa./mi.ta.me.ga./cha.ra.i./ke.do./na.ka.mi.wa./
i.ga.i.to./ma.ji.me.de.su.

他雖然外表輕浮，但內在意外地很正經。

舉一反三

なれなれしい
na.re.na.re.shi.i.

【形】裝熟、親膩

しんじん じょうし じょうだん い おこ
あの新人は上司になれなれしい冗談を言って怒られ
たそうだ。

a.no./shi.n.ji.n.wa./jo.u.shi.ni./na.re.na.re.shi.i./jo.u.da.
n.o./i.tte./o.ko.ra.re.ta./so.u.da.

那個新人對上司裝熟說了笑話，結果被罵了。

軽い
ka.ru.i.

【形】輕浮、輕

ちょうしもの
【類】お調子者

かれ せいかく かる せきにんかん ひと
彼は性格が軽くて責任感がない人。

ka.re.wa./se.i.ka.ku.ga./ka.ru.ku.te./se.ki.ni.n.ka.n.ga./
na.i./hi.to.

他是個性輕浮、沒責任感的人。

図々しい
zu.u.zu.u.shi.i.

【形】厚臉皮

【類】しつこい

ずうずう かね
...しく金をくれと言った。

...shi.n.ni./zu.u.zu.u.shi.ku./o.ka.ne.o./

父母說給我錢。

表情篇 外觀篇 小嗜篇 人格特質篇 動作篇 生理狀態篇

受歡迎

046

必備單字

大人気
<small>だいにんき</small>

【形】大受歡迎

da.i.ni.n.ki.

このカフェの朝食は今、大人気らしいよ。
<small>ちょうしょく いま だいにんき</small>

ko.no./ka.fe.no./cho.u.sho.ku.wa./i.ma./da.i.ni.n.ki./
ra.shi.i.yo.

這間咖啡廳的早餐，現在好像很受歡迎喔。

舉一反三

人気がある
<small>にんき</small>

【常】受歡迎、有人氣

ni.n.ki.ga./a.ru.

彼は優しくて部下に人気がある。
<small>かれ やさ ぶ か にんき</small>

ka.re.wa./ya.sa.shi.ku.te./bu.ka.ni./ni.n.ki.ga./a.ru.

他很溫柔，很受下屬歡迎。

人望がある
<small>じんぼう</small>

【常】有名望、有聲望

ji.n.bo.u.ga./a.ru.

あの先生は真面目で学生に人望がある。
<small>せんせい まじ め がくせい じんぼう</small>

a.no./se.n.se.i.wa./ma.ji.me.de./ga.ku.se.i.ni./ji.n.bo.
u.ga./a.ru.

那位老師很認真，在學生間很有聲望。

人気者
<small>にんきもの</small>

【名】大紅人、當紅

ni.n.ki.mo.no.

彼は俳優として成功し、とても人気者になった。
<small>かれ はいゆう せいこう にんきもの</small>

ka.re.wa./ha.i.yu.u./to.shi.te./se.i.ko.u.shi./to.te.mo.
ni.n.ki.mo.no.ni./na.tta.

他以演員身分成功，成為大紅人。

個性差

必備單字

性格が悪い　　　【常】個性差

せいかく　わる

se.i.ka.ku.ga./wa.ru.i.

かのじょ　　　　　　　　　　　せいかく　わる
彼女はかわいいけど性格が悪い。

ka.no.jo.wa./ka.wa.i.i.ke.do./se.i.ka.ku.ga./wa.ru.i.
她雖然很可愛但個性很差。

舉一反三

意地悪　　　　　【名】過分

いじわる

i.ji.wa.ru.

わたし
私 がダイエットしてるって知ってるのに、わ
　　　　　　め　まえ　　　かし　た　　　　　ほんとう
ざわざ目の前でお菓子を食べるなんて、本当に
いじわる
意地悪。

wa.ta.shi.ga./da.i.e.tto./shi.te.ru.tte./shi.tte.ru./no.ni./
wa.za.wa.za./me.no.ma.e.de./o.ka.shi.o./ta.be.ru./
na.n.te./ho.n.to.u.ni./i.ji.wa.ru.
明明知道我在減肥，還故意在我面前吃零食，真是過分。

天の邪鬼　　　　【名】個性乖張、個性彆扭

あま　じゃく

a.ma.no./ja.ku.

かれ　あま　じゃく　　　　せんせい　かぞく　い　　　　　　したが
彼は天の邪鬼で、先生や家族の言うことに従わ
ない。

ka.re.wa./a.ma.no./ja.ku.de./se.n.se.i.ya./ka.zo.ku.
no./i.u./ko.to.ni./shi.ta.ga.wa.na.i.
他個性乖張，從不聽從老師和家人的話。

嚴格

047

必備單字

厳しい
きび

【形】嚴格、嚴厲

ki.bi.shi.i.

仕事でミスをして、上司に厳しく叱られた。
しごと　　　　　　　　　じょうし　きび　　　しか

shi.go.to.de./mi.su.o./shi.te./jo.u.shi.ni./ki.bi.shi.ku./shi.ka.ra.re.ta.

工作犯了錯，被上司嚴厲地斥責。

舉一反三

手厳しい
てきび

【形】嚴苛

te.ki.bi.shi.i.

新しい企画は手厳しい指摘を受けた。
あたら　　　きかく　てきび　　　　してき　う

a.ta.ra.shi.i./ki.ka.ku.wa./te.ki.bi.shi.i./shi.te.ki.o./u.ke.ta.

新企畫受到很嚴苛的指摘。

びしっと

【副】嚴正、嚴厲

bi.shi.tto.

彼は反抗期の息子をびしっと叱った。
かれ　はんこうき　むすこ　　　　　　しか

ka.re.wa./ha.n.ko.u.ki.no./mu.su.ko.o./bi.shi.tto./shi.ka.tta.

他嚴厲斥責了正值叛逆期的兒子。

きつい

【形】嚴厲

ki.tsu.i.

彼は厳しい先生で、学生にきついことを言うこともある。
かれ　きび　　　せんせい　　がくせい　　　　　　　　　い

ka.re.wa./ki.bi.shi.i./se.n.se.i.de./ga.ku.se.i.ni./ki.tsu.i./ko.to.o./i.u./ko.to.mo./a.ru.

他是很嚴格的老師，有時會對學生說嚴厲的話。

寬容爽快

必備單字

さらりとする 【動】爽快、直率

sa.ra.ri.to./su.ru.

【類】あっさりとする

<ruby>田中<rt>たなか</rt></ruby>君はさらりとした<ruby>性格<rt>せいかく</rt></ruby>でみんなに<ruby>好<rt>す</rt></ruby>かれる。

ta.na.ka.ku.n.wa./sa.ra.ri.to./shi.ta./se.i.ka.ku.de./mi.na.
na.ni./su.ka.re.ru.

田中君個性直率,所以大家都喜歡他。

舉一反三

<ruby>拘<rt>こだわ</rt></ruby> らない 【常】不拘泥

ko.da.wa.ra.na.i. 【類】おおらか

<ruby>彼<rt>かれ</rt></ruby>は<ruby>性格<rt>せいかく</rt></ruby>がさっぱりしていて<ruby>小<rt>ちい</rt></ruby>さい<ruby>事<rt>こと</rt></ruby>に<ruby>拘<rt>こだわ</rt></ruby>らない。

ka.re.wa./se.i.ka.ku.ga./sa.ppa.ri./shi.te./i.te./chi.i.sa.i./
ko.to.ni./ko.da.wa.ra.na.i.

他個性爽快,不拘泥小事。

<ruby>気<rt>き</rt></ruby>さく 【形】平易近人、和藹可親

ki.sa.ku.

<ruby>校長先生<rt>こうちょうせんせい</rt></ruby>は<ruby>気<rt>き</rt></ruby>さくて<ruby>親<rt>した</rt></ruby>しみやすい。

ko.u.cho.u.se.n.se.i.wa./ki.sa.ku.de./shi.ta.shi.mi./ya.su.i.

校長很平易近人容易親近。

<ruby>器<rt>うつわ</rt></ruby> が<ruby>大<rt>おお</rt></ruby>きい 【常】氣度很大、大器

u.tsu.wa.ga./o.o.ki.i.

<ruby>彼<rt>かれ</rt></ruby>は<ruby>小<rt>ちい</rt></ruby>さな<ruby>失敗<rt>しっぱい</rt></ruby>を<ruby>犯<rt>おか</rt></ruby>した<ruby>部下<rt>ぶか</rt></ruby>を<ruby>責<rt>せ</rt></ruby>めない、<ruby>器<rt>うつわ</rt></ruby>の<ruby>大<rt>おお</rt></ruby>きな
<ruby>男<rt>おとこ</rt></ruby>だ。

ka.re.wa./chi.i.sa.na./shi.ppa.i.o./o.ka.shi.ta./bu.ka.o./
se.me.na.i./u.tsu.wa.no./o.o.ki.na./o.to.ko.da.

他不責備犯了小錯的部下,是個大器的男人。

有能力 　　🎧048

必備單字

有能 （ゆうのう）　　【形】有能力

yu.u.no.u.

彼女のような有能な人が成功しても不思議でない。
（かのじょ　　　　　ゆうのう　ひと　せいこう　　　　　ふしぎ）

ka.no.jo.no./yo.u.na./yu.u.no.u.na./hi.to.ga./se.i.ko.u./
shi.te.mo./fu.shi.gi.de.na.i.

像她這麼有能力的人，會成功並不奇怪。

舉一反三

敏腕 （びんわん）　　【形】能幹

bi.n.wa.n.

会社の成功には敏腕な経営者が必要だ。
（かいしゃ　せいこう　　　　びんわん　けいえいしゃ　ひつよう）

ka.i.sha.no./se.i.ko.u.ni.wa./bi.n.wa.n.na./ke.i.e.i.sha.
ga./hi.tsu.yo.u.da.

公司成功，必需要有能幹的經營者。

腕利き （うでき）　　【名】能幹、手腕高明

u.de.ki.ki.

その腕利きの医者は多くの病気を治療してきた。
（うでき　　　いしゃ　おお　　びょうき　ちりょう）

so.no./u.de.ki.ki.no./i.sha.wa./o.o.ku.no./byo.u.ki.o./
chi.ryo.u./shi.te./ki.ta.

那個能幹的醫生，至今治療過許多疾病。

てきぱき 　　【副】俐落

te.ki.pa.ki.

彼女は帰ったらすぐてきぱきと家の片付けをした。
（かのじょ　かえ　　　　　　　　　　　いえ　かたづ）

ka.no.jo.wa./ka.e.tta.ra./su.gu./te.ki.pa.ki.to./i.e.no./
ka.ta.zu.ke.o./shi.ta.

她回來後立刻俐落地收拾家裡。

無能

048

必備單字

下手 <ruby>へ<rt></rt></ruby><ruby>た<rt></rt></ruby>
【形】笨拙、不擅長

he.ta.

<ruby>私<rt>わたし</rt></ruby> は<ruby>絵<rt>え</rt></ruby>を<ruby>描<rt>か</rt></ruby>くのが<ruby>下手<rt>へた</rt></ruby>です。

wa.ta.shi.wa./e.o./ka.ku.no.ga./he.ta.de.su.

我不擅長畫畫。

舉一反三

できない
【常】辦不到、做不到

de.ki.na.i.

<ruby>彼<rt>かれ</rt></ruby>はできないんじゃなくて、やらないんです。

ka.re.wa./de.ki.na.i.n./ja.na.ku.te./ya.ra.na.i.n.de.su.

他不是做不到，而是不肯做。

不器用 <ruby>ぶ<rt></rt></ruby><ruby>きよう<rt></rt></ruby>
【形】笨拙、不俐落

bu.ki.yo.u.

<ruby>私<rt>わたし</rt></ruby> は<ruby>不器用<rt>ぶきよう</rt></ruby>だから、<ruby>人<rt>ひと</rt></ruby>の<ruby>倍以上<rt>ばいいじょう</rt></ruby><ruby>努力<rt>どりょく</rt></ruby>しないといけない。

wa.ta.shi.wa./bu.ki.yo.u.da.ka.ra./hi.to.no./ba.i./i.jo.u./do.ryo.ku./shi.na.i.to./i.ke.na.i.

我是笨拙的人，所以要比別人付出加倍以上的努力才行。

不手際 <ruby>ふ<rt></rt></ruby><ruby>て<rt></rt></ruby><ruby>ぎわ<rt></rt></ruby>
【名】做得不好

fu.te.gi.wa.

<ruby>私<rt>わたし</rt></ruby> の<ruby>不手際<rt>ふてぎわ</rt></ruby>で、<ruby>計画<rt>けいかく</rt></ruby>が<ruby>台無<rt>だいな</rt></ruby>しになった。

wa.ta.shi.no./fu.te.gi.wa.de./ke.i.ka.ku.ga./da.i.na.shi.ni./na.tta.

因為我做得不好，而讓計畫功虧一簣。

坦然

049

必備單字

まっすぐ 【形】正直、直直地

ma.ssu.gu.

<ruby>彼<rt>かれ</rt></ruby>は<ruby>素直<rt>すなお</rt></ruby>でまっすぐな<ruby>人<rt>ひと</rt></ruby>です。

ka.re.wa./su.na.o.de./ma.ssu.gu.na./hi.to.de.su.

他是誠實正直的人。

舉一反三

<ruby>裏 表<rt>うらおもて</rt></ruby>がない 【常】表裡如一

u.ra.o.mo.te.ga./na.i.

<ruby>彼女<rt>かのじょ</rt></ruby>は<ruby>裏 表<rt>うらおもて</rt></ruby>がない、<ruby>陽気<rt>ようき</rt></ruby>な<ruby>人<rt>ひと</rt></ruby>です。

ka.no.jo.wa./u.ra.o.mo.te.ga./na.i./yo.u.ki.na./hi.to.
de.su.

她是表裡如一，開朗的人。

オープン 【名、形】開放、開朗、坦率

o.o.pu.n.

<ruby>彼<rt>かれ</rt></ruby>は<ruby>誰<rt>だれ</rt></ruby>にもオープンな<ruby>性格<rt>せいかく</rt></ruby>で、<ruby>親<rt>した</rt></ruby>しみやすい。

ka.re.wa./da.re.ni.mo./o.o.pu.n.na./se.i.ka.ku.de./shi.
ta.shi.mi.ya.su.i.

他無論對誰都是坦率的個性，很容易親近。

<ruby>潔<rt>いさぎよ</rt></ruby>い 【形】乾脆、爽快

i.sa.gi.yo.i.

<ruby>部長<rt>ぶちょう</rt></ruby>は<ruby>潔<rt>いさぎよ</rt></ruby>く<ruby>謝<rt>あやま</rt></ruby>った。

bu.cho.u.wa./i.sa.gi.yo.ku./a.ya.ma.tta.

部長很乾脆地道了歉。

扭捏不乾脆

必備單字

うじうじする 【動】磨蹭、拖拖拉拉
u.ji.u.ji./su.ru.　　【類】ぐずぐず

うじうじしないで早くやらないと間に合わない
よ。
u.ji.u.ji./shi.na.i.de./ha.ya.ku./ya.ra.na.i.to./ma.ni./
a.wa.na.i.yo.
不要再拖拖拉拉的，不快做的話會來不及喔。

舉一反三

優柔不断 【形】優柔寡斷
yu.u.ju.u.fu.da.n.

彼の優柔不断で、またチャンスを逃がした。
ka.re.no./yu.u.ju.u.fu.da.n.de./ma.ta./cha.n.su.o./no.
ga.shi.ta.
因為他優柔寡斷，又錯失了機會。

意気地なし 【名】軟弱、懦弱
i.ku.ji.na.shi.

あの人は疑われても黙っているような意気地なし
だ。
a.no.hi.to.wa./u.ta.ga.wa.re.te.mo./da.ma.tte./i.ru.
yo.u.na./i.ku.ji.na.shi.da.
那人懦弱得就算被人懷疑也只是保持沉默。

おどおどする 【動】怯生生、戰戰兢兢
o.do.o.do./su.ru.

彼女は人前ではいつもおどおどしている。
ka.no.jo.wa./hi.to.ma.e.de.wa./i.tus.mo./o.do.o.do./
shi.te./i.ru.
她在人前總是怯生生的。

勤勞

🎧 050

必備單字

勤勉 【形】勤奮
きんべん

ki.n.be.n.

彼は勤勉で真面目だからいつか成功するだろう。
かれ きんべん まじめ せいこう

ka.re.wa./ki.n.be.n.de./ma.ji.me.da.ka.ra./i.tsu.ka./
se.i.ko.u./su.ru.da.ro.u.

他很勤奮又認真，總有一天會成功的吧。

舉一反三

こつこつ 【副】孜孜不倦、踏實努力

ko.tsu.ko.tsu.

論文のためにこつこつ勉強し続けている。
ろんぶん べんきょう つづ

ro.n.bu.n.no./ta.me.ni./ko.tsu.ko.tsu./be.n.kyo.u./shi.
tsu.zu.ke.te./i.ru.

為了論文，孜孜不倦地持續用功著。

働き者 【名】辛勤工作的人、工作狂
はたら もの

ha.ta.ra.ki.mo.no.

父は働き者で、家でも仕事のことを考えている。
ちち はたら もの いえ しごと かんが

chi.chi.wa./ha.ta.ra.ki.mo.no.de./i.e.de.mo./shi.go.to.
no./ko.to.o./ka.n.ga.e.te./i.ru.

父親是個工作狂，在家也想著工作的事。

一生懸命 【名、形】盡全力、盡心
いっしょうけんめい

i.ssho.u.ke.n.me.i.

私たちは今日の試合のために、一生懸命練習
わたし きょう しあい いっしょうけんめいれんしゅう
してきた。

wa.ta.shi.ta.chi.wa./kyo.u.no./shi.a.i.no./ta.me.ni./i.ss-
ho.u.ke.n.me.i./re.n.shu.u./shi.te./ki.ta.

我們為了今天的比賽，一直以來都盡全力練習。

懶惰

050

必備單字

怠ける
な ま

na.ma.ke.ru.

【動】懈怠、偷懶

【類】怠ける
　　　な ま

あの人はいつも仕事を怠けてダラダラしている。
ひと　　　　　　しごと　なま

a.no./hi.to.wa./i.tsu.mo./shi.go.to.o./na.ma.ke.te./
da.ra.da.ra./shi.te./i.ru.

那人工作總是偷懶，一直懶洋洋的。

舉一反三

怠る
おこた

o.ko.ta.ru.

【動】懈怠、疏忽

学生たちは部活に夢中で勉強を怠った。
がくせい　　　ぶかつ　むちゅう　べんきょう　おこた

ga.ku.se.i.ta.chi.wa./bu.ka.tsu.ni./mu.chu.u.de./be.n.
kyo.u.o./o.ko.ta.tta.

學生們熱衷於社團活動，而疏忽了念書。

だらしない

da.ra.shi.na.i.

【形】放蕩、散漫

【類】ずぼら

嫁は掃除も片付けもしない、とてもだらしない。
よめ　そうじ　かたづ

yo.me.wa./so.u.ji.mo./ka.ta.zu.ke.mo./shi.na.i./to.te.
mo./da.ra.shi.na.i.

我老婆既不打掃也不收拾，很散漫。

手抜き
て ぬ

te.nu.ki.

【名】偷懶

【類】ゆるい

彼は真面目な人で仕事に手抜きなど決してしない。
かれ　まじめ　ひと　しごと　てぬ　　　　けっ

ka.re.wa./ma.ji.me.na./hi.to.de./shi.go.to.ni./te.nu.ki.
na.do./ke.sshi.te./shi.na.i.

他是認真的人，工作絕對不會偷懶。

一絲不苟　🎧051

必備單字

きちんと　　　　【副】一絲不苟、確實地
ki.chi.n.to.

明日期末だから、きちんと勉強しなさい。
あした　きまつ　　　　　　　　べんきょう

a.shi.ta./ki.ma.tsu.da.ka.ra./ki.chi.n.to./be.n.kyo.u./shi.na.sa.i.

明天就是期末考了，好好地念書！

舉一反三

ちゃんと　　　　【副】好好地
cha.n.to.

部屋の中をちゃんと片付けた。
へや　なか　　　　　　　かたづ

he.ya.no./na.ka.o./cha.n.to./ka.ta.zu.ke.ta.

好好地把房間裡整理過。

きっちり　　　　【副】整齊、剛好
ki.cchi.ri.

彼は時間をきっちり守った。
かれ　じかん　　　　　　まも

ka.re.wa./ji.ka.n.o./ki.cchi.ri./ma.mo.tta.

他一點不差地遵守了時間。

細かい　　　　【形】細心、細膩
こま
ko.ma.ka.i.

仕事に細かい人は、ミスがなく確実に仕事をこなす。
しごと　こま　　ひと　　　　　　　かくじつ　しごと

shi.go.to.ni./ko.ma.ka.i./hi.to.wa./mi.su.ga./na.ku./ka.ku.ji.tsu.ni./shi.go.to.o./ko.na.su.

工作細心的人，能一點不出錯地完成工作。

大而化之

051

必備單字

大雑把 <ruby>大雑把<rt>おおざっぱ</rt></ruby>

【形】粗心、粗略

o.o.za.ppa.

彼女<ruby>彼女<rt>かのじょ</rt></ruby>は<ruby>仕事<rt>しごと</rt></ruby>が<ruby>大雑把<rt>おおざっぱ</rt></ruby>で、いつも<ruby>同<rt>おな</rt></ruby>じミスを<ruby>繰<rt>く</rt></ruby>り<ruby>返<rt>かえ</rt></ruby>す。

ka.no.jo.wa./shi.go.to.ga./o.o.za.ppa.de./i.tsu.mo./o.na.ji./mi.su.o./ku.ri.ka.e.su.

她工作很粗心，總是重複犯相同的錯誤。

舉一反三

アバウト

【形】粗心大意、不細心

a.ba.u.to.

<ruby>私<rt>わたし</rt></ruby>はアバウトな<ruby>性格<rt>せいかく</rt></ruby>で<ruby>細<rt>こま</rt></ruby>かい<ruby>仕事<rt>しごと</rt></ruby>には<ruby>向<rt>む</rt></ruby>いてない。

wa.ta.shi.wa./a.ba.u.to.na./se.i.ka.ku.de./ko.ma.ka.i./shi.go.to.ni.wa./mu.i.te./na.i.

我的個性很粗心，不適合精細的工作。

自由奔放 <ruby>自由奔放<rt>じゆうほんぼう</rt></ruby>

【形、名】自由奔放

jo.yu.u.ho.n.po.u.

たまに彼女<ruby>彼女<rt>かのじょ</rt></ruby>の<ruby>自由奔放<rt>じゆうほんぼう</rt></ruby>な<ruby>態度<rt>たいど</rt></ruby>は<ruby>無神経<rt>むしんけい</rt></ruby>に<ruby>見<rt>み</rt></ruby>えることがある。

ta.ma.ni./ka.no.jo.no./ji.yu.u.ho.n.po.u.na./ta.i.do.wa./mu.shi.n.ke.i.ni./mi.e.ru./ko.to.ga./a.ru.

她自由奔放態度有時看起來很不體貼別人。

おおまか

【形】粗略、大致

o.o.ma.ka.

じっくり<ruby>読<rt>よ</rt></ruby>んでないけど、おおまかに<ruby>内容<rt>ないよう</rt></ruby>を<ruby>理解<rt>りかい</rt></ruby>できた。

ji.kku.ri./yo.n.de./na.i./ke.do./o.o.ma.ka.ni./na.i.yo.u.o./ri.ka.i./de.ki.ta.

雖沒有仔細讀過，但大致理解內容了。

有恆心毅力

🎧 052

必備單字

しぶとい
shi.bu.to.i.

【形】頑固、強韌

【類】辛抱強い

彼は困難にあっても諦めないしぶとい人です。

ka.re.wa./ko.n.na.n.ni./a.tte.mo./a.ki.ra.me.na.i./shi.bu.to.i./hi.to.de.su.

他是遇到困難也不放棄，有韌性的人。

舉一反三

粘り強い
ne.ba.ri.zu.yo.i.

【形】有韌性、堅韌

彼は真相を粘り強く追求している。

ka.re.wa./shi.n.so.u.o./ne.ba.ri.zu.yo.ku./tsu.i.kyu.u./shi.te./i.ru.

他很堅韌地追求真相。

根気強い
ko.n.ki.zu.yo.i.

【形】有毅力

市長は反対者に根気強く説得をし続ける。

shi.cho.u.wa./ha.n.ta.i.sha.ni./ko.n.ki.zu.yo.ku./se.tto.ku.o./shi.tsu.zu.ke.ru.

市長很有毅力地持續說服反對者。

打たれ強い
u.ta.re.zu.yo.i.

【形】不怕困難、堅韌

私は打たれ強い性格で、どんなショックを受けても、ポジティブに仕事に集中できる。

wa.ta.shi.wa./u.ta.re.zu.yo.i.se.i.ka.ku.de./do.n.na./sho.kku.o./u.ke.te.mo./po.ji.ti.bu.ni./shi.go.to.ni./shu.u.chu.u./de.ki.ru.

我的個性強韌，不管受什麼打擊都能積極集中精神工作。

善變

🎧052

必備單字

飽きっぽい
a.ki.ppo.i.

【形】容易生厭、沒耐性

【類】飽き性

彼は飽きっぽいから、何事も長くは続かない。

ka.re.wa./a.ki.ppo.i./ka.ra./na.ni.go.to.mo./na.ga.
ku.wa./tsu.zu.ka.na.i.

他對什麼都容易生厭，做什麼都不持久。

舉一反三

3日坊主
mi.kka.bo.u.zu.

【名】3分鐘熱度

私は飽き性で、何をしても3日坊主だ。

wa.ta.shi.wa./a.ki.sho.u.de./na.ni.o./shi.te.mo./
mi.kka.bo.u.zu.da.

我很容易對事情生厭，做什麼都是3分鐘熱度。

気が多い
ki.ga./o.o.i.

【常】見異思遷、喜好很多不專一

祖父は気が多くて何にでも興味がある。

so.fu.wa./ki.ga./o.o.ku.te./na.n.ni.de.mo./kyo.u.mi.
ga./a.ru.

祖父總是見異思遷，對什麼都有興趣。

気分屋
ki.bu.n.ya.

【名】喜怒無常、性情不定

【類】気まぐれ

彼女は気分屋で、よく思いつきで行動する。

ka.no.jo.wa./ki.bu.n.ya.de./yo.ku./o.mo.i.tsu.ki.de./
ko.u.do.u./su.ru.

她的性情不定，總是想到什麼就行動。

驕傲

必備單字

偉そう
e.ra.so.u.

【形】自以為了不起、擺架子
【類】上から目線

あの人、仕事できないくせに、偉そうな態度をとってる。

a.no.hi.to./shi.go.to./de.ki.na.i./ku.se.ni./e.ra.so.u.na./ta.i.do.o./to.tte.ru.

那個人明明工作都做不好，還一副自以為了不起的樣子。

舉一反三

横柄
o.u.he.i.

【形】傲慢、高傲

店長は横柄な話し方をするから誰にでも嫌われるのだ。

te.n.chou.wa./o.u.he.i.na./ha.na.shi.ka.ta.o./su.ru./ka.ra./da.re.ni.de.mo./ki.ra.wa.re.ru./no.da.

店長說話的態度很高傲，不管誰都討厭他。

傲慢
go.u.ma.n.

【形】傲慢

店員の傲慢な態度を本当に腹立たしく感じた。

te.n.i.n.no./go.u.ma.n.na./ta.i.do.ni./ho.n.to.u.o./ha.ra.da.ta.shi.ku./ka.n.ji.ta.

店員傲慢的態度真讓人覺得很火大。

自慢話
ji.ma.n.ba.na.shi.

【名】自我吹噓、炫耀

彼女の自慢話にはうんざりだ。

ka.no.jo.no./ji.ma.n.ba.na.shi.ni.wa./u.n.za.ri.da.

已經厭煩她的吹噓了。

謙虛

🎧053

必備單字

けんきょ
謙虛　　　　　【形、名】謙虛

ke.n.kyo.

ほんとう　せいこうしゃ　　　あたま　　　ひと　　　けんきょ　ひと
本当の成功者とは、頭がいい人より、謙虛な人
なのです。

ho.n.to.u.no./se.i.ko.u.sha.to.wa./a.ta.ma.ga./i.i./hi.
to./yo.ri./ke.n.kyo.na./hi.to./na.no.de.su.

比起聰明的人，謙虛的人才是真正的成功者。

舉一反三

こし　ひく
腰が低い　　　【常】謙虛、謙卑

ko.shi.ga./hi.ku.i.

しちょう　だれ　たい　　　　　こし　ひく
市長は誰に対しても腰が低い。

shi.cho.u.wa./da.re.ni./ta.i.shi.te.mo./ko.shi.ga./hi.ku.i.

市長不管對誰，態度都很謙虛。

けんそん
謙遜する　　　【動】自謙、謙虛

ke.n.so.n./su.ru.

かのじょ　けんそん　　　　えいご　ぜんぜん　　　　　い
彼女は謙遜して、「英語は全然ダメ」と言った。

ka.no.jo.wa./ke.n.so.n./shi.te./e.i.go.wa./ze.n.ze.n./
da.me./to.i.tta.

她很謙虛地說「我的英文很差」。

えんりょ
遠慮がち　　　【形】客氣、謙虛、有所顧慮

e.n.ryo.ga.chi.

しんゆう　さくひん　　　　　　　　　い　　　　　かのじょ　えんりょ
親友の作品にコメントを言うとき、彼女は遠慮が
ちだった。

shi.n.yu.u.no./sa.ku.hi.n.ni./ko.me.n.to.o./i.u./to.ki./
ka.no.jo.wa./e.n.ryo.ga.chi.da.tta.

要對好朋友的作品做出評論時，她總是多所顧慮。

外表篇

外觀篇

小東篇

人格特質篇

動作篇

生理狀態篇

頑固

必備單字

頑固
がんこ

【形】頑固

ga.n.ko.

かれ がんこ じぶん かんが しゅちょう
彼は頑固に自分の考えを主張している。

ka.re.wa./ga.n.ko.ni./ji.bu.n.no./ka.n.ga.e.o./shu.cho.
u./shi.te./i.ru.

他很頑固地主張自己的想法。

舉一反三

頭が固い
あたま かた

【常】古板

a.ta.ma.ga./ka.ta.i.

【類】融通が利かない
ゆうずう き

ひと ひと かんが かた
この人、人の考え方を受け入れられなくて、なんだ
あたま かた
か頭が固いな。

ko.no./hi.to./hi.to.no./ka.n.ga.e.ka.ta.o./u.ke.i.re.ra.re.
na.ku.te./na.n.da.ka./a.ta.ma.ga./ka.ta.i.na.

這個人，不接受別人的想法，真是古板。

意地を張る
いじ は

【常】倔強、堅持己見

i.ji.o.ha.ru.

【類】意固地
いこじ

こども いじ は あやま なお
子供は意地を張ってどうしても誤りを直さない。

ko.do.mo.wa./i.ji.o./ha.tte./do.u.shi.te.mo./a.ya.ma.ri.
o./na.o.sa.na.i.

孩子很倔強，說什麼都不肯改正錯誤。

折れない
お

【常】不讓步

o.re.na.i.

【類】譲らない
ゆず

かれ けっ お
彼らは決して折れないだろうから、いくら説得して
むだ せっとく
も無駄だ。

ka.re.ra.wa./ke.sshi.te./o.re.na.i./da.ro.u.ka.ra./i.ku.ra./
se.tto.ku./shi.te.mo./mu.da.da.

他們大概絕不會讓步，再怎麼說服他們也沒用。

知變通

必備單字

機転が利く 【常】機智、知變通
きてん き

ki.te.n.ga./ki.ku.

このホテルのスタッフは機転が利いている。
ko.no./ho.te.ru.no./su.ta.ffu.wa./ki.te.n.ga./ki.i.te./i.ru.
這間飯店的工作人員很知變通。

舉一反三

頭が切れる 【常】思路清晰
あたま き

a.ta.ma.ga./ki.re.ru. 【類】頭の回転が速い
あたま かいてん はや

彼は頭が切れるだけではなく、人付き合いもうま
かれ あたま き ひとつ あ
い。
ka.re.wa./a.ta.ma.ga./ki.re.ru./da.ke.de.wa.na.ku./hi.
to.zu.ki.a.i.mo./u.ma.i.
他不僅思路清晰，也善於交際。

気が回る 【常】用心、周到
き まわ

ki.ga./ma.wa.ru. 【類】賢い
かしこ

彼は気が回るので店長にぴったりだ。
かれ き まわ てんちょう
ka.re.wa./ki.ga./ma.wa.ru./no.de./te.n.cho.u.ni./pi.tta.
ri.da.
他個性周到，很適合當店長。

臨機応変 【名、形】隨機應變
りんきおうへん

ri.n.ki.o.u.he.n.

彼は臨機応変に修正して予定していた仕事を終わら
かれ りんきおうへん しゅうせい よてい しごと お
せた。
ka.re.wa./ri.n.ki.o.u.he.n.ni./shu.u.se.i./shi.te./yo.te.i./
shi.te./i.ta./shi.go.to.o./o.wa.ra.se.ta.
他隨機應變進行修正，把預定的工作完成了。

人格特質篇

成功 🎧055

必備單字

成功
せいこう

se.i.ko.u.

【名】成功

【類】成功する
せいこう

皆が手術の成功を祈っています。
みな しゅじゅつ せいこう いの

mi.na.ga./shu.ju.tsu.no./se.i.ko.u.o./i.no.tte./i.ma.su.

大家都在祈禱手術成功。

舉一反三

一人前
いちにんまえ

i.chi.ni.n.ma.e.

【名】能獨當一面的人、夠資格

【類】立派
りっぱ

3年経って彼はやっと一人前の美容師になった。
さんねんた かれ いちにんまえ びようし

sa.n.ne.n.ta.tte./ka.re.wa./ya.tto./i.chi.ni.n.ma.e.no./bi.yo.u.shi.ni./na.tta.

經過3年，他終於成為能獨當一面的美髮師。

成し遂げる
な と

na.shi.to.ge.ru.

【動】完成

彼は1人で難しい企画を成し遂げた。
かれ ひとり むずか きかく な と

ka.re.wa./hi.to.ri.de./mi.zu.ka.shi.i./ki.ka.ku.o./na.shi.to.ge.ta.

他獨自1人完成了困難的企畫。

実る
みの

mi.no.ru.

【動】有成果、見效

彼女の努力が実った。
かのじょ どりょく みの

ka.no.jo.no./do.ryo.ku.ga./mi.no.tta.

她的努力有了成果。

必備單字

失敗
しっぱい

shi.ppa.i.

【名】失敗

【類】失敗する
しっぱい

兄は失敗を恐れて行動することに尻込みした。
あに　しっぱい　おそ　　こうどう　　　　　しりご

a.ni.wa./shi.ppa.i.o./o.so.re.te./ko.u.do.u./su.ru./ko.
to.ni./shi.ri.go.mi./shi.ta.

哥哥害怕失敗，而退縮不敢行動。

舉一反三

負ける
ま

ma.ke.ru.

【動】輸

【類】敗れる
やぶ

昨日の試合　私たちのチームは運がなくて負けた。
きのう　しあい　わたし　　　　　　　　　うん　　　　　ま

ki.no.u.no./shi.a.i./wa.ta.shi.ta.chi.no./chi.i.mu.wa./
u.n.ga.na.ku.te./ma.ke.ta.

昨天的比賽，我們的隊伍運氣不好輸了。

敗北感
はいぼくかん

ha.i.bo.ku.ka.n.

【名】挫折感、失敗感

ライブチケットの争奪戦で敗北感を味わった。
　　　　　　　　　そうだつせん　はいぼくかん　あじ

ra.i.bu./chi.ke.tto.no./so.u.da.tsu.se.n.de./ha.i.bo.ku.
ka.n.o./a.ji.wa.tta.

在演唱會門票的爭奪戰中嘗到了失敗的滋味。

完敗
かんぱい

ka.n.pa.i.

【名】大敗

【類】完敗する
かんぱい

試合は 5 対 0 の完敗だった。
しあい　　ごたいぜろ　かんぱい

shi.a.i.wa./go.ta.i.ze.ro.no./ka.n.pa.i.da.tta.

比賽以 5 比 0 大敗。

優點

🎧 056

必備單字

長所 ちょうしょ　　　　　【名】優點

cho.u.sho.

彼の長所は明るいとこです。
かれ ちょうしょ あか

ka.re.no./cho.u.sho.wa./a.ka.ru.i./to.ko.de.su.

他的優點是很開朗。

舉一反三

取り柄 と え　　　　　　　【名】優點、長處

to.ri.e.

自信を持って人それぞれ取り柄があるんだから。
じしん も ひと と え

ji.shi.n.o./mo.tte./hi.to./so.re.zo.re./to.ri.e.ga./a.ru.
n.da.ka.ra.

有點自信吧，每個人都有自己的長處。

特技 とくぎ　　　　　　　【名】特長、特技

to.ku.gi.

彼の特技は暗記だ。
かれ とくぎ あんき

ka.re.no./to.ku.gi.wa./a.n.ki.da.

他的特長是背誦。

優れる すぐ　　　　　　　【動】優越、優於

su.gu.re.ru.　　　　　　【類】勝る、際立つ
　　　　　　　　　　　　　　まさ きわだ

彼はどんな点が優れているんでしょう？
かれ てん すぐ

ka.re.wa./do.n.na./te.n.ga./su.gu.re.te./i.ru.n.de.sho.u.

他哪一點比別人好呢？

必備單字

短所 <ruby>短所<rt>たんしょ</rt></ruby>　　　【名】缺點

ta.n.sho.

<ruby>私<rt>わたし</rt></ruby>の<ruby>短所<rt>たんしょ</rt></ruby>は<ruby>心配性<rt>しんぱいしょう</rt></ruby>なところです。

wa.ta.shi.no./ta.n.sho.wa./shi.n.pa.i.sho.u.na./to.ko.
ro.de.su.

我的缺點是愛操心。

舉一反三

欠点 <ruby>欠点<rt>けってん</rt></ruby>　　　【名】缺點

ke.tte.n.

どんな<ruby>完璧<rt>かんぺき</rt></ruby>な<ruby>人<rt>ひと</rt></ruby>にも<ruby>欠点<rt>けってん</rt></ruby>がある。

do.n.na./ka.n.pe.ki.na./hi.to.ni.mo./ke.tte.n.ga./a.ru.

再完美的人都有缺點。

弱み <ruby>弱<rt>よわ</rt></ruby>み　　　【名】弱點

yo.wa.mi.

<ruby>彼<rt>かれ</rt></ruby>は<ruby>自分<rt>じぶん</rt></ruby>の<ruby>欠点<rt>けってん</rt></ruby>や<ruby>弱<rt>よわ</rt></ruby>みを<ruby>人<rt>ひと</rt></ruby>に<ruby>見<rt>み</rt></ruby>せない。

ka.re.wa./ji.bu.n.no./ke.tte.n.ya./yo.wa.mi.o./hi.to.ni./
mi.se.na.i.

他不讓人看自己的缺點或弱點。

弱点 <ruby>弱点<rt>じゃくてん</rt></ruby>　　　【名】弱點

ja.ku.te.n.

<ruby>彼女<rt>かのじょ</rt></ruby>は<ruby>自分<rt>じぶん</rt></ruby>の<ruby>弱点<rt>じゃくてん</rt></ruby>を<ruby>克服<rt>こくふく</rt></ruby>するために、<ruby>個人<rt>こじん</rt></ruby>レッス

ンを<ruby>受<rt>う</rt></ruby>けている。

ka.no.jo.wa./ji.bu.n.no./ja.ku.te.n.o./ko.ku.fu.ku./su.
ru./ta.me.ni./ko.ji.n.re.ssu.n.o./u.ke.te./i.ru.

她為了克服自己的弱點，正在上個人課程。

人格特質篇

119

細心

必備單字

丁寧
ていねい
te.i.ne.i.

【形】仔細、客氣

かのじょ　ていねい　　へや　　そうじ
彼女は丁寧に部屋を掃除した。

ka.no.jo.wa./te.i.ne.i.ni./he.ya.o./so.u.ji./shi.ta.

她仔細地打掃了房間。

舉一反三

念入り
ねんいり
ne.n.i.ri.

【形、名】周密、細密、慎重

しんちょう
【類】慎重に

かのじょ　　　　　　　　ないよう　　ねんいり
彼女はメールの内容を念入りに確認した。

ka.no.jo.wa./me.e.ru.no./na.i.yo.u.o./ne.n.i.ri.ni./
ka.ku.ni.n./shi.ta.

她很慎重地確認了郵件的內容。

きめ細かい
こま
ki.me.ko.ma.ka.i.

【形】細緻、細微

かれ　　　きゃく　　　　　ようぼう　おう　　　　　しょうひん　せいぶん
彼はお客さんの要望に応じて、商品の成分をきめ
こま　　　ちょうせい
細かく調整した。

ka.re.wa./o.kya.ku.sa.n.no./yo.u.bo.u.ni./o.u.ji.te./sho.
u.hi.n.no./se.i.bu.n.no./ki.me.ko.ma.ka.ku./cho.u.se.i./
shi.ta.

他順應客人的要求，將商品的成分做了細微的調整。

丁重
ていちょう
te.i.cho.u.

【形】慎重其事、誠摯

にゅうねん
【類】入念

しょうひん　きず　　　　　　　　　　　　ていちょう　あつか
商品に傷がつかないように丁重に扱った。

sho.u.hi.n.ni./ki.zu.ga./tsu.ka.na.i./yo.u.ni./te.i.cho.
u.ni./a.tsu.ka.tta.

為了不傷到商品，很慎重小心地處理。

粗心粗魯

必備單字

うっかり 　　　【副】不小心、一不留神
u.kka.ri.

ともだち かさ も かえ
友達の傘をうっかり持って帰ってしまった。
to.mo.da.chi.no./ka.sa.o./u.kka.ri./mo.tte./ka.e.tte./
shi.ma.tta.
不小心把朋友的傘帶回家了。

舉一反三

ぼんやりする 　　【動】發呆、模糊、出神
bo.n.ya.ri./su.ru. 　　【類】注意不足 ちゅういぶそく

うんてん みち まよ
ぼんやり運転していたら道に迷ってしまった。
bo.n.ya.ri./u.n.te.n./shi.te./i.ta.ra./mi.chi.ni./ma.yo.
tte./shi.ma.tta.
駕駛時一個出神，不小心就迷路了。

おっちょこちょい 　【形】迷糊
o.ccho.ko.cho.i.

かのじょ せいかく しごと しっぱい
彼女はおっちょこちょいな性格で、仕事で失敗
ばかりしている。
ka.no.jo.wa./o.ccho.ko.cho.i.na./se.i.ka.ku.de./shi.go.
to.de./shi.ppa.i.ba.ka.ri./shi.te./i.ru.
她的個性迷糊，工作老是犯錯。

ぞんざい 　　　【形】粗魯、馬虎、草率
zo.n.za.i.

しごとあいて あつか ほんとう はら た
仕事相手にぞんざいに扱われ、本当に腹が立つ！
shi.go.to.a.i.te.ni./zo.n.za.i.ni./a.tsu.ka.wa.re./ho.n.to.
u.ni./ha.ra.ga.ta.tsu.
被工作夥伴很草率地對待，真的很生氣。

有品味

🎧 058

必備單字

上品
じょうひん
jo.u.hi.n.

【形】有品味、有格調、優雅

【反】下品 (低級)
げひん

先生は言葉遣いがきれいで上品な人です。
せんせい　ことばづか　　　　　　　　じょうひん　ひと

se.n.se.i.wa./ko.to.ba.zu.ka.i.ga./ki.re.i.de./jo.u.hi.n.na./hi.to.de.su.

老師說話用字遣詞很優美，是很有格調的人。

舉一反三

センスがある
se.n.su.ga./a.ru.

【常】有品味

【類】センスがいい

こういう着こなしができる人は本当に服のセンスがある人だな。
き　　　　　　　　　　　　ひと　ほんとう　ふく　　　　　　　　ひと

ko.u.i.u./ki.ko.na.shi.ga./de.ki.ru./hi.to.wa./ho.n.to.u.ni./fu.ku.no./se.n.su.ga./a.ru./hi.to.da.na.

能這樣穿搭的人是真的對衣服有品味的人。

ダンディー
da.n.di.i.

【名、形】(男性) 瀟灑有魅力、紳士

校長先生は気品のあるダンディーな人です。
こうちょうせんせい　きひん　　　　　　　　　　　ひと

ko.u.cho.u.se.n.se.i.wa./ki.hi.n.no./a.ru./da.n.di.i.na./hi.to.de.su.

校長是有品味的紳士。

品がある
ひん
hi.n.ga./a.ru.

【常】有氣質

【類】気品がある
きひん

奥さんはきれいで品がありますね。
おく　　　　　　　　　　ひん

o.ku.sa.n.wa./ki.re.i.de./hi.n.ga./a.ri.ma.su.ne.

夫人真是美麗又有氣質呢。

Chapter 5
動作篇

懶人日語單字
舉 一 反 三 的

日語
單字書

見面、集合　　🎧059

必備單字

会う　　【動】見面、碰面
あ

a.u.

今朝、駅でたまたま友達に会った。
けさ　　えき　　　　　　ともだち　あ

ke.sa./e.ki.de./ta.ma.ta.ma./to.mo.da.chi.ni./a.tta.

今天早上，碰巧在車站遇見朋友。

舉一反三

待ち合わせ　　【名】集合、碰頭
ま　あ

ma.chi.a.wa.se.　　【類】待ち合わせる
　　　　　　　　　　　　　ま　あ

寝坊して待ち合わせに遅れそうになった。
ねぼう　　　　ま　あ　　　　　おく

ne.bo.u./shi.te./ma.chi.a.wa.se.ni./o.ku.re.so.u.ni./
na.tta.

睡過頭差點趕不上碰面時間。

集まる　　【動】集合
あつ

a.tsu.ma.ru.

子供達が講堂に集まった。
こどもたち　　こうどう　あつ

ko.do.mo.ta.chi.ga./ko.u.do.u.ni./a.tsu.ma.tta.

小朋友們在禮堂集合。

集合　　【名】集合
しゅうごう

shu.u.go.u.

7 時に駅前に集合ね。
しちじ　えきまえ　しゅうごう

shi.chi.ji.ni./e.ki.ma.e.ni./shu.u.go.u.ne.

7 點在車站前集合喔。

分開

必備單字

離れる（はな）
ha.na.re.ru.

【動】離開、分開

【類】立ち去る（たさ）

彼は家族から離れて暮らしている。（かれ かぞく はな く）
ka.re.wa./ka.zo.ku./ka.ra./ha.na.re.te./ku.ra.shi.te./i.ru.

他離開了家人生活。

舉一反三

離れ離れ（はな ばな）
ha.na.re.ba.na.re.

【形】分離、分隔兩地

上京して友達と離れ離れになったのが寂しい。（じょうきょう ともだち はな ばな さび）
jo.u.kyo.u./shi.te./to.mo.da.chi.to./ha.na.re.ba.na.re.ni./na.tta./no.ga./sa.bi.shi.i.

來到東京，和朋友分隔兩地覺得很孤單。

別れる（わか）
wa.ka.re.ru.

【動】分手、分開

先週彼氏と別れた。（せんしゅうかれし わか）
se.n.shu.u./ka.re.shi.to./wa.ka.re.ta.

上星期和男友分手了。

解散する（かいさん）
ka.i.sa.n./su.ru.

【動】解散

あのアイドルグループが解散するそうだ。（かいさん）
a.no./a.i.do.ru./gu.ru.u.pu.ga./ka.i.sa.n./su.ru./so.u.da.

那個偶像團體好像要解散了。

到、來

🎧060

必備單字

来る 【動】來

ku.ru.

あの人はアメリカから来た。
a.no./hi.to.wa./a.me.ri.ka./ka.ra./ki.ta.
那人是從美國來的。

舉一反三

やってくる 【動】到來、來臨

ya.tte./ku.ru.

夕べ、田中くんが突然うちにやってきた。
yu.u.be./ta.na.ka.ku.n.ga./to.tsu.ze.n./u.chi.ni./ya.tte./ki.ta.
昨天晚上，田中君突然來我家。

着く 【動】到達

tsu.ku.

課長はもう空港に着いたそうだ。
ka.cho.u.wa./mo.u./ku.u.ko.u.ni./tsu.i.ta./so.u.da.
課長好像已經到機場了。

いらっしゃる 【動】蒞臨

i.ra.ssha.ru. 【類】いらっしゃいませ

ようこそ台湾にいらっしゃいました。
yo.u.ko.so./ta.i.wa.n.ni./i.ra.ssha.i.ma.shi.ta.
歡迎蒞臨台灣。

去

必備單字

行く 　　　　【動】去

い

i.ku.

きのう　えいが　み　い
昨日、映画を見に行った。
ki.no.u./e.i.ga.o./mi.ni./i.tta.
昨天去看了電影。

舉一反三

出席する 　　【動】出席

しゅっせき

shu.sse.ki./su.ru. 　　【類】参加する

さんか

かれ　かいぎ　しゅっせき
彼は会議に出席しなかった。
ka.re.wa./ka.i.gi.ni./shu.sse.ki./shi.na.ka.tta.
他沒有出席會議。

寄る 　　　　【動】繞道

よ

yo.ru. 　　　　【類】立ち寄る

た　よ

かえ　みち
帰り道にコンビニに寄って雑誌を買った。
ka.e.ri.mi.chi.ni./ko.n.bi.ni.ni./yo.tte./za.sshi.o./ka.tta.
回家路上繞到便利商店買了雜誌。

進む 　　　　【動】前進

すす

su.su.mu.

みち　すす
この道を進んでください。 すぐにバス停が見え
てきます。
ko.no./mi.chi.o./su.su.n.de./ku.da.sa.i./su.gu.ni./ba.su.te.i.ga./mi.e.te./ki.ma.su.
順著這條路前進。馬上就可以看到公車站。

站

必備單字

立つ
ta.tsu.

【動】站

【類】立ち上がる

お客さんが来たら、席から立って挨拶した方がいいです。

o.kya.ku.sa.n.ga./ki.ta.ra./se.ki./ka.ra./ta.tte./a.i.sa.tsu./shi.ta./ho.u.ga./i.i.de.su.

客人來的話，從位子上站起來打招呼比較好。

舉一反三

突っ立つ
tsu.tta.tsu.

【動】呆立

あまりのショックで、彼は呆然として突っ立ったままだった。

a.ma.ri.no./sho.kku.de./ka.re.wa./bo.u.ze.n.to./shi.te./tsu.tta.tta./ma.ma.da.tta.

打擊太大了，他就這樣呆站著。

つま先立ちする
tsu.ma.sa.ki.da.chi./su.ru.

【常】踮起腳尖

不審な男がつま先立ちして外から家の中をのぞきこんでいた。

fu.shi.n.na./o.to.ko.ga./tsu.ma.sa.ki.da.chi./shi.te./so.to./ka.ra./i.e.no./na.ka.o./no.zo.ki.ko.n.de./i.ta.

可疑的男性踮起腳尖從外面偷窺房子裡。

背伸びする
se.no.bi./su.ru.

【動】伸長脖子、踮起腳尖

このテーブルは高くて子供が背伸びしても届かない。

ko.no./te.e.bu.ru.wa./ta.ka.ku.te./ko.do.mo.ga./se.no.bi./shi.te.mo./to.do.ka.na.i.

這個桌子很高，小孩伸長了脖子也搆不著。

坐

🎧061

必備單字

座る 【動】坐
su.wa.ru.
【類】腰掛ける

彼女はドアの近くに座った。
ka.no.jo.wa./do.a.no./chi.ka.ku.ni./su.wa.tta.
她在門的附近坐下。

舉一反三

居座る 【動】盤踞
i.su.wa.ru.

階段を上りたいのに、居座っている犬が怖くて上れない。
ka.i.da.n.no./no.bo.ri.ta.i./no.ni./i.su.wa.tte./i.ru./i.nu.ga./ko.wa.ku.te./no.bo.re.na.i.
想要上樓梯，但害怕盤踞在那裡的狗所以沒上去。

あぐら 【名】盤腿坐
a.gu.ra.

彼はあぐらをかいて床に座った。
ka.re.wa./a.gu.ra.o./ka.i.te./yu.ka.ni./su.wa.tta.
他盤腿坐在地板上。

正座する 【動】端坐、跪坐
se.i.za./su.ru.

ずっと正座していたから、足がしびれちゃった。
zu.tto./se.i.za./shi.te./i.ta./ka.ra./a.shi.ga./shi.bi.re.cha.tta.
一直跪坐著，腳麻了。

表情篇 外觀篇 心境篇 人格特質篇 動作篇 生理狀態篇

129

吃喝

🎧 062

必備單字

食べる 　　　　　【動】吃

た

ta.be.ru.

出かける前に、ご飯を食べた。

で　　　　まえ　　　はん　た

de.ka.ke.ru./ma.e.ni./go.ha.n.o./ta.be.ta.

出門前,吃了飯。

舉一反三

飲む 　　　　　　【動】喝

の

no.mu.

喉が渇いた。お水が飲みたい。

のど　かわ　　　　みず　の

no.do.ga./ka.wa.i.ta./o.mi.zu.ga./no.mi.ta.i.

口渴了,想要喝水。

噛む 　　　　　　【動】咬、咀嚼

か

ka.mu.

彼は集中するために、いつもガムを噛みながら

かれ　しゅうちゅう　　　　　　　　　　　　　か

勉強している。

べんきょう

ka.re.wa./shu.u.chu.u./su.ru./ta.me.ni./i.tsu.mo./
ga.mu.o./ka.mi.na.ga.ra./be.n.kyo.u./shi.te./i.ru.

他為了集中精神,總是嚼著口香糖念書。

食いしん坊 　　　【名】貪吃鬼、愛吃鬼

く　　　　ぼう

ku.i.shi.n.bo.u.

彼女はいつも食べ物の話ばかりしているので食い

かのじょ　　　　　た　もの　はなし　　　　　　　　く

しん坊だと思われた。

ぼう　　おも

ka.no.jo.wa./i.tsu.mo./ta.be.mo.no.no./ha.na.shi./
ba.ka.ri./shi.te.i.ru.no.de./ku.i.shi.n.bo.u.da.to./o.mo.
wa.re.ta.

她老是說食物的話題,讓人覺得她是愛吃鬼。

運動

 062

必備單字

スポーツ 　　　　【名】運動

su.po.o.tsu.
　　　　　　　　　　【類】運動

どんなスポーツが好きですか？

do.n.na./su.po.o.tsu.ga./su.ki./de.su.ka.
喜歡什麼樣的運動呢？

舉一反三

運動する 　　　　【動】運動

u.n.do.u./su.ru.

仕事が忙しいから、普段あまり運動しない。

shi.go.to.ga./i.so.ga.shi.i./ka.ra./fu.da.n./a.ma.ri./u.n.do.u./shi.na.i.
因為工作很忙，平常不太運動。

筋トレ 　　　　　【名】肌力訓練

ki.n.to.re.

最近ダイエット目的で筋トレを始めた。

sa.i.ki.n./da.i.e.tto./mo.ku.te.ki.de./ki.n.to.re.o./ha.ji.me.ta.
最近為了減肥，開始肌力訓練。

鍛える 　　　　　【動】鍛錬

ki.ta.e.ru.

私たちはジムで体を鍛えている。

wa.ta.shi.ta.chi.wa./ji.mu.de./ka.ra.da.o./ki.ta.e.te./i.ru.
我們在健身房鍛錬身體。

表情篇

外觀篇

心境篇

人格特質篇

動作篇

生理狀態篇

131

走、跑 🎧063

必備單字

歩く 　　　　【動】走、步行
<small>ある</small>

a.ru.ku.

私 は歩いて会社に行く。
<small>わたし　ある　　　かいしゃ　い</small>

wa.ta.shi.wa./a.ru.i.te./ka.i.sha.ni./i.ku.

我用走的去公司。

舉一反三

走る 　　　　【動】跑
<small>はし</small>

ha.shi.ru.

もうこんな時間、急いで走らないと。
<small>じかん　いそ　　はし</small>

mo.u./ko.n.na./ji.ka.n./i.so.i.de./ha.shi.ra.na.i.to.

已經這麼晚了！要快點跑才行。

散歩する 　　【動】散步
<small>さんぽ</small>

sa.n.po./su.ru.

食事の後、家族と公園を散歩した。
<small>しょくじ　あと　かぞく　こうえん　さんぽ</small>

sho.ku.ji.no./a.to./ka.zo.ku.to./ko.u.e.n.o./sa.n.po./shi.
ta.

飯後，和家人去公園散了步。

ダッシュ 　　【名】快跑、衝

da.sshu.

いきなり雨が降ってきたからダッシュで帰った。
<small>あめ　ふ　　　　　　　　　　　　かえ</small>

i.ki.na.ri./a.me.ga./fu.tte./ki.ta./ka.ra./da.sshu.de./
ka.e.tta.

突然下雨了所以用衝的回家。

停止

必備單字

止まる 【動】停止
と

to.ma.ru.

地震で電車が止まった。
じしん でんしゃ と

ji.shi.n.de./de.n.sha.ga./to.ma.tta.
因為地震，電車停下來了。

舉一反三

止める 【動】停下
と

to.me.ru.

名前を呼ばれたような気がして私は足を止めた。
なまえ よ き わたし あし と

na.ma.e.o./yo.ba.re.ta./yo.u.na./ki.ga./shi.te./wa.ta.shi.wa./a.shi.o./to.me.ta.
好像有人叫我名字，所以停下了腳步。

やめる 【動】停止、放棄

ya.me.ru.

父は最近タバコをやめた。
ちち さいきん

chi.chi.wa./sa.i.ki.n./ta.ba.ko.o./ya.me.ta.
爸爸最近戒菸了。

中止 【名】中止、取消
ちゅうし

chu.u.shi. 【類】絶つ
た

コンサートは雨で中止になった。
あめ ちゅうし

ko.n.sa.a.to.wa./a.me.de./chu.u.shi.ni./na.tta.
演唱會因為下雨而中止。

表情篇

外觀篇

心境篇

人格特質篇

動作篇

生理狀態篇

133

睡眠

🎧064

必備單字

寝る
ne.ru.

【動】睡、躺
【類】横になる

子供はまだ寝ている。
ko.do.mo.wa./ma.da./ne.te./i.ru.
孩子還在睡。

舉一反三

居眠りする
i.ne.mu.ri./su.ru.

【動】打瞌睡

映画があまりにもつまらなかったので、彼は居眠りしてしまった。
e.i.ga.ga./a.ma.ri.ni.mo./tsu.ma.ra.na.ka.tta./no.de./ka.re.wa./i.ne.mu.ri./shi.te./shi.ma.tta.
電影太無聊了，他忍不住打瞌睡。

眠る
ne.mu.ru.

【動】睡

昨日 10 時間も眠った。
ki.no.u./ju.u.ji.ka.n.mo./ne.mu.tta.
昨天睡了 10 小時。

眠い
ne.mu.i.

【形】想睡

今日はとても疲れて眠い。
kyo.u.wa./to.te.mo./tsu.ka.re.te./ne.mu.i.
今天非常想睡。

必備單字

起きる 【動】起來、起床
お

o.ki.ru.

いつも5時に起きる。
ご じ お

i.tsu.mo./go.ji.ni./o.ki.ru.
總是在5點起床。

舉一反三

目が覚める 【常】醒來、睜開眼
め さ

me.ga./sa.me.ru.

今朝咳で早く目が覚めた。
け さ せき はや め さ

ke.sa./se.ki.de./ha.ya.ku./me.ga./sa.me.ta.
今早因咳嗽很早就醒來。

目覚まし時計 【名】鬧鐘
め ざ どけい

me.za.ma.shi.do.ke.i.

目覚まし時計を朝の5時にセットしてくれない?
め ざ どけい あさ ご じ

me.za.ma.shi.do.ke.i.o./a.sa.no./go.ji.ni./se.tto./shi.
te./ku.re.na.i.
可以幫我設定早上5點的鬧鐘嗎?

起こす 【動】叫醒、喚醒
お

o.ko.su.

6時に起こしてください。
ろくじ お

ro.ku.ji.ni./o.ko.shi.te./ku.da.sa.i.
請在6點叫醒我。

表情篇

外觀篇

心境篇

人格特質篇

動作篇

生理狀態篇

135

脱衣

🎧 065

必備單字

脱ぐ 【動】脱
ぬ

nu.gu.

暑くてセーターを脱いだ。
あつ　　　　　　　ぬ

a.tsu.ku.te./se.e.ta.a.o./nu.i.da.
很熱所以脱掉毛衣。

舉一反三

着替える 【動】換衣服
き が

ki.ga.e.ru.

動きやすい服装に着替えてください。
うご　　　　　ふくそう　き が

u.go.ki.ya.su.i./fu.ku.so.u.ni./ki.ga.e.te./ku.da.sa.i.
請換成方便活動的衣服。

取る 【動】拿、取下
と

to.ru.

彼は室内に入るとすぐマフラーを取った。
かれ　しつない　はい　　　　　　　　　と

ka.re.wa./shi.tsu.na.i.ni./ha.i.ru.to./su.gu./ma.fu.
ra.a.o./to.tta.
他進入室內後馬上就把圍巾取下。

履き替える 【動】換穿、換上
は か

ha.ki.ka.e.ru.

学校に着くと、まず靴を上履きに履き替えた。
がっこう　つ　　　　　くつ　うわば　　は か

ga.kko.u.ni./tsu.ku.to./ma.zu./ku.tsu.o./u.wa.ba.ki.ni./
ha.ki.ka.e.ta.
到了學校後，先把鞋子換成室內鞋。

穿衣

065

必備單字

着る 【動】穿

ki.ru. 　　　　　　　【類】つける

きんようび せいふく き
金曜日には制服を着なくてもいいです。

ki.n.yo.u.bi.ni.wa./se.i.fu.ku.o./ki.na.ku.te.mo./i.i.de.
su.

星期五可以不必穿制服。

舉一反三

かぶる 【動】戴

ka.bu.ru.

きょうじゅ ぼうし
教授はいつも帽子をかぶっている。

kyo.u.ju.wa./i.tsu.mo./bo.u.shi.o./ka.bu.tte./i.ru.

教授總是戴著帽子。

履く 【動】穿 (鞋、褲或襪)
は
ha.ku.

かのじょ くつした は ね
彼女は靴下を履いて寝る。

ka.no.jo.wa./ku.tsu.shi.ta.o./ha.i.te./ne.ru.

她穿著襪子睡。

巻く 【動】圍、捲
ま
ma.ku.

かお くび ま
マフラーで顔と首をぐるぐる巻く。

ma.fu.ra.a.de./ka.o.to./ku.bi.o./gu.ru.gu.ru./ma.ku.

用圍巾把臉和脖子層層圍住。

表情篇 外觀篇 心境篇 人格特質篇 動作篇 生理狀態篇

借

🎧 066

必備單字

借りる 【動】借入、借來
か

ka.ri.ru.

友達からたくさんの漫画を借りた。
ともだち　　　　　　　　まんが　か

to.mo.da.chi./ka.ra./ta.ku.sa.n.no./ma.n.ga.o./ka.ri.ta.
向朋友借了很多漫畫。

舉一反三

貸す 【動】借給人
か

ka.su.

親友にお金を貸した。
しんゆう　　かね　か

shi.n.yu.u.ni./o.ka.ne.o./ka.shi.ta.
把錢借給好友。

借り 【名】債、(欠)人情
か

ka.ri.

私は人に借りを作りたくないから、何でも自分
わたし　ひと　か　　つく　　　　　　　　　　なん　じぶん
で解決する。
かいけつ

wa.ta.shi.wa./hi.to.ni./ka.ri.o./tsu.ku.ri.ta.ku.na.i./
ka.ra./na.n.de.mo./ji.bu.n.de./ka.i.ke.tsu./su.ru.
我不想欠人情，所以不管什麼都自己解決。

貸し出し 【名】出借
か　だ

ka.shi.da.shi.

この駅でベビーカーの貸し出しはできますか？
えき　　　　　　　　　　か　だ

ko.no./e.ki.de./be.bi.i.ka.a.no./ka.shi.da.shi.wa./de.ki.
ma.su.ka.
這個車站有出借嬰兒車的服務嗎？

歸還

066

必備單字

返す　　　【動】歸還
かえ

ka.e.su.

私 は借りたゲームを返した。
わたし　か　　　　　　　　　　かえ

wa.ta.shi.wa./ka.ri.ta./ge.e.mu.o./ka.e.shi.ta.

我歸還了借來的遊戲。

舉一反三

返 却 する　　　【動】歸還 (租借來的東西)
へんきゃく

he.n.kya.ku./su.ru.

空港でレンタカーを 返 却 した。
くうこう　　　　　　　　　　へんきゃく

ku.u.ko.u.de./re.n.ta.ka.a.o./he.n.kya.ku./shi.ta.

在機場歸還了租來的車。

払い戻し　　　【名】退款
はら　もど

ha.ra.i.mo.do.shi.

このチケットの払い戻しはできません。
はら　もど

ko.no./chi.ke.tto.no./ha.ra.i.mo.do.shi.wa./de.ki.
ma.se.n.

這張票不能退款。

戻す　　　【動】放回、回歸
もど

mo.do.su.

彼はそのオルゴールを棚に戻した。
かれ　　　　　　　　　　　　たな　もど

ka.re.wa./so.no./o.ru.go.o.ru.o./ta.na.ni./mo.do.shi.
ta.

他把那個音樂盒放回架子上。

表情篇

外觀篇

心境篇

人格特質篇

動作篇

生理狀態篇

贈送

 067

必備單字

贈る　　　　　【動】送

o.ku.ru.

父に名刺入れを贈った。
chi.chi.ni./me.i.shi.i.re.o./o.ku.tta.
送了名片夾給父親。

舉一反三

あげる　　　　【動】給

a.ge.ru.

彼は自分の傘をあの子供にあげた。
ka.re.wa./ji.bu.n.no./ka.sa.o./a.no./ko.do.mo.ni./a.ge.
ta.
他把自己的傘給了那個孩子。

プレゼント　　　【名】禮物

pu.re.ze.n.to.

妻に誕生日プレゼントをあげるのを忘れてしまっ
た。
tsu.ma.ni./ta.n.jo.u.bi./pu.re.ze.n.to.o./a.ge.ru./no.o./
wa.su.re.te./shi.ma.tta.
忘了送老婆生日禮物。

おまけ　　　　【名】小禮物、贈品

o.ma.ke.

この雑誌を買うと、トートバッグがおまけでつい
てくるらしいよ。
ko.no./za.sshi.o./ka.u.to./to.o.to.ba.ggu.ga./o.ma.
ke.de./tsu.i.te./ku.ru./ra.shi.i.yo.
買這本雜誌好像會送托特包當贈品喔。

必備單字

受け取る　　【動】收到、領取

u.ke.to.ru.

お返事を待っているのですが、まだ受け取っていません。

o.he.n.ji.o./ma.tte./i.ru.no./de.su.ga./ma.da./u.ke.to.tte./i.ma.se.n.

我正等待回覆，但還沒有收到。

舉一反三

受け入れる　　【動】接受

u.ke.i.re.ru.

コーチは彼の提案を受け入れた。

ko.o.chi.wa./ka.re.no./te.i.a.n.o./u.ke.i.re.ta.

教練接受了他的提議。

受け止める　　【動】接受、理解

u.ke.to.me.ru.

そろそろテストの結果を受け止めて前を向かないと。

so.ro.so.ro./te.su.to.no./ke.kka.o./u.ke.to.me.te./ma.e.o./mu.ka.na.i.to.

是時候該接受考試的結果，繼續前進了。

引き取る　　【動】接手

hi.ki.to.ru.

リサイクルショップにいらないものを全部引き取ってもらった。

ri.sa.i.ku.ru.sho.ppu.ni./i.ra.na.i.mo.no.o./ze.n.bu./hi.ki.to.tte./mo.ra.tta.

把不需要的東西全都交給二手商店接手。

表情篇

外觀篇

心境篇

人格特質篇

動作篇

生理狀態篇

141

發生

🎧 068

必備單字

起きる 　　　【動】發生
o.ki.ru.

何が起きたの？
na.ni.ga./o.ki.ta.no.
發生了什麼事？

舉一反三

起こす 　　　【動】引發、造成
o.ko.su.

彼らは奇跡を起こした。
ka.re.ra.wa./ki.se.ki.o./o.ko.shi.ta.
他們創造了奇蹟。

現れる 　　　【動】出現
a.ra.wa.re.ru.

また新たな問題が現れた。
ma.ta./a.ra.ta.na./mo.n.da.i.ga./a.ra.wa.re.ta.
又出現了新的問題。

生み出す 　　　【動】產出、創造出
u.mi.da.su. 　　　【類】生じる

あの小説家はたくさんの名作を生み出した。
a.no./sho.u.se.tsu.ka.wa./ta.ku.sa.n.no./me.i.sa.ku.o./
u.mi.da.shi.ta.
那位小說家創造出許多名作。

消失

068

必備單字

消える 【動】消失
ki.e.ru.
【類】消え去る

その料理はいつのまにかメニューから消えた。
so.no./ryo.u.ri.wa./i.tsu.no.ma.ni.ka./me.nyu.u./
ka.ra./ki.e.ta.
那道菜不知何時從菜單上消失了。

舉一反三

なくなる 【動】用盡、不見、失去
na.ku.na.ru.

車のガソリンがなくなりそうでハラハラした。
ku.ru.ma.no./ga.so.ri.n.ga./na.ku.na.ri.so.u.de./ha.ra.
ha.ra./shi.ta.
車子快沒油了，捏了一把冷汗。

潰れる 【動】倒閉、垮台
tsu.bu.re.ru.

不況で会社が潰れた。
fu.kyo.u.de./ka.i.sha.ga./tsu.bu.re.ta.
因為不景氣，公司倒了。

ぶっ飛ぶ 【動】飛走
bu.tto.bu.

酔っ払って記憶がぶっ飛んだ。
yo.ppa.ra.tte./ki.o.ku.ga./bu.tto.n.da.
因為喝醉，全都不記得了。

表情篇

外觀篇

心境篇

人格特質篇

動作篇

生理狀態篇

143

上升

🎧069

必備單字

上がる
あ
a.ga.ru.

【動】上升、上揚

【類】上 昇 する
じょうしょう

物価が上がってきている。
ぶっか あ
bu.kka.ga./a.ga.tte./ki.te./i.ru.
物價正在上揚。

舉一反三

昇る
のぼ
no.bo.ru.

【動】上升、爬上

太陽が昇ってきた。
たいよう のぼ
ta.i.yo.u.ga./no.bo.tte./ki.ta.
太陽升起了。

アップ
a.ppu.

【名】上升

【類】高まる
たか

資格が取れれば、給 料もアップです。
しかく と きゅうりょう
shi.ka.ku.ga./to.re.re.ba./kyu.u.ryo.u.mo./a.ppu.de.su.
取得證照的話，薪資也會上升。

うなぎのぼり
u.na.gi.no.bo.ri.

【常】直線上升、急速上揚

うなぎのぼりに株価が上がった。
かぶか あ
u.na.gi.no.bo.ri.ni./ka.bu.ka.ga./a.ga.tta.
股價急速上揚。

下降

069

必備單字

下がる　【動】下降、下跌
さ

sa.ga.ru.

これから物価が下がるとは思わない。
ko.re.ka.ra./bu.kka.ga./sa.ga.ru.to.wa./o.mo.wa.na.i.
不認為今後物價會下跌。

舉一反三

低下する　【動】下滑、變差
ていか

te.i.ka./su.ru.

このごろ視力が低下している。
ko.no.go.ro./shi.ryo.ku.ga./te.i.ka./shi.te./i.ru.
最近視力越變越差。

減る　【動】減少
へ

he.ru.　【類】減少する
　　　　　　げんしょう

どの学校も生徒の数がだんだん減ってきた。
do.no./ga.kko.u.mo./se.i.to.no./ka.zu.ga./da.n.da.n./he.tte./ki.ta.
每個學校的學生數都逐漸減少了。

落ちる　【動】下降
お

o.chi.ru.

食事に気をつけているのに、なぜかなかなか体重が落ちない。
しょくじ　　き　　　　　　　　　　　　　　　　　たいじゅう　お

sho.ku.ji.ni./ki.o./tsu.ke.te./i.ru./no.ni./na.ze.ka./na.ka.na.ka./ta.i.ju.u.ga./o.chi.na.i.
明明很注意飲食，為什麼體重還是不太下降。

表情篇

外觀篇

心境篇

人格特質篇

動作篇

生理狀態篇

145

加入

🎧070

必備單字

参加する
さんか

sa.n.ka./su.ru.

【動】參加

【類】参与する
さんよ

私もこの企画に参加した。
わたし　　　　きかく　さんか

wa.ta.shi.mo./ko.no./ki.ka.ku.ni./sa.n.ka./shi.ta.

我也參加了這個企畫。

舉一反三

入れる
い

i.re.ru.

【動】加入、放入

【類】仲間に入れる
なかま

私も仲間に入れてください。
わたし　なかま　い

wa.ta.shi.mo./na.ka.ma.ni./i.re.te./ku.da.sa.i.

也讓我加入成為一員。

加わる
くわ

ku.wa.wa.ru.

【動】加入、加上

村長もお祭りに加わった。
そんちょう　　まつ　　くわ

so.n.cho.u.mo./o.ma.tsu.ri.ni./ku.wa.wa.tta.

村長也加入了慶典。

仲間入り
なかまい

na.ka.ma.i.ri.

【名】加入行列、加入團體

【類】メンバーになる

皆が話しをしていても彼は仲間入りしない。
みな　はな　　　　　　　　　　かれ　なかまい

mi.na.ga./ha.na.shi.o./shi.te./i.te.mo./ka.re.wa./na.ka.ma.i.ri./shi.na.i.

大家一起說話時他也不肯加入。

必備單字

辞める
や

【動】辭退、退出

ya.me.ru.

春に専門学校を辞めた。
はる　せんもんがっこう　や

ha.ru.ni/se.n.mo.n.ga.kko.u.o/ya.me.ta.
春天時從職業學校休學了。

舉一反三

退く
しりぞ

【動】後退、退出

shi.ri.zo.ku.

彼は来年政界から退く。
かれ　らいねんせいかい　しりぞ

ka.re.wa/ra.i.ne.n/se.i.ka.i/ka.ra/shi.ri.zo.ku.
他將在明年退出政壇。

退任する
たいにん

【動】卸任、退職
【類】退職する
たいしょく

ta.i.ni.n./su.ru.

彼は部長を退任した。
かれ　ぶちょう　たいにん

ka.re.wa/bu.cho.u.o/ta.i.ni.n./shi.ta.
他從部長的職位卸任。

辞任する
じにん

【動】辭職
【類】引退する
いんたい

ji.ni.n./su.ru.

彼女は取締役を辞任するよう求められた。
かのじょ　とりしまりやく　じにん　　　もと

ka.no.jo.wa/to.ri.shi.ma.ri.ya.ku.o/ji.ni.n./su.ru.yo.u./mo.to.me.ra.re.ta.
她被要求辭掉董事。

表情篇

外觀篇

心境篇

人格特質篇

動作篇

生理狀態篇

放下

🎧071

必備單字

置く 【動】放置、放在

o.ku.

私 はチケットを彼の机の上に置いた。

wa.ta.shi.wa./chi.ke.tto.o./ka.re.no./tsu.ku.e.no./
u.e.ni./o.i.ta.

我把票放在他的桌上。

舉一反三

残す 【動】剩下、留下

no.ko.su.
【類】取り残す

犬を残して部屋を出た。

i.nu.o./no.ko.shi.te./he.ya.o./de.ta.

把狗留在房間出去了。

手放す 【動】放手、放棄

te.ba.na.su.

ずっと担当してきた企画を手放したくない。

zu.tto./ta.n.to.u./shi.te./ki.ta./ki.ka.ku.o./ta.ba.na.shi.
ta.ku.na.i.

不想放棄一直負責的企畫。

ポイ捨て 【名】亂丟、隨手丟

po.i.su.te.

吸い殻のポイ捨てはよくない。

su.i.ga.ra.no./po.i.su.te.wa./yo.ku.na.i.

隨手亂丟菸蒂是不好的行為。

071

拿起

必備單字

持つ
【動】拿著、帶著

mo.tsu.

彼女はタオルを持ってきた。
ka.no.jo.wa./ta.o.ru.o./mo.tte./ki.ta.
她把毛巾帶來了。

舉一反三

持ち上げる
【動】舉起、拿起、抬起

mo.chi.a.ge.ru.
【類】ピックアップ、取る

彼はそのダンボールを持ち上げた。
ka.re.wa./so.no./da.n.bo.o.ru.o./mo.chi.a.ge.ta.
他抬起了那個紙箱。

拾う
【動】撿起、撿到

hi.ro.u.

私は地面に落ちてたゴミを拾った。
wa.ta.shi.wa./ji.me.n.ni./o.chi.te.ta./go.mi.o./hi.ro.tta.
我撿起掉在地上的垃圾。

背負う
【動】背負、肩負、承擔

se.o.u.
【類】担う

彼は重い荷物を背負っている。
ka.re.wa./o.mo.i./ni.mo.tsu.o./se.o.tte./i.ru.
他背負著很重的行李。

表情篇

外觀篇

心境篇

人格特質篇

動作篇

生理狀態篇

149

打開　　　　　∩072

必備單字

開ける　　　　【動】打開
あ

a.ke.ru.

誰がドアを開けましたか？
だれ　　　　　　　あ

da.re.ga./do.a.o./a.ke.ma.shi.ta.ka.
是誰把門打開的？

舉一反三

開く　　　　　【動】翻開、打開
ひら

hi.ra.ku.

学生は本をパッと開いた。
がくせい　ほん　　　　　ひら

ga.ku.se.i.wa./ho.n.o./pa.tto./hi.ra.i.ta.
學生一下子翻開書。

開けっ放し　　【名、形】一直開著
あ　　ばな

a.ke.ppa.na.shi.

冷蔵庫を開けっ放しにしないで。
れいぞうこ　あ　　ばな

re.i.zo.u.ko.o./a.ke.ppa.na.shi.ni./shi.na.i.de.
冰箱不要一直開著。

封を切る　　　【常】開封、開箱、拆開包裝
ふう　き

fu.u.o./ki.ru.　　　【類】封切り
　　　　　　　　　　　　　　　ふうき

カレーの袋の封を切って電子レンジで温めた。
　　　　ふくろ　ふう　き　　　　でんし　　　　あたた

ka.re.e.no./fu.ku.ro.no./fu.u.o./ki.tte./de.n.shi.re.n.ji.
de./a.ta.ta.me.ta.
把咖哩的包裝打開，用微波爐加熱。

關上

必備單字

閉める　　【動】關上、拉上

し

shi.me.ru.

彼は教室のカーテンを閉めた。
かれ　きょうしつ　　　　　　　　　　　　し

ka.re.wa./kyo.u.shi.tsu.no./ka.a.te.n.o./shi.me.ta.
他拉上了教室的窗簾。

舉一反三

閉じる　　【動】關、閉、結束

と

to.ji.ru.

保存し忘れてファイルを閉じてしまった。
ほぞん　わす　　　　　　　　　　　と

ho.zo.n./shi.wa.su.re.te./fa.i.ru.o./to.ji.te./shi.ma.tta.
忘了存檔就把檔案關掉了。

塞ぐ　　【動】阻塞、塞住

ふさ

fu.sa.gu.

木が倒れて道路を塞いでしまった。
き　たお　　どうろ　ふさ

ki.ga./ta.o.re.te./do.u.ro.o./fu.sa.i.de./shi.ma.tta.
樹木倒下來，阻塞了道路。

閉鎖する　　【動】封閉

へいさ

he.i.sa./su.ru.

警察が出口を閉鎖した。
けいさつ　でぐち　へいさ

ke.i.sa.tsu.ga./de.gu.chi.o./he.i.sa./shi.ta.
警察將出口封閉了。

表情篇

外觀篇

心境篇

人格特質篇

動作篇

生理狀態篇

151

請託

必備單字

お願いする

o.ne.ga.i./su.ru.

【常】拜託、請多指教

【類】お願い

念のため、確認をお願いします。
ne.n.no./ta.me./ka.ku.ni.n.o./o.ne.ga.i./shi.ma.su.
保險起見，請你做一下確認。

舉一反三

一生のお願い

i.ssho.u.no./o.ne.ga.i.

【常】千萬拜託、只求你這次了

一生のお願いです。聞いてください。
i.ssho.u.no./o.ne.ga.i.de.su./ki.i.te./ku.da.sa.i.
我只求你這次，拜託聽我說。

頼む

ta.no.mu.

【動】請託

【類】依頼する

私は友達に手伝いを頼んだ。
wa.ta.shi.wa./to.mo.da.chi.ni./te.tsu.da.i.o./ta.no.n.da.
我拜託朋友幫忙。

任せる

ma.ka.se.ru.

【動】交付、託付

【類】お任せ

この仕事は田中くんに任せるつもりだ。
ko.no./shi.go.to.wa./ta.na.ka.ku.n.ni./ma.ka.se.ru./tsu.mo.ri.da.
這個工作打算要交給田中君。

禁止

必備單字

ダメ 　　　　　　【名】不行、不可以

da.me.

お酒を飲んだんだから車の運転しちゃダメだよ。

o.sa.ke.o./no.n.da.n.da.ka.ra./ku.ru.ma.no./u.n.te.n./
shi.cha./da.me.da.yo.

因為喝了酒，所以不可以開車喔。

舉一反三

禁止 　　　　　　【名】禁止
ki.n.shi. 　　　　　　【類】禁止する

ここは飲食禁止です。

ko.ko.wa./i.n.sho.ku.ki.n.shi.de.su.
這裡禁止飲食。

ルール 　　　　　　【名】規定、規則
ru.u.ru. 　　　　　　【類】規則

彼らはゲームのルールを守っていない。

ka.re.ra.wa./ge.e.mu.no./ru.u.ru.o./ma.mo.tte./i.na.i.
他們沒遵守遊戲的規則。

制限する 　　　　　　【動】限制
se.i.ge.n./su.ru.

1日で遊べる時間は制限されている。

i.chi.ni.chi.de./a.so.be.ru./ji.ka.n.wa./se.i.ge.n./sa.re.
te./i.ru.
被限制1天可以玩的時間。

外觀篇

心境篇

人格特質篇

動作篇

生理狀態篇

毀損

🎧074

必備單字

壊す
ko.wa.su.

【動】弄壞

【類】破壊する、ぶち壊す

<ruby>子供<rt>こども</rt></ruby>が<ruby>私<rt>わたし</rt></ruby>のタブレットを<ruby>壊<rt>こわ</rt></ruby>してしまった。

ko.do.mo.ga./wa.ta.shi.no./ta.bu.re.tto.o./ko.wa.shi.
te./shi.ma.tta.

小孩把我的平板電腦弄壞了。

舉一反三

毀損
ki.so.n.

【名】損毀、損害

【類】損壊

<ruby>彼女<rt>かのじょ</rt></ruby>は<ruby>名誉毀損<rt>めいよきそん</rt></ruby>で<ruby>訴<rt>うった</rt></ruby>えられた。

ka.no.jo.wa./me.i.yo.ki.so.n.de./u.tta.e.ra.re.ta.

她被控妨害名譽。

壊れる
ko.wa.re.ru.

【動】壞掉

【類】ぶっ壊れる

エアコンはいつ<ruby>壊<rt>こわ</rt></ruby>れたの？

e.a.ko.n.wa./i.tsu./ko.wa.re.ta.no.

空調是什麼時候壞的？

破る
ya.bu.ru.

【動】撕破、撕毀

<ruby>彼<rt>かれ</rt></ruby>は<ruby>契約書<rt>けいやくしょ</rt></ruby>を<ruby>破<rt>やぶ</rt></ruby>ってしまった。

ka.re.wa./ke.i.ya.ku.sho.o./ya.bu.tte./shi.ma.tta.

他不小心把合約撕破了。

修理

074

必備單字

なお
直す 【動】修改、修理

na.o.su.

せんせい わたし さくぶん なお
先生は私の作文を直してくれた。
se.n.se.i.wa./wa.ta.shi.no./sa.ku.bu.n.o./na.o.shi.te./
ku.re.ta.
老師幫我修改作文。

舉一反三

しゅうり
修理する 【動】修理

shu.u.ri./su.ru. 【類】修繕、修理に出す
しゅうぜん しゅうり だ

しゅうり
このバッグを修理してもらえますか？
ko.no./ba.ggu.o./shu.u.ri./shi.te./mo.ra.e.ma.su.ka.
可以幫我修理這個包包嗎？

メンテナンス 【名】維修、維護、保養

me.n.te.na.n.su.

かれ
彼はシステムのメンテナンスをするつもりです。
ka.re.wa./shi.su.te.mu.no./me.n.te.na.n.su.o./su.ru./
tsu.mo.ri.de.su.
他打算要維修系統。

リニューアル 【名】更新、重新改裝

ri.nyu.u.a.ru.
【類】リフォーム

くつう ば いま ちゅう
靴売り場は今リニューアル中です。
ku.tsu.u.ri.ba.wa./i.ma./ri.nyu.u.a.ru.chu.u.de.su.
鞋子賣場現在正在重新改裝。

表情篇

外觀篇

心境篇

人格特質篇

動作篇

生理狀態篇

學習

🎧 075

必備單字

学ぶ　　　　【動】學習

ま な
ma.na.bu.

わたし さんねんかん　　　　　　　　　　　　　　ご　まな
私は3年間ずっとドイツ語を学んでいる。

wa.ta.shi.wa./sa.n.ne.n.ka.n./zu.tto./do.i.tsu.go.o./ma.na.n.de./i.ru.

我3年來一直都在學習德語。

舉一反三

勉強する　　　【動】學習、用功

べんきょう
be.n.kyo.u./su.ru.　　　【類】学習する
　　　　　　　　　　　　　　　　がくしゅう

にほん　　　　　　　　　　　　　べんきょう
日本についてもっと勉強したいです。

ni.ho.n.ni./tsu.i.te./mo.tto./be.n.kyo.u./shi.ta.i.de.su.

想學習更多關於日本的東西。

教わる　　　　【動】向...學習

おそ
o.so.wa.ru.

ちい　ころ　　　はは　りょうり　おそ
小さい頃から母に料理を教わっています。

chi.i.sa.i./ko.ro./ka.ra./ha.ha.ni./ryo.u.ri.o./o.so.wa.tte./i.ma.su.

從小就向母親學習做菜。

習う　　　　　【動】學習

なら
na.ra.u.

わたし　さいしょ　　　　　　なら　　　　　　　　　　　なら
私は最初ピアノを習ってそれからバイオリンを習った。

wa.ta.shi.wa./sa.i.sho./pi.a.no.o./na.ra.tte./so.re.ka.ra./ba.i.o.ri.n.o./na.ra.tta.

我一開始學習鋼琴，然後學習小提琴。

教導

075

必備單字

教える
お.し.e.ru.
o.shi.e.ru.

【動】教導、告訴

【類】伝授
でんじゅ

父は高校で英語を教えている。
ちち こうこう えいご おし
chi.chi.wa./ko.u.ko.u.de./e.i.go.o./o.shi.e.te./i.ru.
父親在高中教英文。

舉一反三

指導
しどう
shi.do.u.

【名】指導、指揮

私たちは先生の指導に従って行動した。
わたし せんせい しどう したが こうどう
wa.ta.shi.ta.chi.wa./se.n.se.i.no./shi.do.u.ni./shi.ta.ga.
tte./ko.u.do.u./shi.ta.
我們遵從老師的指揮行動。

教育係
きょういくがかり
kyo.u.i.ku.ga.ka.ri.

【名】負責教導的人

彼がついに新人の教育係を任された。
かれ しんじん きょういくがかり まか
ka.re.ga./tsu.i.ni./shi.n.ji.n.no./kyo.u.i.ku.ga.ka.ri.o./
ma.ka.sa.re.ta.
他終於被任命負責帶新人。

授業
じゅぎょう
ju.u.gyo.u.

【名】授課、課

今日の授業はもう終わった。
きょう じゅぎょう お
kyo.u.no./ju.gyo.u.wa./mo.u./o.wa.tta.
今天的課程已經結束了。

表情篇
外觀篇
心境篇
人格特質篇
動作篇
生理狀態篇

遺失

🎧076

必備單字

なくす　　　　　【動】弄丟、遺失
na.ku.su.
　　　　　　　　　【類】紛失する

借りたカメラをなくしてしまった。
ka.ri.ta./ka.me.ra.o./na.ku.shi.te./shi.ma.tta.
不小心把借來的相機弄丟了。

舉一反三

落とす　　　　　【動】弄掉、弄丟
o.to.su.
　　　　　　　　　【類】落し物

手を滑らせてスマホを落としてしまった。
te.o./su.be.ra.se.te./su.ma.ho.o./o.to.shi.te./shi.
ma.tta.
手一滑不小心把手機弄掉了。

置き忘れる　　　【動】忘在、放在
o.ki.wa.su.re.ru.

電車に傘を置き忘れた。
de.n.sha.ni./ka.sa.o./o.ki.wa.su.re.ta.
把雨傘忘在電車上了。

忘れ物　　　　　【名】遺失物、遺忘的東西
wa.su.re.mo.no.

忘れ物をしないように気を付けてください。
wa.su.re.mo.no.o./shi.na.i./yo.u.ni./ki.o./tsu.ke.te./
ku.da.sa.i.
請小心不要忘了東西。

尋找

076

必備單字

探す
<ruby>探<rt>さが</rt></ruby>す　　　　【動】尋找

sa.ga.su.

<ruby>彼<rt>かれ</rt></ruby>は<ruby>部屋<rt>へや</rt></ruby>の<ruby>前<rt>まえ</rt></ruby>でカギを<ruby>探<rt>さが</rt></ruby>している。

ka.re.wa./he.ya.no./ma.e.de./ka.gi.o./sa.ga.shi.te./
i.ru.

他正在房間前面找鑰匙。

舉一反三

求める
<ruby>求<rt>もと</rt></ruby>める　　　　【動】尋求、要求

mo.to.me.ru.　　　　【類】<ruby>求<rt>もと</rt></ruby>む

<ruby>私<rt>わたし</rt></ruby>たちは<ruby>説明<rt>せつめい</rt></ruby>を<ruby>求<rt>もと</rt></ruby>めています。

wa.ta.shi.ta.chi.wa./se.tsu.me.i.o./mo.to.me.te./i.ma.
su.

我們要求說明。

調べる
<ruby>調<rt>しら</rt></ruby>べる　　　　【動】調查

shi.ra.be.ru.

<ruby>私<rt>わたし</rt></ruby>はそのデータを<ruby>調<rt>しら</rt></ruby>べた。

wa.ta.shi.wa./so.no./de.e.ta.o./shi.ra.be.ta.

我們調查了那個資料。

検索する
<ruby>検索<rt>けんさく</rt></ruby>する　　　　【動】搜尋

ke.n.sa.ku./su.ru.

ネットでその<ruby>商品<rt>しょうひん</rt></ruby>の<ruby>価格<rt>かかく</rt></ruby>を<ruby>検索<rt>けんさく</rt></ruby>した。

ne.tto.de./so.no./sho.u.hi.n.no./ka.ka.ku.o./ke.n.sa.
ku./shi.ta.

在網路上搜尋那項商品的價格。

表情篇

外觀篇

心境篇

人格特質篇

動作篇

生理狀態篇

旅行

🎧077

必備單字

旅行する　　【動】旅行
りょこう

ryo.ko.u./su.ru.

私は1人で旅行するのが好き。
わたし　ひとり　りょこう　　　　　す

wa.ta.shi.wa./hi.to.ri.de./ryo.ko.u./su.ru./no.ga./su.ki.

我喜歡1個人旅行。

舉一反三

ツアー　　【名】旅行、旅行團、巡演

tsu.a.a.

そのツアーはどこを回りますか？
　　　　　　　　　　　まわ

so.no./tsu.u.a.a.wa./do.ko.o./ma.wa.ri.ma.su.ka.

那個旅行團是去哪些地方呢？

日帰り　　【名】當日往返
ひがえ

hi.ga.e.ri.

日帰りで大阪へ出張してきた。
ひがえ　　おおさか　しゅっちょう

hi.ga.e.ri.de./o.o.sa.ka.e./shu.ccho.u./shi.te./ki.ta.

當日往返去大阪出差。

宿泊　　【名】住宿
しゅくはく

shu.ku.ha.ku.

今夜はこのホテルに宿泊する予定です。
こんや　　　　　　　　しゅくはく　　　よてい

ko.n.ya.wa./ko.no./ho.te.ru.ni./shu.ku.ha.ku./su.ru./yo.te.i.de.su.

今晚打算住宿這間飯店。

Chapter 6
生理狀態篇

懶人日語單字
舉　一　反　三　的

日語
單字書

健康

 078

必備單字

けんこう
健康　　　　【名】健康

ke.n.ko.u.

ちち けんこう き
父は健康に気をつけるようになった。

chi.chi.wa./ke.n.ko.u.ni./ki.o.tsu.ke.ru./yo.u.ni./na.tta.
父親變得注意健康。

舉一反三

すこ
健やか　　　【形】健康、健壯

su.ko.ya.ka.

こども すこ せいちょう いの
子供の健やかな成長を祈っています。

ko.do.mo.no./su.ko.ya.ka.na./se.i.cho.u.o./i.no.tte./
i.ma.su.
祈禱孩子能茁壯成長。

じょうぶ
丈夫　　　　【形】結實、健康
jo.u.bu.
　　　　　　　【類】頑丈 **がんじょう**

かれ からだ じょうぶ げんき ひと
彼は体が丈夫でとても元気な人です。

ka.re.wa./ka.ra.da.ga./jo.u.bu.de./to.te.mo./ge.n.ki.
na./hi.to.de.su.
他身體很健壯是很健康的人。

たいちょう
体調がいい　　【常】身體狀況很好

ta.i.cho.u.ga./i.i.

たいちょう はだ
体調がいいと肌もよくなる。

ta.i.cho.u.ga./i.i.to./ha.da.mo./yo.ku./na.ru.
身體狀況好的話，皮膚也變好。

體弱多病

必備單字

弱い（よわい）
【形】虚弱、弱

yo.wa.i.

この子は昔から体が弱いです。
（こ・むかし・からだ・よわ）

ko.no.ko.wa./mu.ka.shi./ka.ra./ka.ra.da.ga./yo.wa.i.de.su.

這孩子以前身體很虚弱。

舉一反三

病気がち（びょうき）
【常】容易生病

byo.u.ki.ga.chi.

【類】病弱（びょうじゃく）

彼は体が弱くて病気がちのようです。
（かれ・からだ・よわ・びょうき）

ka.re.wa./ka.ra.da.ga./yo.wa.ku.te./byo.u.ki.ga.chi.no./yo.u.de.su.

他好像很體弱多病。

衰える（おとろえる）
【動】衰退、衰弱

o.to.ro.e.ru.

年とともに私の体力は衰えた。
（とし・わたし・たいりょく・おとろ）

to.shi.to./to.mo.ni./wa.ta.shi.no./ta.i.ryo.ku.wa./o.to.ro.e.ta.

隨著年紀增長，我的體力也衰退了。

弱々しい（よわよわ）
【形】軟弱、無力、虚弱

yo.wa.yo.wa.shi.i.

【類】か弱い、弱まる（よわ・よわ）

患者は弱々しい声で話している。
（かんじゃ・よわよわ・こえ・はな）

ka.n.ja.wa./yo.wa.yo.wa.shi.i./ko.e.de./ha.na.shi.te./i.ru.

病人用著虚弱無力的聲音講話。

表情篇

外觀篇

心境篇

人格特質篇

動作篇

生理狀態篇

有精神　🎧079

必備單字

元気 _{げんき}
【名、形】有精神、身體好

ge.n.ki.

スタッフはいつも元気に挨拶してくれる。
_{げんき　あいさつ}

su.ta.ffu.wa./i.tsu.mo./ge.n.ki.ni./a.i.sa.tsu./shi.te./
ku.re.ru.

工作人員總是很有精神地向我打招呼。

舉一反三

生き生き _{い　い}
【副】活潑、朝氣蓬勃

i.ki.i.ki.

子供たちは生き生きと学校生活を送っている。
_{こども　　　　い　い　　がっこうせいかつ　おく}

ko.do.mo.ta.chi.wa./i.ki.i.ki.to./ga.kko.u.se.i.ka.tsu.o./
o.ku.tte./i.ru.

孩子們朝氣蓬勃地度過校園生活。

はつらつ
【副】朝氣蓬勃

ha.tsu.ra.tsu.

野球少年たちは元気はつらつとしていた。
_{やきゅうしょうねん　　　　げんき}

ya.kyu.u.sho.u.ne.n.ta.chi.wa./ge.n.ki.ha.tsu.ra.tsu.to./
shi.te./i.ta.

棒球少年們朝氣蓬勃。

活気 _{かっき}
【名】活力、朝氣

ka.kki.

この職場は活気が溢れている。
_{しょくば　かっき　あふ}

ko.no./sho.ku.ba.wa./ka.kki.ga./a.fu.re.te./i.ru.

這個職場充滿了朝氣。

疲勞

079

必備單字

疲れる　^{つか}
【動】疲勞、累

tsu.ka.re.ru.

徹夜して疲れた。
_{てつや}　　_{つか}
te.tsu.ya./shi.te./tsu.ka.re.ta.
因為熬夜而覺得累。

舉一反三

疲れ果てる　^{つか}^は
【動】精疲力竭、疲勞不堪

tsu.ka.re.ha.te.ru.
【類】疲労困憊　^{ひろうこんぱい}

長く走ったので疲れ果てた。
_{なが}　_{はし}　　　　　_{つか}　_は
na.ga.ku./ha.shi.tta./no.de./tsu.ka.re.ha.te.ta.
跑了很長的距離，已經精疲力竭。

へとへと
【副】精疲力竭

he.to.he.to.
【類】ぐったり

仕事の後、私はへとへとに疲れた。
_{しごと}　_{あと}　_{わたし}　　　　　　_{つか}
shi.go.to.no./a.to./wa.ta.shi.wa./he.to.he.to.ni./tsu.
ka.re.ta.
工作過後，我已精疲力竭。

くたびれる
【動】勞累、疲乏

ku.ta.bi.re.ru.

１人で仕事をこなしてひどくくたびれた。
_{ひとり}　_{しごと}
hi.to.ri.de./shi.go.to.o./ko.na.shi.te./hi.do.ku./ku.ta.
bi.re.ta.
１個人完成工作，非常勞累。

表情篇

外觀篇

心境篇

人格特質篇

動作篇

生理狀態篇

165

疼痛

🎧080

必備單字

いた
痛い　　　　　【形】痛

i.ta.i.

あたま　いた
頭 が痛い。
a.ta.ma.ga./i.ta.i.
頭很痛。

舉一反三

いた
痛む　　　　　【動】疼痛

i.ta.mu.

うで　いた　　　やきゅう
腕が痛んで野球ができない。
u.de.ga./i.ta.n.de./ya.kyu.u.ga./de.ki.na.i.
手臂很痛不能打棒球。

ひりひりする　　　【動】熱辣辣的、刺痛

hi.ri.hi.ri./su.ru.　　【類】ちくちくする

ひ や　　　　せなか
日焼けで背中がひりひりしている。
hi.ya.ke.de./se.na.ka.ga./hi.ri.hi.ri./shi.te./i.ru.
因為晒傷，背上熱辣辣的。

くる
苦しむ　　　　　【動】為...所苦

ku.ru.shi.mu.

かれ　ずつう　くる
彼は頭痛に苦しんでいる。
ka.re.wa./zu.tsu.u.ni./ku.ru.shi.n.de./i.ru.
他為頭痛所苦。

治癒

080

必備單字

治す
な お

【動】治癒、治療

na.o.su.

夕べよく眠って頭痛を治した。
ゆう　　　**ねむ**　　　**ずつう**　　**なお**

yu.u.be./yo.ku./ne.mu.tte./zu.tsu.u.o./na.o.shi.ta.

昨晚好好睡了一覺，把頭痛治好了。

舉一反三

治療
ち りょう

【名】治療

chi.ryo.u.

田中選手は怪我のため治療を受けている。
たなかせんしゅ　**け が**　　　　　**ちりょう**　**う**

ta.na.ka.se.n.shu.wa./ke.ga.no./ta.me./chi.ryo.u.o./
u.ke.te./i.ru.

田中選手因為受傷，正在接受治療。

回復する
かいふく

【動】恢復

ka.i.fu.ku./su.ru.

彼女は健康が回復した。
かのじょ　**けんこう**　**かいふく**

ka.no.jo.wa./ke.n.ko.u.ga./ka.i.fu.ku./shi.ta.

她恢復了健康。

癒す
いや

【動】治癒、療癒

i.ya.su.

私は音楽を聞くと癒される。
わたし おんがく き　　　　**いや**

wa.ta.shi.wa./o.n.ga.ku.o./ki.ku.to./i.ya.sa.re.ru.

我聽音樂就覺得被治癒了 (心靈得到慰藉)。

表情篇

外觀篇

心境篇

人格特質篇

動作篇

生理狀態篇

受傷

🎧 081

必備單字

怪我する 【動】受傷
け が
ke.ga./su.ru.
【類】負傷
ふしょう

彼は事故で怪我をした。
かれ じ こ け が
ka.re.wa./ji.ko.de./ke.ga.o./shi.ta.
他因意外而受傷。

舉一反三

傷 【名】傷
きず
ki.zu.

傷が浅いからすぐに治ると思う。
きず あさ なお おも
ki.zu.ga./a.sa.i./ka.ra./su.gu.ni./na.o.ru.to./o.mo.u.
傷口很淺，我想馬上就會好了。

傷跡 【名】傷痕、傷疤
きずあと
ki.zu.a.to.
【類】傷口
きずぐち

彼女の額に傷跡がある。
かのじょ ひたい きずあと
ka.no.jo.no./hi.ta.i.ni./ki.zu.a.to.ga./a.ru.
她的額頭上有傷疤。

ダメージ 【名】損害、傷害、衝擊
da.me.e.ji.

その言葉で私は精神的にダメージを受けた。
ことば わたし せいしんてき う
so.no./ko.to.ba.de./wa.ta.shi.wa./se.i.shi.n.te.ki.ni./
da.me.e.ji.o./u.ke.ta.
那句話讓我受到精神上的傷害。

包紮

081

必備單字

手当て 【名】治療、措施
て あ

te.a.te.

病院で怪我の手当てをしてもらった。
びょういん けが てあ

byo.u.i.n.de./ke.ga.no./te.a.te.o./shi.te./mo.ra.tta.

在醫院接受受傷的治療。

舉一反三

薬を塗る 【常】抹藥、塗藥
くすり ぬ

ku.su.ri.o./nu.ru.

傷口に薬を塗ってガーゼで覆った。
きずぐち くすり ぬ おお

ki.zu.gu.chi.ni./ku.su.ri.o./nu.tte./ga.a.ze.de./o.o.tta.

在傷口抹藥，再蓋上紗布。

絆創膏 【名】OK繃
ばんそうこう

ba.n.so.u.ko.u. 【類】バンドエイド

怪我した指に絆創膏を貼った。
けが ゆび ばんそうこう は

ke.ga./shi.ta./yu.bi.ni./ba.n.so.u.ko.u.o./ha.tta.

在受傷的手指上貼了OK繃。

ギプス 【名】石膏

gi.pu.su.

彼は骨折で腕にギプスをしている。
かれ こっせつ うで

ka.re.wa./ko.sse.tsu.de./u.de.ni./gi.pu.su.o./shi.te./
i.ru.

他因骨折，手臂上了石膏。

表情篇

外觀篇

心境篇

人格特質篇

動作篇

生理狀態篇

169

生病

 082

必備單字

病気 びょうき 【名】疾病

byo.u.ki.

かのじょ りゅうがくちゅう びょうき
彼女は留学中に病気にかかってしまった。

ka.no.jo.wa./ryu.u.ga.ku.chu.u.ni./byo.u.ki.ni./ka.ka.
tte./shi.ma.tta.

她在留學時生病了。

舉一反三

持病 じびょう 【名】宿疾

ji.byo.u.

わたし こうけつあつ じびょう
私は高血圧の持病がある。

wa.ta.shi.wa./ko.u.ke.tsu.a.tsu.no./ji.byo.u.ga./a.ru.

我有高血壓的慢性病。

倒れる たお 【動】倒下

ta.o.re.ru.

かれ かろう たお
彼は過労で倒れた。

ka.re.wa./ka.ro.u.de./ta.o.re.ta.

他因為過勞而倒下。

うつる 【動】傳染

u.tsu.ru.

まわ ひと かぜ
周りの人に風邪がうつらないように、マスクをし
ている。

ma.wa.ri.no./hi.to.ni./ka.ze.ga./u.tsu.ra.na.i./yo.u.ni./
ma.su.ku.o./shi.te./i.ru.

為了不把感冒傳染給別人,所以戴著口罩。

服藥

必備單字

薬 【名】藥

くすり

ku.su.ri.

病院に行って1週間分の薬をもらった。

びょういん い いっしゅうかんぶん くすり

byo.u.i.n.ni./i.tte./i.sshu.u.ka.n.bu.n.no./ku.su.ri.o./mo.ra.tta.

去醫院拿了1週的藥。

舉一反三

薬を飲む 【常】吃藥

くすり の

ku.su.ri.o./no.mu.

薬を飲んだらお酒は飲まない方がいい。

くすり の さけ の ほう

ku.su.ri.o./no.n.da.ra./o.sa.ke.wa./no.ma.na.i./ho.u.ga./i.i.

吃藥之後最好別喝酒。

飲み込む 【動】吞下、咽下

の こ

no.mi.ko.mu.

子供が鼻をつまんで薬を飲み込んだ。

こども はな くすり の こ

ko.do.mo.ga./ha.na.o./tsu.ma.n.de./ku.su.ri.o./no.mi.ko.n.da.

孩子捏著鼻子把藥吞下去。

粉薬 【名】藥粉

こなぐすり

ko.na.gu.su.ri.

粉薬を子供に飲ませた。

こなぐすり こども の

ko.na.gu.su.ri.o./ko.do.mo.ni./no.ma.se.ta.

給孩子吃藥粉。

表情篇

外觀篇

心境篇

人格特質篇

動作篇

生理狀態篇

171

出生活著

🎧 083

必備單字

生まれる　　　【動】出生
^う

u.ma.re.ru.

先^{せん}週^{しゅう}、あの夫^{ふう}婦^ふに赤^{あか}ちゃんが生^うまれた。

se.n.shu.u./a.no.fu.u.fu.ni./a.ka.cha.n.ga./u.ma.re.ta.

上星期，那對夫妻的孩子出生了。

舉一反三

生きる　　　　【動】生存、生活
^い

i.ki.ru.

私^{わたし}たちは同^{おな}じ時^じ代^{だい}を生^いきている。

wa.ta.shi.ta.chi.wa./o.na.ji./ji.da.i.o./i.ki.te./i.ru.

我們活在同一個時代。

出身　　　　　【名】出生地、籍貫、來自
^{しゅっしん}

shu.sshi.n.

鈴^{すずき}木さんは愛^{あいちけんしゅっしん}知県出身です。

su.zu.ki.sa.n.wa./a.i.chi.ke.n./shu.sshi.n.de.su.

鈴木先生來自愛知縣。

誕生日　　　　【名】生日
^{たんじょうび}

ta.n.jo.u.bi.

私^{わたし}の誕^{たんじょうび}生日は6月^{ろくがつ}10日^{とおか}です。

wa.ta.shi.no./ta.n.jo.u.bi.wa./ro.ku.ga.tsu./to.o.ka.de.su.

我的生日是6月10日。

死亡

083

必備單字

死ぬ 【動】死亡

shi.nu.

寒くて死にそうだ。
sa.mu.ku.te./shi.ni./so.u.da.
快冷死了。

舉一反三

亡くなる 【動】過世

na.ku.na.ru.

先月祖父が亡くなった。
se.n.ge.tsu./so.fu.ga./na.ku.na.tta.
上個月祖父過世了。

息を引き取る 【常】過世

i.ki.o./hi.ki.to.ru.

【類】他界する

患者は今朝、静かに息を引き取った。
ka.n.ja.wa./ke.sa./shi.zu.ka.ni./i.ki.o./hi.ki.to.tta.
病人在今早平靜地過世了。

命を落とす 【常】喪命

i.no.chi.o./o.to.su.

たくさんの人がその事故で命を落とした。
ta.ku.sa.n.no./hi.to.ga./so.no./ji.ko.de./i.no.chi.o./o.to.shi.ta.
很多人在那個意外中喪命。

表情篇

外觀篇

心境篇

人格特質篇

動作篇

生理狀態篇

年輕

🎧084

必備單字

若い　　　【形】年輕
わか

wa.ka.i.

私 たちは若いときに結婚した。
わたし　　　　わか　　　　　　けっこん

wa.ta.shi.ta.chi.wa./wa.ka.i./to.ki.ni./ke.kko.n./shi.ta.

我們在年輕時就結婚了。

舉一反三

若々しい　　　【形】年輕
わかわか

wa.ka.wa.ka.shi.i.

若々しい装いはオシャレですが若作りは避けた方が
わかわか　　よそお　　　　　　　　　　　わかづく　　　　さ　　　ほう
いいです。

wa.ka.wa.ka.shi.i./yo.so.o.i.wa./o.sha.re.de.su.ga./wa.
ka.zu.ku.ri.wa./sa.ke.ta./ho.u.ga./i.i.de.su.

雖然年輕的裝扮看來時尚，但最好避免裝年輕。

若者　　　【名】年輕人
わかもの

wa.ka.mo.no.

このブランドは若者を 対象 としている。
わかもの　たいしょう

ko.no./bu.ra.n.do.wa./wa.ka.mo.no.o./ta.i.sho.u./
to.shi.te./i.ru.

這個牌子是以年輕人為對象。

幼い　　　【形】稚嫩、幼小、幼稚
おさな

o.sa.na.i.

私 は幼いときから大学までサッカーをしていた。
わたし　おさな　　　　　　　　だいがく

wa.ta.shi.wa./o.sa.na.i./to.ki.ka.ra./da.i.ga.ku./
ma.de./sa.kka.a.o./shi.te./i.ta.

我從童年到大學都在踢足球。

衰老

084

必備單字

老ける
ふ

【動】老化、上年紀

fu.ke.ru.

かれ まえ あ　　　　　　　　　　　ふ　　み
彼は前に会ったときより老けて見えた。

ka.re.wa./ma.e.ni./a.tta./to.ki./yo.ri./fu.ke.te./mi.e.ta.

他比上次見面時看來更老了。

舉一反三

老い
お

【名】年老、衰老

o.i.

　　　　　　　　　　　としお
【類】年老いる

さいきんりょうしん　お　　かん
最近両親の老いを感じてきました。

sa.i.ki.n./ryo.u.shi.n.no./o.i.o./ka.n.ji.te./ki.ma.shi.ta.

最近感到父母老了。

年寄り
としよ

【名】老人、長者

to.shi.yo.ri.

　　　　　　　　　　ねんぱい
【類】年配

としよ　　せき　ゆず
お年寄りに席を譲る。

o.to.shi.yo.ri.ni./se.ki.o./yu.zu.ru.

把位子讓給老人。

年を取る
とし　と

【常】長歲數、變老

to.shi.o./to.ru.

たが　とし　と
お互い年を取ったな。

o.ta.ga.i./to.shi.o./to.tta.na.

我們都老了啊。

表情篇

外觀篇

心境篇

人格特質篇

動作篇

生理狀態篇

175

飽

必備單字

お腹がいっぱい 【常】很飽

o.na.ka.ga./i.ppa.i.

【類】腹いっぱい

お腹がいっぱいで、もう食べられない。
o.na.ka.ga./i.ppa.i.de./mo.u./ta.be.ra.re.na.i.
已經很飽，再也吃不下了。

舉一反三

満腹 【名】吃飽

ma.n.pu.ku.

もうすでに満腹だったのに、ケーキが出された。
mo.u./su.de.ni./ma.n.pu.ku./da.tta./no.ni./ke.e.ki.ga./
da.sa.re.ta.
明明已經吃飽了，還送了蛋糕上來。

食べ過ぎ 【名】吃太多

ta.be.su.gi.

食べ過ぎに気をつけてくださいね。
ta.be.su.gi.ni./ki.o./tsu.ke.te./ku.da.sa.i.ne.i.
請小心不要吃太多喔。

食事する 【常】吃飯、用餐

sho.ku.ji./su.ru.

友達とおしゃべりしながら食事した。
to.mo.da.chi.to./o.sha.be.ri./shi.na.ga.ra./sho.ku.ji.shi.
ta.
和朋友邊聊天邊吃了飯。

必備單字

腹ペコ
^{はら}

【名、形】餓得要命

ha.ra.pe.ko.

【類】ぺこぺこ

今日お昼を食べ損ねたから、腹ペコなんだ。
^{きょう} ^{ひる} ^た ^{そこ} ^{はら}

kyo.u./o.hi.ru./ta.be.so.ko.ne.ta./ka.ra./ha.ra.pe.ko./na.n.da.

今天沒吃午餐，餓得到命。

舉一反三

お腹が空く
^{なか} ^す

【常】肚子餓

o.na.ka.ga./su.ku.

【類】腹が減る
^{はら} ^へ

今朝沢山食べたので今は特にお腹が空いていません。
^{けさ} ^{たくさん} ^た ^{いま} ^{とく} ^{なか} ^す

ke.sa./ta.ku.sa.n./ta.be.ta./no.de./i.ma.wa./to.ku.ni./o.na.ka.ga./su.i.te./i.ma.se.n.

早上吃了很多，所以現在不太餓。

空腹
^{くうふく}

【名】空腹、餓

ku.u.fu.ku.

サッカーした後で空腹を感じた。
^{あと} ^{くうふく} ^{かん}

sa.kka.a./shi.ta./a.to.de./ku.u.fu.ku.o./ka.n.ji.ta.

踢完足球後，覺得很餓。

お腹が鳴る
^{なか} ^な

【常】肚子叫

o.na.ka.ga./na.ru.

デート中にお腹がグーグー鳴っちゃって恥ずかしかった。
^{ちゅう} ^{なか} ^な ^は

de.e.to.chu.u.ni./o.na.ka.ga./gu.u.gu.u./na.ccha.tte./ha.zu.ka.shi.ka.tta.

約會時肚子咕咕叫，好丟臉。

表情篇

外觀篇

心境篇

人格特質篇

動作篇

生理狀態篇

177

懷孕 086

必備單字

妊娠 【名】懷孕

にんしん

ni.n.shi.n.

【類】妊娠する

かのじょ にんしんさん げつ
彼女は妊娠 3 か月だ。

ka.no.jo.wa./ni.n.shi.n./sa.n.ka.ge.tsu.da.

她懷孕 3 個月。

舉一反三

妊婦 【名】孕婦

にんぷ

ni.n.pu.

かのじょ にんしんろっ げつ にんぷ み
彼女は妊娠 6 か月でも妊婦に見えない。

ka.no.jo.wa./ni.n.shi.n./ro.kka.ge.tsu.de.mo./ni.n.pu.
ni./mi.e.na.i.

她即使懷孕 6 個月看起來也不像孕婦。

出 産 【名】生產

しゅっさん

shu.ssa.n.

【類】出産予定日

しゅっさんよていび

かのじょ はる しゅっさん よてい
彼女は春に出産の予定です。

ka.no.jo.wa./ha.ru.ni./shu.ssa.n.no./yo.te.i.de.su.

她預計在春天生產。

臨 月 【名】快生了、即將臨盆

りんげつ

ri.n.ge.tsu.

りんげつ はい あか う
臨月に入って赤ちゃんがいつ産まれるのかとワク
ワクしている。

ri.n.ge.tsu.ni./ha.i.tte./a.ka.cha.n.ga./i.tsu./u.ma.re.ru.
no.ka.to./wa.ku.wa.ku./shi.te.i.ru.

進入即將臨盆的時期，對於孩子何時出生興奮期待著。

育兒

 086

必備單字

育つ　そだ
【動】養育

so.da.tsu.

彼は厳しい家庭に育った。
かれ　きび　　　　　かてい　そだ

ka.re.wa./ki.bi.shi.i./ka.te.i.ni./so.da.tta.

他成長在嚴格的家庭。

舉一反三

子育て　こそだ
【名】育兒

ko.so.da.te.

毎日子育てで忙しいけれど、とても楽しんでいます。
まいにちこそだ　　　いそが　　　　　　　　たの

ma.i.ni.chi./ko.so.da.te.de./i.so.ga.shi.i./ke.re.do./to.te.mo./ta.no.shi.n.de./i.ma.su.

每天雖然為育兒而忙碌，但非常開心。

子煩悩　こぼんのう
【名】很為孩子著想

ko.bo.n.no.u.

佐藤さんは子煩悩で優しい父親です。
さとう　　　　　こぼんのう　やさ　　　ちちおや

sa.to.u.sa.n.wa./ko.bo.n.no.u.de./ya.sa.shi.i./chi.chi.o.ya.de.su.

佐藤是個為孩子著想的溫柔父親。

手離れ　てばな
【名】放手、不需照顧孩子

te.ba.na.re.

子供が手離れしてから、世界1周したい。
こども　　てばな　　　　　　　せかいいっしゅう

ko.do.mo.ga./te.ba.na.re.shi.te./ka.ra./se.ka.i.i.sshu.u./shi.ta.i.

不需照顧孩子後，想要環遊世界。

表情篇

外觀篇

心境篇

人格特質篇

動作篇

生理狀態篇

179

飲酒

🎧087

必備單字

酒好き
sa.ke.zu.ki.

【名】愛喝酒的人

【類】酒飲み、のんべえ

彼は酒好きでいつも飲みすぎてしまう。
ka.re.wa./sa.ke.zu.ki.de./i.tsu.mo./no.mi.su.gi.te./shi.ma.u.

他很愛喝酒，總是喝太多。

舉一反三

泣き上戸
na.ki.jo.u.go.

【名】喝醉就哭

彼女はお酒を飲むと泣き上戸になる。
ka.no.jo.wa./o.sa.ke.o./no.mu.to./na.ki.jo.u.go.ni./na.ru.

她喝了酒後就會變得愛哭。

下戸
ge.ko.

【名】不喝酒

【類】シラフ

下戸なので飲み会は退屈だ。
ge.ko./na.no.de./no.mi.ka.i.wa./ta.i.ku.tsu.da.

因為不喝酒，所以覺得飲酒聚會很無聊。

乾杯する
ka.n.pa.i./su.ru.

【動】乾杯

今年の目標達成に乾杯しましょう！
ko.to.shi.no./mo.ku.hyo.u.ta.sse.i.ni./ka.n.pa.i./shi.ma.sho.u.

為達成今年目標乾杯！

飲食習慣

必備單字

食事制限　【名】節食
しょくじせいげん

sho.ku.ji.se.i.ge.n.

痩せるために食事制限と運動をしている。
や　　　　　　　しょくじせいげん　うんどう

ya.se.ru./ta.me.ni./sho.ku.ji.se.i.ge.n.to./u.n.do.u.o./shi.te./i.ru.

為了變瘦正在節食和運動。

舉一反三

大食い　【名】大胃王
おおぐい

o.o.gu.i.　【反】少 食（食量小）
　　　　　　　　しょうしょく

私 は大食いに見えますが実はそんなに食べません。
わたし　おおぐ　　　み　　　　　　　じつ　　　　　　　　た

wa.ta.shi.wa./o.o.gu.i.ni./mi.e.ma.su.ga./ji.tsu.wa./so.n.na.ni./ta.be.ma.se.n.

我看來像大胃王，但其實沒吃那麼多。

ベジタリアン　【名】素食主義者、蔬食主義者

be.ji.ta.ri.a.n.　【反】肉 食（肉食）
　　　　　　　　　　　　にくしょく

ベジタリアンなのでできればお肉は遠慮したい。
　　　　　　　　　　　　　　　　にく　えんりょ

be.ji.ta.ri.a.n./na.no.de./de.ki.re.ba./o.ni.ku.wa./e.n.ryo./shi.ta.i.

我吃素，可以的話不想碰肉。

外食　【名】外食
がいしょく

ga.i.sho.ku.　【類】食 習 慣
　　　　　　　　しょくしゅうかん

忙 しいから毎 日 外食をしている。
いそが　　　　　まいにちがいしょく

i.so.ga.shi.i./ka.ra./ma.i.ni.chi./ga.i.sho.ku.o./shi.te./i.ru.

因為很忙，每天都外食。

表情篇

外觀篇

心境篇

人格特質篇

動作篇

生理狀態篇

失去意識 🎧088

必備單字

気を失う 【常】失去意識、昏倒

き うしな

ki.o./u.shi.na.u. 　　【類】気が遠くなる
　　　　　　　　　　　　　 き　とお

患者は気を失って床に倒れた。
かんじゃ き うしな ゆか たお

ka.n.ja.wa./ki.o./u.shi.na.tte./yu.ka.ni./ta.o.re.ta.
病人失去意識，倒在地上。

舉一反三

失神 【名】昏過去、不省人事

しっしん

shi.sshi.n. 　　【反】我に返る（回神）
　　　　　　　　　　 われ　かえ

彼女は血を見て失神した。
かのじょ ち み しっしん

ka.no.jo.wa./chi.o./mi.te./shi.sshi.n./shi.ta.
她看見血就昏了過去。

意識を失う 【常】失去意識

いしき うしな

i.shi.ki.o./u.shi.
na.u. 　　【反】意識を取り戻す（恢復意識）
　　　　　　　　　 いしき　と　もど

事故で彼は意識を失った。
じこ かれ いしき うしな

ji.ko.de./ka.re.wa./i.shi.ki.o./u.shi.na.tta.
他因為意外失去意識。

気絶 【名】昏厥、暈倒

きぜつ

ki.ze.tsu. 　　【類】卒倒
　　　　　　　　　　 そっとう

歯が痛くて気絶しそう。
は いた きぜつ

ha.ga./i.ta.ku.te./ki.ze.tsu./shi.so.u.
牙齒痛得快暈了。

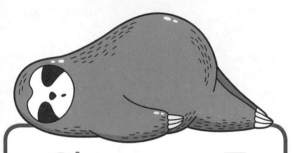

Chapter 7
常用名詞篇

懶人日語單字
舉一反三的

日語
單字書

人

 089

必備單字

ひと
人 　　　　　【名】人

hi.to.

しゅにん　　　　　ひと
主任はどんな人ですか？

shu.ni.n.wa./do.n.na./hi.to.de.su.ka.
主任是怎麼樣的人？

舉一反三

にんげん
人間 　　　　【名】人、人類

ni.n.ge.n.

にんげん　　みぢか　　　　　たいしつ　　　　　　ちが
ペットは人間の身近にいるが、体質はまったく違う。

pe.tto.wa./ni.n.ge.n.no./mi.ji.ka.ni./i.ru.ga./ta.i.shi.tsu.wa./ma.tta.ku./chi.ga.u.
寵物雖然就 (生活) 在人類身邊，但體質完全不同。

おとこ
男 　　　　　【名】男性、男人
　　　　　　　　　　　　　　　だんせい
o.to.ko. 　　　　　【類】男性

　　せ　たか　おとこ　だれ
あの背の高い男は誰ですか？

a.no./se.no./ta.ka.i./o.to.ko.wa./da.re./de.su.ka.
那個長得很高的男人是誰？

おんな
女 　　　　　【名】女性、女人
　　　　　　　　　　　　　　　じょせい
o.n.na. 　　　　　【類】女性

きょねんおんな　こ　　う
去年 女 の子が生まれた。

kyo.ne.n./o.n.na.no.ko.ga./u.ma.re.ta.
去年生了女孩。

動物

必備單字

動物　どうぶつ
【名】動物

do.u.bu.tsu.
【類】動物園　どうぶつえん

私は種類を問わず、どんな動物でも好きです。
わたし　しゅるい　と　　　　　　　　どうぶつ　　　す

wa.ta.shi.wa./shu.ru.i.o./to.wa.zu./do.n.na./do.u.bu.
tsu./de.mo./su.ki.de.su.

不管什麼種類，什麼動物我都喜歡。

舉一反三

ペット
【名】寵物

pe.tto.

動物が好きだからペットを飼いたい。
どうぶつ　す　　　　　　　　　　　か

do.u.bu.tsu.ga./su.ki./da.ka.ra./pe.tto.o./ka.i.ta.i.

因為喜歡動物，所以想養寵物。

野獣　やじゅう
【名】野獣

ya.ju.u.
【類】獣　けもの

彼は森の中で野獣に襲われた。
かれ　もり　なか　やじゅう　おそ

ka.re.wa./mo.ri.no./na.ka.de./ya.ju.u.ni./o.so.wa.re.ta.

他在森林中被野獸攻擊。

野良犬　のらいぬ
【名】流浪狗

no.ra.i.nu.
【類】野良猫　のらねこ

野良犬を拾って保護した。
のらいぬ　ひろ　　　ほご

no.ra.i.nu.o./hi.ro.tte./ho.go./shi.ta.

撿到流浪狗後將牠留下照顧。

蔬果

🎧 090

必備單字

野菜
や.さい
ya.sa.i.

【名】蔬菜

【類】植物
しょくぶつ

ベランダで野菜を育ててみた。
や さい　　そだ
be.ra.n.da.de./ya.sa.i.o./so.da.te.te./mi.ta.
試著在陽台種蔬菜。

舉一反三

野菜不足
や.さい.ぶ.そく
ya.sa.i.bu.so.ku.

【名】蔬菜攝取不足

外食が多くて野菜不足に悩まされている。
がいしょく　おお　　　や さいぶそく　なや
ga.i.sho.ku.ga./o.o.ku.te./ya.sa.i.bu.so.ku.ni./na.ya.ma.
sa.re.te./i.ru.
因經常外食，而為蔬菜攝取不足而煩惱。

旬
しゅん
shu.n.

【名】盛產期、正好吃的時節

きのこは秋が旬です。
あき　しゅん
ki.no.ko.wa./a.ki.ga./shu.n.de.su.
菇類的盛產期是秋天。

フルーツ
fu.ru.u.tsu.

【名】水果

【類】果物
くだもの

私は毎朝フルーツを食べている。
わたし　まいあさ　　　　　　　　た
wa.ta.shi.wa./ma.i.a.sa./fu.ru.u.tsu.o./ta.be.te./i.ru.
我每天早上都吃水果。

營養素

090

必備單字

栄養素
えいようそ
e.i.yo.u.so.
【名】營養素
【類】栄養（えいよう）

トマトにはどんな栄養素が含まれているの？
to.ma.to./ni.wa./do.n.na./e.i.yo.u.so.ga./fu.ku.ma.re.te./i.ru.no.
番茄裡包含了哪些營養素呢？

舉一反三

ビタミン
bi.ta.mi.n.
【名】維他命、維生素

緑色（みどりいろ）の濃（こ）い野菜（やさい）にはビタミンが多（おお）く含（ふく）まれる。
mi.do.ri.i.ro.no./ko.i./ya.sa.i./ni.wa./bi.ta.mi.n.ga./o.o.ku./fu.ku.ma.re.ru.
深綠色的蔬菜含有很多維他命。

カロリー
ka.ro.ri.i.
【名】熱量

カロリーを気（き）にしすぎて栄養（えいよう）バランスが崩（くず）れてしまった。
ka.ro.ri.i.o./ki.ni./shi.su.gi.te./e.i.yo.u./ba.ra.n.su.ga./ku.zu.re.te./shi.ma.tta.
太在乎熱量，導致營養失調。

摂取
せっしゅ
se.sshu.
【名】攝取

貧血予防（ひんけつよぼう）には鉄分（てつぶん）を摂取（せっしゅ）した方（ほう）がいい。
hi.n.ke.tsu.yo.bo.u.ni.wa./te.tsu.bu.n.no./se.sshu.shi.ta./ho.u.ga./i.i.
為了預防貧血，最好攝取鐵質。

常用名詞篇

時間篇

感想篇

事情狀況篇

物品狀態篇

慣用句篇

樹木

 091

必備單字

木 【名】樹、木
き
ki.

じたく にわ さくら き う
自宅の庭に桜の木を植えている。
ji.ta.ku.no./ni.wa.ni./sa.ku.ra.no./ki.o./u.e.te./i.ru.
在自家的院子種櫻花。

舉一反三

森 【名】森林
もり
mo.ri.
【類】ジャングル

まち もり かこ
この町は森に囲まれている。
ko.no./ma.chi.wa./mo.ri.ni./ka.ko.ma.re.te./i.ru.
這城市被森林包圍著。

木材 【名】木材
もくざい
mo.ku.za.i.
【類】木製
もくせい

たな てんねんもくざい つく
この棚は天然木材で作られた。
ko.no./ta.na.wa./te.n.ne.n.mo.ku.za.i.de./tsu.ku.ra.
re.ta.
這個架子是天然木材做成的。

木登り 【名】爬樹
きのぼ
ki.no.bo.ri.

こども きのぼ お
子供が木登りして降りられなくなった。
ko.do.mo.ga./ki.no.bo.ri./shi.te./o.ri.ra.re.na.ku./
na.tta.
孩子爬上樹後下不來。

花草

必備單字

草
くさ

ku.sa.

【名】草

【類】雑草
ざっそう

父が庭の草を刈ってくれた。
ちち にわ くさ か

chi.chi.ga./ni.wa.no./ku.sa.o./ka.tte./ku.re.ta.

父親幫大家除了院子裡的草。

舉一反三

芝生
しばふ

shi.ba.fu.

【名】草皮、草坪

【類】芝
しば

芝生の上を歩かないで。
しばふ うえ ある

shi.ba.fu.no./u.e.o./a.ru.ka.na.i.de.

請勿走在草皮上。

盆栽
ぼんさい

bo.n.sa.i.

【名】盆栽

【類】園芸
えんげい

盆栽を枯らしてしまった。
ぼんさい か

bo.n.sa.i.o./ko.ra.shi.te./shi.ma.tta.

不小心讓盆栽枯了。

花
はな

ha.na.

【名】花

【類】花畑
はなばたけ

花で一番好きなのはやっぱりバラだ。
はな いちばんす

ha.na.de./i.chi.ba.n./su.ki./na.no.wa./ya.ppa.ri./ba.ra.da.

花裡面最喜歡的果然還是玫瑰。

常用名詞篇

時間篇

感想篇

事情狀況篇

物品狀態篇

慣用句篇

習慣

 092

必備單字

習慣　　　【名】習慣

しゅうかん

shu.u.ka.n.

かのじょ　て　くちもと　かく　しゅうかん
彼女は手で口元を隠す習慣がある。

ka.no.jo.wa./te.de./ku.chi.mo.to.o./ka.ku.su./shu.u.ka.
n.ga./a.ru.

她有用手遮嘴的習慣。

舉一反三

慣れる　　　【動】習慣、習於

な

na.re.ru.

いま　しごと　な
今の仕事に慣れましたか？

i.ma.no./shi.go.to.ni./na.re.ma.shi.ta.ka.

習慣現在的工作了嗎？

決まり　　　【名】規定、固定習慣

き

ki.ma.ri.

お気に入りの紅茶を飲むのが朝のお決まりだ。

o.ki.ni./i.ri.no./ko.u.cha.o./no.mu.no.ga./sa.sa.no./o.ki.
ma.ri.da.

早上的老規矩是喝喜歡的紅茶。

癖　　　【名】習慣、習性

くせ

ku.se.

こども　つめ　か　くせ　はや
子供の爪を噛む癖を早くやめさせてあげたい。

ko.do.mo.no./tsu.me.o./ka.mu./ku.se.o./ha.ya.ku./
ya.me.sa.se.te./a.ge.ta.i.

想要快點改掉孩子咬指甲的習慣。

興趣

必備單字

趣味 【名】嗜好

しゅみ

kyo.u.mi.

私 の趣味はゴルフです。
わたし しゅみ

wa.ta.shi.no./shu.mi.wa./go.ru.fu.de.su.
我的嗜好是打高爾夫。

舉一反三

興味 【名】(有)興趣

きょうみ

kyo.u.mi.

ミュージカルに興味がある。
きょうみ

myu.u.ji.ka.ru.ni./kyo.u.mi.ga./a.ru.
對音樂劇有興趣。

夢中 【名】熱衷

むちゅう

mu.chu.u.

子供は新しいゲームに夢中です。
こども あたら むちゅう

ko.do.mo.wa./a.ta.ra.shi.i./ge.e.mu.ni./mu.chu.u.de.
su.
孩子熱衷於新遊戲。

ハマる 【動】迷上

ha.ma.ru.

数年前からワインにハマっている。
すうねんまえ

su.u.ne.n.ma.e./ka.ra./wa.i.n.ni./ha.ma.tte./i.ru.
從幾年前就迷上紅酒。

常用名詞篇

時間篇

感想篇

事情狀況篇

物品狀態篇

慣用句篇

外國

必備單字

海外
かいがい

ka.i.ga.i.

【名】國外、海外

【類】外国
がいこく

日本のアニメは海外でも人気がある。
にほん　　　　　　　　　　かいがい　　にんき

ni.ho.n.no./a.ni.me.wa./ka.i.ga.i./de.mo./ni.n.ki.ga./a.ru.

日本的動畫在國外也很受歡迎。

舉一反三

外国人
がいこくじん

ga.i.ko.ku.ji.n.

【名】外國人

彼の奥さんは外国人らしい。
かれ　おく　　　　　　がいこくじん

ka.re.no./o.ku.sa.n.wa./ga.i.ko.ku.ji.n./ra.shi.i.

他的妻子好像是外國人。

外来語
がいらいご

ga.i.ra.i.go.

【名】外來語 (直接援用外語發音的單字)

【類】外国語
がいこくご

プレゼントという言葉は外来語です。
ことば　　がいらいご

pu.re.ze.n.to./to.iu./ko.to.ba.wa./ga.i.ra.i.go.de.su.

日語的「プレゼント」是由外語發音而來的外來語。

外車
がいしゃ

ga.i.sha.

【名】進口車

彼は外車を持っている。
かれ　がいしゃ　も

ka.re.wa./ga.i.sha.o./mo.tte./i.ru.

他擁有進口車。

必備單字

国内
こくない
【名】國內

ko.ku.na.i.

この動画は日本国内でしか視聴できない。
どうが　にほんこくない　　　　　　　しちょう

ko.no./do.u.ga.wa./ni.ho.n.ko.ku.na.i.de./shi.ka./shi.cho.u./de.ki.na.i.

這影片只能在日本國內收看。

舉一反三

国語
こくご
【名】國語

ko.ku.go.

私は国語の授業を担当している。
わたし　こくご　じゅぎょう　たんとう

wa.ta.shi.wa./ko.ku.go.no./ju.u.gyo.u.o./ta.n.to.u./shi.te./i.ru.

我負責教授國語。

邦人
ほうじん
ho.u.ji.n.
【名】國人(通常指在海外的日本人)
【類】国民 こくみん

現地の日本大使館は邦人の安否を確認している。
げんち　にほんたいしかん　　ほうじん　あんぴ　かくにん

ge.n.chi.no./ni.ho.n./ta.i.shi.ka.n.wa./ho.u.ji.n.no./a.n.pi.o./ka.ku.ni.n./shi.te./i.ru.

當地的日本大使館正在確認國人的安全。

和製
わせい
wa.se.i.
【名】日本製
【類】日本製 にほんせい

この時計は和製です。
とけい　わせい

ko.no./to.ke.i.wa./wa.se.i.de.su.

這個手錶是日本製。

常用名詞篇
時間篇
感想篇
事情狀況篇
物品狀態篇
慣用句篇

社會

🎧094

必備單字

しゃかい
社会 　　　　　【名】社會

sha.ka.i.

いま　にほんしゃかい　　　　　　　おも
今の日本社会をどう思いますか？

i.ma.no./ni.ho.n.sha.ka.i.o./do.u./o.mo.i.ma.su.ka.

覺得現在的日本社會如何？

舉一反三

しゃかいじん
社会人 　　　　　【名】社會人士

sha.ka.i.ji.n.

しゃかいじん　　　　　　べんきょう　ひつよう　　おも
社会人になっても勉強が必要だと思う。

sha.ka.i.ji.n.ni./na.tte.mo./be.n.kyo.u.ga./hi.tsu.yo.u.
da.to./o.mo.u.

我認為即使成為社會人士，也需要學習。

しょみん
庶民 　　　　　【名】平民

sho.mi.n.

せいじか　　しょみん　く　　　　　　まも　　　　　　　しめい
政治家は庶民の暮らしを守ることが使命です。

se.i.ji.ka.wa./sho.mi.n.no./ku.ra.shi.o./ma.mo.ru./ko.
to.ga./shi.me.i.de.su.

政治家的使命是守護平民的生活。

せけん
世間 　　　　　【名】世上、社會

se.ke.n. 　　　　　　　　　　　よ　なか
　　　　　　　　　　　　　【類】世の中

げいのうじん　　しつげん　せけん　　　　ひはん
あの芸能人は失言で世間から批判された。

a.no./ge.n.no.u.ji.n.wa./shi.tsu.ge.n.de./se.ke.n.ka.ra./
hi.ha.n./sa.re.ta.

那個藝人因為講錯話而受到社會的批評。

家庭

 094

必備單字

家
いえ

i.e.

【名】家、房子

【類】うち

かれ　　　　いえ　か え
彼はもう家に帰った。
ka.re.wa./mo.u./i.e.ni./ka.e.tta.
他已經回家了。

舉一反三

家族
かぞく

ka.zo.ku.

【名】家人

わたし　かぞく　　　　　　　なか
私 の家族はとても仲がいいです。
wa.ta.shi.no./ka.zo.ku.wa./to.te.mo./na.ka.ga./i.i.de.su.
我的家人感情很好。

身内
みうち

mi.u.chi.

【名】親人

【類】ファミリー

わたし　　　　けっこんしき　みうち　　　　おこな
私 たちの結婚式は身内だけで 行 った。
wa.ta.shi.ta.chi.no./ke.kko.n.shi.ki.wa./mi.u.chi./da.ke.de./o.ko.na.tta.
我們的婚禮只請了親人。

所帯
しょたい

sho.ta.i.

【名】家庭

しょたい　も　　　　　　　　　　　　　　こうしんひんど　　へ
所帯を持ってからはブログの更新頻度が減ってしまった。
sho.ta.i.o./mo.tte./ka.ra.wa./bu.ro.gu.no./ko.u.shi.n.hi.n.do.ga./he.tte./shi.ma.tta.
有了家庭之後，部落格更新的頻率就減少了。

常用名詞篇 時間篇 感想篇 事情狀況篇 物品狀態篇 慣用句篇

親屬

🎧 095

必備單字

親子
おや こ

【名】親子、父子、母子

o.ya.ko.

あの2人、親子に見えるけど実は兄弟です。
ふたり　　おや こ　　　み　　　　　　　　じつ　きょうだい

a.no.fu.ta.ri./o.ya.ko.ni./mi.e.ru./ke.do./ji.tsu.wa./kyo.u.da.i.de.su.

那2個人，看來像親子，其實是手足。

舉一反三

親戚
しんせき

【名】親戚

shi.n.se.ki.

【類】親族
しんぞく

引っ越し祝いに親戚が家に集まった。
ひ　こ　いわ　　　しんせき　いえ　あつ

hi.kko.shi./i.wa.i.ni./shi.n.se.ki.ga./i.e.ni./a.tsu.ma.tta.

為了慶祝搬家，親戚都聚集到家裡。

両親
りょうしん

【名】父母、雙親

ryo.u.shi.n.

彼は両親にいろいろ心配させた。
かれ　りょうしん　　　　　　　しんぱい

ka.re.wa./ryo.u.shi.n.ni./i.ro.i.ro./shi.n.pa.i./sa.se.ta.

他讓父母操了許多心。

兄弟
きょうだい

【名】兄弟、姊妹、手足

kyo.u.da.i.

【類】姉妹
しまい

兄弟は何人いますか？
きょうだい　なんにん

kyo.u.da.i.wa./na.n.ni.n./i.ma.su.ka.

有幾個兄弟姊妹？

朋友

095

必備單字

友達 【名】朋友
と もだち

to.mo.da.chi. 　　　【類】仲間
　　　　　　　　　　　　 なかま

だいがく ともだち つく
大学で友達を作りたい。

da.i.ga.ku.de./to.mo.da.chi.o./tsu.ku.ri.ta.i.

想在大學交到朋友。

舉一反三

知り合い 【名】認識的人、朋友
し　あ

shi.ri.a.i. 　　　　【類】知人
　　　　　　　　　　　　 ちじん

　　　　　　 かのじょ し あ
どうやって彼女と知り合いになったのですか？

do.u.ya.tte./ka.no.jo.to./shi.ri.a.i.ni./na.tta.no./de.su.
ka.

怎麼認識她的呢？

友人 【名】朋友
ゆうじん

yu.u.ji.n.

きのう だいがくじだい ゆうじん あそ き
昨日、大学時代の友人が遊びに来てくれた。

ki.no.u./da.i.ga.ku.ji.da.i.no./yu.u.ji.n.ga./a.so.bi.ni./
ki.te./ku.re.ta.

昨天，大學時代的朋友來玩。

親友 【名】好朋友
しんゆう

shi.n.yu.u.

かのじょ わたし こども ころ 　　しんゆう
彼女と私は子供の頃からの親友です。

ka.no.jo.to./wa.ta.shi.wa./ko.do.mo.no./ko.ro./ka.ra.
no./shi.n.yu.u.de.su.

她和我是從孩堤時代以來的好朋友。

常用名詞篇

時間篇

感想篇

事情狀況篇

物品狀態篇

慣用句篇

職場

 096

必備單字

職場 【名】職場
しょくば

sho.ku.ba.

昨日、銀行で前の職場の同僚に会った。
きのう　ぎんこう　まえ　しょくば　どうりょう　あ

ki.no.u./gi.n.ko.u.de./ma.e.no./sho.ku.ba.no./do.u.ryo.u.ni./a.tta.

昨天，在銀行碰到以前職場的同事。

舉一反三

会社 【名】公司
かいしゃ

ka.i.sha.

彼は少人数の会社を経営している。
かれ　しょうにんずう　かいしゃ　けいえい

ka.re.wa./sho.u.ni.n.zu.u.no./ka.i.sha.o./ke.i.e.i./shi.te./i.ru.

他經營著少人數的公司。

勤務先 【名】工作地點、工作單位
きんむさき

ki.n.mu.sa.ki. 【類】勤め先
つと　さき

毎日妻を車で勤務先まで送る。
まいにちつま　くるま　きんむさき　　おく

ma.i.ni.chi./tsu.ma.o./ku.ru.ma.de./ki.n.mu.sa.ki./ma.de./o.ku.ru.

每天都開車送妻子到工作地點。

仕事場 【名】職場、工作室
しごとば

shi.go.to.ba.

マンションの一室を仕事場として使っている。
いっしつ　しごとば　　つか

ma.n.sho.n.no./i.sshi.tsu.o./shi.go.to.ba./to.shi.te./tsu.ka.tte./i.ru.

把大樓的其中一間當作工作室。

學校

∩096

必備單字

学校
がっこう
【名】學校

ga.kko.u.

今日は風邪で学校を休んだ。
きょう　かぜ　がっこう　やす

kyo.u.wa./ka.ze.de./ga.kko.u.o./ya.su.n.da.

今天因為感冒所以向學校請假。

舉一反三

クラス
【名】班級

ku.ra.su.

彼女は頭がよくて、明るくて、クラスの人気者
かのじょ　あたま　　　　　あか　　　　　　　　　にんきもの
になった。

ka.no.jo.wa./a.ta.ma.ga./yo.ku.te./a.ka.ru.ku.te./ku.ra.
su.no./ni.n.ki.mo.no.no.ni./na.tta.

她頭腦很好又開朗，成為了班上的風雲人物。

同級生
どうきゅうせい
【名】同學

do.u.kyu.u.se.i.　【類】クラスメート

今日は同級生の結婚式に行ってきた。
きょう　どうきゅうせい　けっこんしき　い

kyo.u.wa./do.u.kyu.u.se.i.no./ke.kko.n.shi.ki.ni./i.tte./
ki.ta.

今天去了同學的婚禮。

先輩
せんぱい
【名】前輩

se.n.pa.i.　【反】後輩(晚輩、學弟妹)
　　　　　　　　　こうはい

大学の先輩から教科書を譲ってもらった。
だいがく　せんぱい　　　きょうかしょ　ゆず

da.i.ga.ku.no./se.n.pa.i.ka.ra./kyo.u.ka.sho.o./yu.zu.
tte./mo.ra.tta.

大學前輩把課本讓給我。

常用名詞篇

時間篇

感想篇

事情狀況篇

物品狀態篇

慣用句篇

方位

🎧097

必備單字

方向 ほうこう

ho.u.ko.u.

【名】方向

【類】方角 ほうがく

美術館はどの方向ですか？
びじゅつかん　　　　ほうこう

bi.ju.tsu.ka.n.wa./do.no./ho.u.ko.u.de.su.ka.

美術館是在哪個方向？

舉一反三

向き む

mu.ki.

【名】面向、朝著

この部屋は西向きで昼間は結構明るいです。
　　へ や　　にしむ　　　ひるま　けっこうあか

ko.no./he.ya.wa./ni.shi.mu.ki.de./hi.ru.ma.wa./ke.kko.u./a.ka.ru.i.de.su.

這個房間是朝西的，白天很明亮。

向かい む

mu.ka.i.

【名】對面

そのカフェは銀行の向かいにある。
　　　　　　ぎんこう　む

so.no./ka.fe.wa./gi.n.ko.u.no./mu.ka.i.ni./a.ru.

那間咖啡廳在銀行的對面。

順路 じゅんろ

ju.n.ro.

【名】行進方向、行進路線

【類】ルート

駐車場内は、順路に従ってお進みください。
ちゅうしゃじょうない　　じゅんろ したが　　　　すす

chu.u.sha.jo.u.na.i.wa./ju.n.ro.ni./shi.ta.ga.tte./o.su.su.mi./ku.da.sa.i.

在停車場內，請依行進路線前進。

上下

必備單字

うえ
上 【名】上
u.e.

棚の上に猫がいる。
ta.na.no./u.e.ni./ne.ko.ga./i.ru.
架子上有貓。

舉一反三

した
下 【名】下
shi.ta.

木の下にある自転車は私のです。
ki.no./shi.ta.ni./a.ru./ji.te.n.sha.wa./wa.ta.shi.no.de.su.
在樹下的腳踏車是我的。

てっぺん 【名】山頂、頂峰
te.ppe.n.
【類】頂上

私たちはその山のてっぺんまで登った。
wa.ta.shi.ta.chi.wa./so.no./ya.ma.no./te.ppe.n./ma.de./no.bo.tta.
我們爬上了那座山的山頂。

じょうげ
上下 【名】上下
jo.u.ge.

この写真は上下が逆になっている。
ko.no./sha.shi.n.wa./jo.u.ge.ga./gya.ku.ni./na.tte./i.ru.
這張照片上下顛倒了。

常用名詞篇

時間篇

感想篇

事情狀況篇

物品狀態篇

慣用句篇

201

左

必備單字

左 　　　　【名】左邊

hi.da.ri.
　　　　　　　【類】左側

矢印に従って、左へ進んでください。

ya.ji.ru.shi.ni./shi.ta.ga.tte./hi.da.ri.e./su.su.n.de./ku.da.sa.i.

請依箭頭所示，往左邊前進。

舉一反三

左折 　　　　【名】左轉

sa.se.tsu.

前を走っていた車が急に左折した。

ma.e.o./ha.shi.tte./i.ta./ku.ru.ma.ga./kyu.u.ni./sa.se.tsu./shi.ta.

開在前面的車突然左轉。

左利き 　　　【名】左撇子、慣用左手

hi.da.ri.ki.ki. 　　【類】サウスポー

私は食事するときは左利きです。

wa.ta.shi.wa./sho.ku.ji.su.ru./to.ki.wa./hi.da.ri.ki.ki.de.su.

我吃飯時習慣用左手。

左向き 　　　【名】向左

hi.da.ri.mu.ki.

私、たいてい左向きに寝ている。

wa.ta.shi./ta.i.te.i./hi.da.ri.mu.ki.ni./ne.te./i.ru.

我大概都是向著左邊睡。

必備單字

右 【名】右

みぎ
mi.gi.

あのバス停を過ぎたら、右に曲がってください。
てい　す　　　　　みぎ　ま
a.no./ba.su.te.i.o./su.gi.ta.ra./mi.gi.ni./ma.ga.tte./ku.da.sa.i.

過了那個公車站後，請右轉。

舉一反三

右折 【名】右轉

うせつ
u.se.tsu.

そこの交差点を右折してください。
こうさてん　うせつ
so.ko.no./ko.u.sa.te.no./u.se.tsu./shi.te./ku.da.sa.i.

請在那個路口右轉。

右手 【名】右手

みぎて
mi.gi.te.

彼は左利きなのに右手で箸を持つ。
かれ　ひだりき　　　　　　みぎて　はし　も
ka.re.wa./hi.da.ri.ki.ki./na.no.ni./mi.gi.te.de./ha.shi.o./mo.tsu.

他雖然是左撇子，卻用右手拿筷子。

右側 【名】右邊

みぎがわ
mi.gi.ga.wa.

世界のほとんどの国は右側通行です。
せかい　　　　　　　　くに　みぎがわつうこう
se.ka.i.no./ho.to.n.do.no./ku.ni.wa./mi.gi.ga.wa.tsu.u.ko.u.de.su.

世界上大部分的國家都是右側通行。

星座

 099

必備單字

星座 【名】星座
せいざ

se.i.za.

私 は星座について詳しくない。
わたし　せいざ　　　　　　　くわ

wa.ta.shi.wa./se.i.za.ni./tsu.i.te./ku.wa.shi.ku.na.i.

我對星座不熟悉。

舉一反三

天体観測 【名】觀星
てんたいかんそく

te.n.ta.i.ka.n.so.ku.

天体望遠鏡を使って天体観測をしたいと思っ
てんたいぼうえんきょう　つか　　　てんたいかんそく　　　　　おも
ている。

te.n.ta.i.bo.u.e.n.kyo.u.o./tsu.ka.tte./te.n.ta.i.ka.n.so.
ku.o./shi.ta.i.to./o.mo.tte./i.ru.

想用天文望遠鏡來觀星。

星 【名】星星
ほし

ho.shi. 　　　　　　　 【類】星空
　　　　　　　　　　　　　　ほしぞら

満天の星が輝いている。
まんてん　ほし　かがや

ma.n.te.n.no./ho.shi.ga./ka.ga.ya.i.te./i.ru.

滿天的星星正閃閃發亮。

双眼鏡 【名】望遠鏡
そうがんきょう

so.u.ga.n.kyo.u. 　　　 【類】望遠鏡
　　　　　　　　　　　　　　ぼうえんきょう

観客はスタンドから双眼鏡で競馬を見る。
かんきゃく　　　　　　　　　　そうがんきょう　けいば　み

ka.n.kya.ku.wa./su.ta.n.do./ka.ra./so.u.ga.n.kyo.u.de./
ke.i.ba.o./mi.ru.

觀眾從看台上拿望遠鏡看賽馬。

生肖

必備單字

干支
え と

【名】生肖

e.to.

【類】十二支
じゅうにし

来年の干支は何ですか？
らいねん え と なん

ra.i.ne.n.no./e.to.wa./na.n.de.su.ka.

明年是什麼年？

あなたの干支は何ですか？
え と なん

a.na.ta.no./e.to.wa./na.n.de.su.ka.

你是什麼生肖？

舉一反三

年
とし

【名】年

to.shi.

来年はネズミ年です。
らいねん とし

ra.i.ne.n.wa./ne.zu.mi.do.shi.de.su.

明年是鼠年。

ひと回り
まわ

【名】1 輪

hi.to.ma.wa.ri.

旦那は私より 1 回り年上です。
だんな わたし ひとまわ としうえ

da.n.na.wa./wa.ta.shi./yo.ri./hi.to.ma.wa.ri./to.shi.
u.e.de.su.

老公的年紀比我大 1 輪 (12 歲)。

常用名詞篇

時間篇

感想篇

事情狀況篇

物品狀態篇

慣用句篇

通訊

 100

必備單字

電話　でんわ 【名】電話

de.n.wa.

かれ　でんわ　　　　　つな
彼に電話したけど繋がらなかった。

ka.re.ni./de.n.wa./shi.ta./ke.do./tsu.na.ga.ra.na.ka.tta.

雖然打了電話給他，但是不通。

舉一反三

携帯電話　けいたいでんわ 【名】手機

ke.i.ta.i.de.n.wa.

けいたいでんわ　　しようきんし
ここでは携帯電話は使用禁止です。

ko.ko.de.wa./ke.i.ta.i.de.n.wa.wa./sho.yo.u.ki.n.shi.de.su.

這裡禁用手機。

スマホ 【名】智慧型手機
su.ma.ho. 【類】スマートフォン

　　　　　　か　　　　　　　　　　つか
スマホを買ったけどいまいち使いこなせていない。

su.ma.ho.o./ka.tta./ke.do./i.ma.i.chi./tsu.ka.i.ko.na.se.te./i.na.i.

雖然買了智慧型手機，但不太會活用。

留守電　るすでん 【名】手機留言
ru.su.de.n.

かのじょ　　るすでん
彼女の留守電にメッセージを残した。

ka.no.jo.no./ru.su.de.n.ni./me.sse.e.ji.o./no.ko.shi.ta.

在她的手機留言了。

網路

 100

必備單字

インターネット 【名】網際網路

i.n.ta.a.ne.tto.　【類】ネット

<ruby>今<rt>いま</rt></ruby>の<ruby>時代<rt>じだい</rt></ruby>、インターネットは<ruby>生活<rt>せいかつ</rt></ruby>に<ruby>欠<rt>か</rt></ruby>かせないものです。

i.ma.no./ji.da.i./i.n.ta.a.ne.tto.wa./se.i.ka.tsu.ni./ka.ka.se.na.i./mo.no.de.su.

現在的時代，網路是生活中不可欠缺的。

舉一反三

<ruby>通販<rt>つうはん</rt></ruby>サイト 【名】購物網站

tsu.u.ha.n.sa.i.to.

この<ruby>商品<rt>しょうひん</rt></ruby>は<ruby>通販<rt>つうはん</rt></ruby>サイトで<ruby>安<rt>やす</rt></ruby>く<ruby>買<rt>か</rt></ruby>えるよ。

ko.no./sho.u.hi.n.wa./tsu.u.ha.n.sa.i.to.de./ya.su.ku./ka.e.ru.yo.

這個商品在購物網站買比較便宜喔。

<ruby>繋<rt>つな</rt></ruby>ぐ 【動】連繫、連接

tsu.na.gu.　【類】<ruby>接続<rt>せつぞく</rt></ruby>する

ネットが<ruby>繋<rt>つな</rt></ruby>がらない。

ne.tto.ga./tsu.na.ga.ra.na.i.

連不上網路。

オンライン 【名】線上

o.n.ra.i.n.　【類】<ruby>通信<rt>つうしん</rt></ruby>

<ruby>夏休<rt>なつやす</rt></ruby>みはずっとオンラインゲームをやっていた。

na.tsu.ya.su.mi.wa./zu.tto./o.n.ra.i.n.ge.e.mu.o./ya.tte./i.ta.

暑假時都在玩線上遊戲。

信仰

🎧101

必備單字

しんねん
信念 　　　　【名】信念

shi.n.ne.n.

やまだせんしゅ　つよ　しんねん　も　　ぜんりょく　たたか
山田選手は強い信念を持って全力で戦ってい
る。

ya.ma.da.se.n.shu.wa./tsu.yo.i./shi.n.ne.n.o./mo.tte./
ze.n.ryo.ku.de./ta.ta.ka.tte./i.ru.

山田選手帶著很強的信念，全力奮鬥著。

舉一反三

しゅうきょう
宗教 　　　　【名】宗教

shu.u.kyo.u.

わたし　しゅうきょう　　きょうみ
私は宗教に興味がない。

wa.ta.shi.wa./shu.u.kyo.u.ni./kyo.u.mi.ga./na.i.

我對宗教沒興趣。

まい
参る 　　　　【動】參拜

ma.i.ru.

はつもうで　いずもたいしゃ　まい
初詣に出雲大社へ参ってきました。

ha.tsu.mo.u.de.ni./i.zu.mo.da.i.sha.e./ma.i.tte./ki.ma.
shi.ta.

元旦參拜時到出雲大社參拜了。

いの
祈る 　　　　【動】祈禱、祈求

i.no.ru.

じゅけんせい　じんじゃ　ごうかく　いの
受験生は神社で合格を祈った。

ju.ke.n.se.i.wa./ji.n.ja.de./go.u.ka.ku.o./i.no.tta.

考生在神社祈求能考上。

教誨

必備單字

おし
教え 　　　　　　【名】教誨

o.shi.e.
　　　　　　　　　【類】教 訓
きょうくん

かのじょ せんせい おし したが げいじゅつ みち あゆ
彼女は先生の教えに 従 って芸 術 の道を歩んで
いる。

ka.no.jo.wa./se.n.se.i.no./o.shi.e.ni./shi.ta.ga.tte./ge.i.
ju.tsu.no./mi.chi.o./a.yu.n.de./i.ru.

她遵從老師的教誨，走上藝術之途。

舉一反三

ちゅうこく
忠 告 　　　　　　【名】忠告

chu.u.ko.ku.

ぶちょう しんじん ちゅうこく あた
部長は新人に 忠 告を与えた。

bu.cho.u.wa./shi.n.ji.n.ni./chu.u.ko.ku.o./a.ta.e.ta.

部長給了新人忠告。

しどう
指導 　　　　　　【名】指導

shi.do.u.

かんきょうもんだい せんもんか しどう う
環 境 問 題について専門家の指導を受けたい。

ka.n.kyo.u.mo.n.da.i.ni./tsu.i.te./se.n.mo.n.ka.no./shi.
do.u.o./u.ke.ta.i.

關於環保問題，想接受專家的指導。

きょういく
教 育 　　　　　　【名】教育

kyo.u.i.ku.

こ きょういく う けんり
子どもには、 教 育を受ける権利がある。

ko.do.mo./ni.wa./kyo.u.i.ku.o./u.ke.ru./ke.n.ri.ga./
a.ru.

孩子有接受教育的權利。

常用名詞篇

時間篇

感想篇

事情狀況篇

物品狀態篇

慣用句篇

學問

必備單字

知識　ちしき　【名】知識

chi.shi.ki.

じゅぎょう せんもんてき ちしき え
授業で専門的な知識を得た。

ju.gyo.u.de./se.n.mo.n.te.ki.na./chi.shi.ki.o./e.ta.

藉由上課得到專業知識。

舉一反三

学問　がくもん　【名】學問

ga.ku.mo.n.

かれ がくもん ねっしん
彼は学問に熱心です。

ka.re.wa./ga.ku.mo.n.ni./ne.sshi.n./de.su.

他很熱衷於學習學問。

雑学　ざつがく　【名】生活小常識、課本外的知識

za.tsu.ga.ku.　【類】豆知識、うんちく

かのじょ ざつがく し
彼女は雑学をたくさん知っている。

ka.no.jo.wa./za.tsu.ga.ku.o./ta.ku.sa.n./shi.tte./i.ru.

她知道很多生活小常識。

知恵　ちえ　【名】智慧

chi.e.

せいかつ ちえ ほうふ
おばあちゃんは生活の知恵が豊富です。

o.ba.a.cha.n.wa./se.i.ka.tsu.no./chi.e.ga./ho.u.fu.de.su.

祖母有豐富的生活智慧。

技能

必備單字

才能 （さいのう）　【名】才能

sa.i.no.u.

この子は音楽の才能がある。
（こ　おんがく　さいのう）
ko.no.ko.wa./o.n.ga.ku.no./sa.i.no.u.ga./a.ru.
這孩子有音樂才能。

舉一反三

技術 （ぎじゅつ）　【名】技術

gi.ju.tsu.

海外でデザインの技術を磨きたい。
（かいがい　　　　　　ぎじゅつ　みが）
ka.i.ga.i.de./de.za.i.n.no./gi.ju.tsu.o./mi.ga.ki.ta.i.
想去國外磨練設計的技術。

資格 （しかく）　【名】證照、資格

shi.ka.ku.

講師になるには、どんな資格が必要ですか？
（こうし　　　　　　　　しかく　ひつよう）
ko.u.shi.ni./na.ru./ni.wa./do.n.na./shi.ka.ku.ga./hi.tsu.yo.u.de.su.ka.
要成為講師，需要什麼樣的證照嗎？

免許 （めんきょ）　【名】執照

me.n.kyo.

去年車の免許を取った。
（きょねんくるま　めんきょ　と）
kyo.ne.n./ku.ru.ma.no./me.n.kyo.o./to.tta.
去年拿到了駕照。

常用名詞篇　時間篇　感想篇　事情狀況篇　物品狀態篇　慣用句篇

專家　　　🎧103

必備單字

専門家
せんもんか
se.n.mo.n.ka.

【名】專家

【類】学者
がくしゃ

あの方は経済の専門家です。
かた　けいざい　せんもんか
a.no./ka.ta.wa./ke.i.za.i.no./se.n.mo.n.ka.de.su.
那位是經濟方面的專家。

舉一反三

職人
しょくにん
sho.ku.ni.n.

【名】工匠、專家、師傅

【類】匠、名人
たくみ めいじん

私は和菓子職人になりたい。
わたし　わがししょくにん
wa.ta.shi.wa./wa.ka.shi.sho.ku.ni.n.ni./na.ri.ta.i.
我想成為日式甜點的師傅。

ベテラン
be.te.ra.n.

【名】老手、有經驗的人

彼はベテランのパイロットです。
かれ
ka.re.wa./be.te.ra.n.no./pa.i.ro.tto.de.su.
他是有經驗的機師。

プロ
pu.ro.

【名】專家

わあ、きれい。さすが掃除のプロだね。
そうじ
wa.a./ki.re.i./sa.su.ga./so.u.ji.no./pu.ro.da.ne.
哇，好乾淨。不愧是打掃的專家。

門外漢

必備單字

しろうと
素人 【名】門外漢

shi.ro.u.to.

これは素人の分析で参考にならない。
ko.re.wa./shi.ro.u.to.no./bu.n.se.ki.de./sa.n.ko.u.ni./
na.ra.na.i.
這只是門外漢的分析，不值得參考。

舉一反三

アマチュア 【名】業餘者

a.ma.chu.a.

ほんやくしゃ
翻訳者としては、まだアマチュアなので、収入
はそんなに高くないです。
ho.n.ya.ku.sha./to.shi.te.wa./ma.da.a.ma.chu.a./na.
no.de./shu.u.nyu.u.wa./so.n.na.ni./ta.ka.ku.na.i.de.su.
身為譯者，我還只是業餘，薪水沒那麼高。

しょしんしゃ
初心者 【名】初學者

sho.shi.n.sha. 【類】ビギナー、

わたし　　　　　　　　しょしんしゃ
私たちはゴルフの初心者です。
wa.ta.shi.ta.chi.wa./go.ru.fu.no./sho.shi.n.sha.de.su.
我們是高爾夫的初學者。

しんまい
新米 【名】新手

shi.n.ma.i.

かちょう　　ことしさんがつ　しんまい
課長は今年 3 月に新米パパになった。
ka.cho.u.wa./ko.to.shi.sa.n.ga.tsu.ni./shi.n.ma.i.pa.
pa.ni./na.tta.
課長今年 3 月成為新手爸爸。

常用名詞篇

時間篇

感想篇

事情狀況篇

物品狀態篇

慣用句篇

事實　　🎧104

必備單字

事実　じじつ　【名】事實

ji.ji.tsu.　　　　　【類】真相　しんそう

調査で新たな事実が判明した。
ちょうさ　あら　　じじつ　はんめい

cho.u.sa.de./a.ra.ta.na./ji.ji.tsu.ga./ha.n.me.i./shi.ta.

透過調查發現了新的事實。

舉一反三

実は　じつ　【副】其實、事實上

ji.tsu.wa.　　　　【類】本当に　ほんとう

国際結婚していますが、実は英語が苦手なのです。
こくさいけっこん　　　　　　じつ　えいご　にがて

ko.ku.sa.i.ke.kko.n./shi.te./i.ma.su.ga./ji.tsu.wa./e.i.go.ga./ni.ga.te./na.no.de.su.

雖然和外國人結婚，但其實不擅長英語。

真実　しんじつ　【名】真相

shi.n.ji.tsu.

蘭ちゃんは真実を知っていたようだ。
らん　　　　しんじつ　し

ra.n.cha.n.wa./shi.n.ji.tsu.o./shi.tte./i.ta./yo.u.da.

小蘭好像知道真相。

実際　じっさい　【名】實際

ji.ssa.i.

それは実際の歴史的な出来事だそうです。
じっさい　れきしてき　できごと

so.re.wa./ji.ssa.i.no./re.ki.shi.te.ki.na./de.ki.go.to./da.so.u.de.su.

那好像是歷史上實際發生的事。

Chapter 8
時間篇

懶人日語單字
舉一反三的

日語
單字書

現在

🎧105

必備單字

今 <small>いま</small>

i.ma.

【名】現在

【類】目下、現下 <small>もっか げんか</small>

疲れて今すぐ帰りたいです。 <small>つか いま かえ</small>
tsu.ka.re.te./i.ma.su.gu./ka.e.ri.ta.i.de.su.
因為累了想現在立刻回家。

舉一反三

今日 <small>きょう</small>

kyo.u.

【名】今天

【類】本日 <small>ほんじつ</small>

今日は母の日です。 <small>きょう はは ひ</small>
kyo.u.wa./ha.ha.no.hi.de.su.
今天是母親節。

今のところ <small>いま</small>

i.ma.no./to.ko.ro.

【常】目前

【類】現時点 <small>げんじてん</small>

仕事は今のところすべて 順 調 です。 <small>しごと いま じゅんちょう</small>
shi.go.to.wa./i.ma.no./to.ko.ro./su.be.te./ju.n.cho.u.de.su.
目前工作上全都很順利。

ただ今 <small>いま</small>

ta.da.i.ma.

【常】現在、剛才

ただ今戻りました <small>いまもど</small>
ta.da.i.ma./mo.do.ri.ma.shi.ta.
我(現在)回來了。

未来

105

必備單字

未来
みらい
【名】未來

mi.ra.i.

私たちには明るい未来が待っている。
わたし　　　　　　あか　　みらい　　ま
wa.ta.shi.ta.chi./ni.wa./a.ka.ru.i./mi.ra.i.ga./ma.tte./i.ru.
光明的未來在等著我們。

舉一反三

将来
しょうらい
【名】將來

sho.u.ra.i.

彼は将来、政治家になるでしょう。
かれ　しょうらい　せいじか
ka.re.wa./sho.u.ra.i./se.i.ji.ka.ni./na.ru.de.sho.u.
他將來應該會成為政治家吧。

後日
ごじつ
【名】改天

go.ji.tsu.

必要な書類は後日送ります。
ひつよう　しょるい　ごじつおく
hi.tsu.yo.u.na./sho.ru.i.wa./go.ji.tsu./o.ku.ri.ma.su.
需要的文件改天再送上。

これから
【常】即將要

ko.re.ka.ra.
【類】今後
こんご

私はこれから出かけます。
わたし　　　　　　　　で
wa.ta.shi.wa./ko.re.ka.ra./de.ka.ke.ma.su.
我即將要出門。

常用名詞篇

時間篇

感想篇

事情狀況篇

物品狀態篇

慣用句篇

217

已經

🎧106

必備單字

もう　　　　　【副】已經

mo.u.

宿題はもう出した。
しゅくだい　だ

shu.ku.da.i.wa./mo.u./da.shi.ta.

功課已經交了。

舉一反三

すでに　　　　【副】已、已經

su.de.ni.　　　　【類】とっくに

注文した商品はすでに届いた。
ちゅうもん　しょうひん　とど

chu.u.mo.n./shi.ta./sho.u.hi.n.wa./su.de.ni./to.do.i.ta.

訂購的商品早已寄到了。

とっくの昔に　　【常】老早、很久以前
むかし

to.kku.no./mu.ka.shi.ni.

オンライゲームなんかとっくの昔に卒業しちゃ
むかし　そつぎょう
ったよ。

o.n.ra.i.n.ge.e.mu./na.n.ka./to.kku.no./mu.ka.shi.ni./
so.tsu.gyo.u./shi.cha.tta.yo.

線上遊戲什麼的，老早就不玩了。

済む　　　　　【動】完成
す

su.mu.　　　　　【類】済み
す

工事は無事に済んだ。
こうじ　ぶじ　す

ko.u.ji.wa./mu.ji.ni./su.n.da.

工程順利完成了。

尚未

106

必備單字

まだ 【副】還沒

ma.da.

<ruby>問題<rt>もんだい</rt></ruby>　<ruby>解決<rt>かいけつ</rt></ruby>
その問題はまだ解決されていない。

so.no./mo.n.da.i.wa./ma.da./ka.i.ke.tsu./sa.re.te./i.na.i.

那個問題還沒解決。

舉一反三

いまだに 【副】現在還

i.ma.da.ni.

【類】いまだ

<ruby>傷<rt>きず</rt></ruby>　<ruby>直<rt>なお</rt></ruby>
その傷はいまだに直らない。

so.no./ki.zu.wa./i.ma.da.ni./na.o.ra.na.i.

那個傷到現在還沒好。

時期尚早 【名】言之過早
<ruby>時期尚早<rt>じきしょうそう</rt></ruby>

ji.ki.sho.u.so.u.

【類】尚早 <ruby>尚早<rt>しょうそう</rt></ruby>

<ruby>彼<rt>かれ</rt></ruby>　<ruby>市長<rt>しちょう</rt></ruby>　<ruby>立候補<rt>りっこうほ</rt></ruby>　　　　　<ruby>時期尚早<rt>じきしょうそう</rt></ruby>
彼が市長に立候補するのは、時期尚早です。

ka.re.ga./shi.cho.u.ni./ri.kko.u.ho./su.ru.no.wa./ji.ki.sho.u.so.u.de.su.

他要參選市長，還言之過早。

早とちり 【常】太倉促決定造成錯誤
<ruby>早<rt>はや</rt></ruby>とちり

ha.ya.to.chi.ri.

【類】早合点 <ruby>早合点<rt>はやがてん</rt></ruby>

<ruby>今行動<rt>いまこうどう</rt></ruby>　　　　　　<ruby>早<rt>はや</rt></ruby>
今行動するのは早とちりになるかもしれない。

i.ma./ko.u.do.u./su.ru./no.wa./ha.ya.to.chi.ri.ni./na.ru./ka.mo.shi.re.na.i.

現在就行動說不定會造成錯誤。

常用名詞篇

時間篇

感想篇

事情狀況篇

物品狀態篇

慣用句篇

219

偶爾 　🎧107

必備單字

たまに　　　【副】偶爾
ta.ma.ni.
　　　　　　　【類】時<ruby>時<rt>とき</rt></ruby>に

<ruby>私<rt>わたし</rt></ruby> は、たまにしか<ruby>料理<rt>りょうり</rt></ruby>を<ruby>作<rt>つく</rt></ruby>りません。
wa.ta.shi.wa./ta.ma.ni./shi.ka./ryo.u.ri.o./tsu.ku.ri.
ma.se.n.
我只有偶爾會下廚。

舉一反三

めったに　　　【副】很少、不常
me.tta.ni.

<ruby>兄<rt>あに</rt></ruby>はめったに<ruby>泣<rt>な</rt></ruby>かない。
a.ni.wa./me.tta.ni./na.ka.na.i.
哥哥很少哭。

<ruby>珍<rt>めずら</rt></ruby>しい　　　【形】稀奇、罕見
me.zu.ra.shi.i.
　　　　　　　【類】<ruby>稀<rt>まれ</rt></ruby>に

<ruby>今日<rt>きょう</rt></ruby>は<ruby>仕事<rt>しごと</rt></ruby>が<ruby>珍<rt>めずら</rt></ruby>しく<ruby>早<rt>はや</rt></ruby>く<ruby>片<rt>かた</rt></ruby>づいた。
kyo.u.wa./shi.go.to.ga./me.zu.ra.shi.ku./ha.ya.ku./ka.
ta.zu.i.ta.
今天罕見地很早就完成工作。

<ruby>時<rt>とき</rt></ruby>たま　　　【副】偶爾
to.ki.ta.ma.

<ruby>家族<rt>かぞく</rt></ruby>が<ruby>近所<rt>きんじょ</rt></ruby>に<ruby>住<rt>す</rt></ruby>んでいるから<ruby>時<rt>とき</rt></ruby>たま<ruby>会<rt>あ</rt></ruby>いに<ruby>行<rt>い</rt></ruby>く。
ka.zo.ku.ga./ki.n.jo.ni./su.n.de./i.ru.ka.ra./to.ki.ta.ma./
a.i.ni./i.ku.
家人就住在附近，偶爾會去探望。

經常

107

必備單字

いつも 【副】總是

i.tsu.mo.

<ruby>朝<rt>あさ</rt></ruby>の<ruby>電車<rt>でんしゃ</rt></ruby>はいつも<ruby>混<rt>こ</rt></ruby>んでいる。

a.sa.no./de.n.sha.wa./i.tsu.mo./ko.n.de./i.ru.
早上的電車總是很多人。

舉一反三

<ruby>度々<rt>たびたび</rt></ruby> 【副】再三、時不時、常

ta.bi.ta.bi.

【類】ちょいちょい

この<ruby>公園<rt>こうえん</rt></ruby>でコンサートなどのイベントが
<ruby>度々開催<rt>たびたびかいさい</rt></ruby>される。

ko.no./ko.u.e.n.de./ko.n.sa.a.to./na.do.no./i.be.n.to.
ga./ta.bi.ta.bi./ka.i.sa.i./sa.re.ru.
在這個公園常常會舉辦演唱會之類的活動。

<ruby>繰り返す<rt>く かえ</rt></ruby> 【動】反覆、重複

ku.ri.ka.e.su.

<ruby>彼女<rt>かのじょ</rt></ruby>は<ruby>同<rt>おな</rt></ruby>じ<ruby>誤<rt>あやま</rt></ruby>りを<ruby>繰り返<rt>く かえ</rt></ruby>した。

ka.no.jo.wa./o.na.ji./a.ya.ma.ri.o./ku.ri.ka.e.shi.ta.
她重複了相同的錯誤。

よく 【副】經常、很

yo.ku.

【類】<ruby>再三<rt>さいさん</rt></ruby>

<ruby>最近<rt>さいきん</rt></ruby>、<ruby>洋楽<rt>ようがく</rt></ruby>をよく<ruby>聞<rt>き</rt></ruby>いている。

sa.i.ki.n./yo.u.ga.ku.o./yo.ku./ki.i.te./i.ru.
最近經常聽西洋音樂。

221

常用名詞篇

時間篇

感想篇

事情狀況篇

物品狀態篇

慣用句篇

最近

🎧 108

必備單字

最近 （さいきん）　　【名】最近

sa.i.ki.n.

【類】つい最近 （さいきん）

最近（さいきん）テニスを始（はじ）めたんだ。

sa.i.ki.n./te.ni.su.o./ha.ji.me.ta.n.da.

最近開始打網球。

舉一反三

近頃 （ちかごろ）　　【名、副】近來

chi.ka.go.ro.

近頃（ちかごろ）の景気（けいき）は決（けっ）していいとは言（い）えない。

chi.ka.go.ro.no./ke.i.ki.wa./ke.sshi.te./i.i./to.wa./i.e.na.i.

近來的景氣絕對稱不上好。

この間 （あいだ）　　【名】前陣子

ko.no.a.i.da.

この間（あいだ）は彼（かれ）とすれ違（ちが）ったんだけど、声（こえ）は掛（か）けられなかった。

ko.no.a.i.da.wa./ka.re.to./su.re.chi.ga.tta.n./da.ke.do./ko.e.wa./ka.ke.ra.re.na.ka.tta.

前陣子和他擦身而過，但沒叫住他。

今どき （いま）　　【名】如今、現今

i.ma.do.ki.

【類】現代 （げんだい）

今（いま）どきの大学生（だいがくせい）はオシャレですね。

i.ma.do.ki.no./da.i.ga.ku.se.i.wa./o.sha.re.de.su.ne.

現今的大學生都很時髦呢。

過去

∩ 108

必備單字

昔
むかし

【名】以前

mu.ka.shi.

むかし
昔、ガソリンスタンドでバイトしたことがある。
mu.ka.shi./ga.so.ri.n.su.ta.n.do.de./ba.i.to./shi.ta./
ko.to.ga./a.ru.
以前曾在加油站打工。

舉一反三

歴史
れきし

【名】歴史

re.ki.shi.

【類】ヒストリ

えき　れきし　　　　たてもの
この駅は歴史のある建物です。
ko.no./e.ki.wa./re.ki.shi.no./a.ru./ta.te.mo.no.de.su.
這個車站是有歷史的建築。

過去
か　こ

【名】過去

ka.ko.

それはすでに過去のことです。
so.re.wa./su.de.ni./ka.ko.no./ko.to.de.su.
那已經是過去的事了。

由来する
ゆらい

【動】由...而來、因...而來

yu.ra.i./su.ru.

たんご　　　　　　ご　ゆらい
この単語はドイツ語に由来している。
ko.no./ta.n.go.wa./do.i.tsu.go.ni./yu.u.ra.i./shi.te./i.ru.
這個單字是從德語來的。

223

時間篇

感想篇

事情狀況篇

物品狀態篇

慣用句篇

長時間

 109

必備單字

永遠 （えいえん）
【名】永遠

e.i.e.n.

幸（しあわ）せな時間（じかん）が永遠（えいえん）に続（つづ）いて欲（ほ）しい。

shi.a.wa.se.na./ji.ka.n.ga./e.i.e.n.ni./tsu.zu.i.te./ho.shi.i.

希望幸福的時間能永遠持續。

舉一反三

長（なが）い間（あいだ）
【名】長時間、長久以來

na.ga.i./a.i.da.
【類】長年（ながねん）

長（なが）い間（あいだ）、お世話（せわ）になりました。

na.ga.i./a.i.da./o.se.wa.ni./na.ri.ma.shi.ta.

長久以來，都受你照顧了。

延々（えんえん）と
【副】接連不斷、沒完沒了

e.n.e.n.to.

校長（こうちょう）のスピーチは延々（えんえん）と続（つづ）いている。

ko.u.cho.u.no./su.pi.i.chi.wa./e.n.e.n.to./tsu.zu.i.te./i.ru.

校長的演說沒完沒了的持續著。

長期間（ちょうきかん）
【名】長時間、長期

cho.u.ki.ka.n.
【類】長期（ちょうき）、長時間（ちょうじかん）

この症状（しょうじょう）は場合（ばあい）によって、長期間（ちょうきかん）続（つづ）くこともある。

ko.no./sho.u.jo.u.wa./ba.a.i.ni./yo.tte./cho.u.ki.ka.n./tsu.zu.ku./ko.to.mo./a.ru.

這個症狀依情況不同，有可能會持續很長一段時間。

一瞬間

必備單字

一瞬 いっしゅん 【名、副】瞬間

i.sshu.n.

母の笑顔は一瞬で消えた。
はは えがお いっしゅん き

ha.ha.no./e.ga.o.wa./i.sshu.n.de./ki.e.ta.
母親的笑容瞬間消失了。

舉一反三

あっという間に 【副】一下子、一轉眼
ま

a.tto.i.u.ma.ni.

今年はあっという間に終わったね。
ことし ま お

ko.to.shi.wa./a.tto.i.u.ma.ni./o.wa.tta.ne.
今年轉眼就結束了。

ぱっと 【副】一下子、瞬間

pa.tto.

うわさがぱっと広まった。
ひろ

u.wa.sa.ga./pa.tto./hi.ro.ma.tta.
傳聞瞬間就傳開了。

一刻 いっこく 【名】一刻

i.kko.ku.

大事な時間を一刻もむだにはしたくない。
だいじ じかん いっこく

da.i.ji.na./ji.ka.n.o./i.kko.ku.mo./mu.da.ni.wa./shi.ta.ku.na.i.
珍貴的時間，一刻都不想浪費。

常用名詞篇

時間篇

感想篇

事情狀況篇

物品狀態篇

慣用句篇

225

最初

🎧 110

必備單字

最初
さいしょ

【名】一開始、最初

sa.i.sho.

きのう さいしょ さいご しあい み
昨日は最初から最後まで試合を見ました。

ki.no.u.wa./sa.i.sho./ka.ra./sa.i.go./ma.de./shi.a.i.o./
mi.ma.shi.ta.

昨天從頭到尾看了比賽。

舉一反三

始まり
はじ

【名】開端、開始

ha.ji.ma.ri.

あらそ はじ ごかい
この争いの始まりは誤解からです。

ko.no./a.ra.so.i.no./ha.ji.ma.ri.wa./go.ka.i./ka.ra./de.
su.

這場爭吵的開端是因為誤會。

頭 から
あたま

【副】從頭

a.ta.ma./ka.ra.

えんそう まちが いちどあたま なお
演奏を間違ったらもう一度頭からやり直してくだ
さい。

e.n.so.u.o./ma.chi.ga.tta.ra./mo.u./i.chi.do./a.ta.ma./
ka.ra./ya.ri.na.o.shi.te./ku.da.sa.i.

如果演奏錯了就請再從頭開始。

皮切り
かわき

【名】開端、起頭

ka.wa.ki.ri.

しあい こん かわき
この試合が今シーズンの皮切りです。

ko.no./shi.a.i.ga./ko.n./shi.i.zu.n.no./ka.wa.ki.ri.de.su.

這場比賽是這個賽季的開始。

最後

110

必備單字

最後
さいご
sa.i.go.
【名】最後

さいご　　　　　　　　　　つ　　　　だれ
最後にここに着いたのは誰ですか？
sa.i.go.ni./ko.ko.ni./tsu.i.ta.no.wa./da.re.de.su.ka.
最後到這裡的是誰？

舉一反三

ラストスパート
ra.su.to.su.pa.a.to.
【名】最後階段、最後衝刺
しゅうばん　おおづ
【類】終 盤、大詰め

しごと
仕事がもうすぐラストスパートを迎えようとして
いる。
shi.go.to.ga./mo.u.su.gu./ra.su.to.su.pa.a.to.o./mu.ka.
e.yo.u./to.shi.te./i.ru.
工作快進入最後階段了。

結末
けつまつ
ke.tsu.ma.tsu.
【名】結果、結局
【類】ラスト

けつまつ　かんどう
このドラマの結末に感動した。
ko.no./do.ra.ma.no./ke.tsu.ma.tsu.ni./ka.n.do.u./shi.
ta.
這部連續劇的結局很感人。

最終
さいしゅう
sa.i.shu.u.
【名】最後

はや　はし　　　　　　　　　　　さいしゅうでんしゃ　ま　あ
できるだけ早く走ったが、最 終 電 車 に間に合わ
なかった。
de.ki.ru./da.ke./ha.ya.ku./ha.shi.tta.ga./sa.i.shu.u.de.
n.sha.ni./ma.ni.a.wa.na.ka.tta.
盡可能快跑了，還是沒趕上最後一班電車。

常用名詞篇

時間篇

感想篇

事情狀況篇

物品狀態篇

慣用句篇

227

過一會兒 🎧111

必備單字

後ほど のち
【副】等一會兒、之後、回頭

no.chi.ho.do.

私 は後ほどメールを送ります。
わたし のち おく

wa.ta.shi.wa./no.chi.ho.do./me.e.ru.o./o.ku.ri.ma.su.

我回頭再寄郵件給你。

舉一反三

まもなく
【副】即將

ma.mo.na.ku.

まもなく電車が参ります。
でんしゃ まい

ma.mo.na.ku./de.n.sha.ga./ma.i.ri.ma.su.

電車即將進站。

やがて
【副】不久

ya.ga.te.

私 が留学に来てやがて 2 年になります。
わたし りゅうがく き にねん

wa.ta.shi.ga./ryu.u.ga.ku.ni./ki.te./ki.te./ya.ga.te./ni.ne.n.ni./na.ri.ma.su.

我來這裡留學很快就要 2 年了。

追って お
【副】近日、近期

o.tte.

結果は追ってご連絡します。
けっか お れんらく

ke.kka.wa./o.tte./go.re.n.ra.ku./shi.ma.su.

會在近日告知結果。

立刻

 ∩111

必備單字

すぐ
su.gu.

【副】馬上、立刻

【類】すぐに

いっぱんじん さんか き もう こ
一般人も参加できると聞いてすぐに申し込んだ。

i.ppa.n.ji.n.mo./sa.n.ka./de.ki.ru.to./ki.i.te./su.gu.ni./mo.shi.ko.n.da.

知道一般人也能參加後就立刻申請了。

舉一反三

早速
sa.sso.ku.

【副】趕緊、火速

【類】いち早く

さっそくしんしょうひん ため
早速新商品を試してみた。

sa.sso.ku./shi.n.sho.u.hi.n.no./ta.me.shi.te./mi.ta.

火速試了新商品。

直ちに
ta.da.chi.ni.

【副】即刻、立刻

【類】折り返し

かれ ただ へんじ
彼は直ちに返事をメールした。

ka.re.wa./ta.da.chi.ni./he.n.ji.o./me.e.ru./shi.ta.

他立刻寄出了回覆郵件。

とっさに
to.ssa.ni.

【副】瞬間

【類】とっとと

こども さ かれ しゃせんへんこう
その子供を避けようと彼はとっさに車線変更した。

so.no./ko.do.mo.o./sa.ke.yo.u.to./ka.re.wa./to.ssa.ni./sha.se.n.he.n.ko.u./shi.ta.

為了閃避那個小孩，他在一瞬間變更車道。

常用名詞篇

時間篇

感想篇

事情狀況篇

物品狀態篇

慣用句篇

終於 🎧112

必備單字

やっと　　　　【副】終於

ya.tto.

やっと発表が終わりました。
はっぴょう　　　お

ya.tto./ha.ppyo.u.ga./o.wa.ri.ma.shi.ta.

發表終於結束了。

舉一反三

かろうじて　　　【副】好不容易才

ka.ro.u.ji.te.

去年から一生懸命勉強して、かろうじて試験
きょねん　　　いっしょうけんめいべんきょう　　　　　　　　　　　　しけん
に合格した。
ごうかく

kyo.ne.n.ka.ra./i.ssho.ke.n.me.i./be.n.kyo.u./shi.te./
ka.ro.u.ji.te./shi.ke.n.ni./go.u.ka.ku./shi.ta.

去年就開始拚命用功，好不容易通過考試。

ついに　　　　【副】終於

tsu.i.ni.　　　　　【類】とどのつまり

ついに採用通知が届いた。
さいようつうち　とど

tsu.i.ni./sa.i.yo.u.tsu.u.chi.ga./to.do.i.ta.

錄用通知終於寄到了。

ようやく　　　　【副】總算

yo.u.ya.ku.　　　　【類】挙げ句
　　　　　　　　　　　　あ　く

3回ほどチャレンジして、ようやく成功した。
さんかい　　　　　　　　　　　　　　　せいこう

sa.n.ka.i./ho.do./cha.re.n.ji./shi.te./yo.u.ya.ku./se.i.ko.
u.shi.ta.

大概挑戰了3次，總算成功了。

總有一天

112

必備單字

いつか
i.tsu.ka.
【副】總有一天
【類】いつの日か

またいつか会いましょう。
ma.ta./i.tsu.ka./a.i.ma.sho.u.
改天再見。

舉一反三

そのうちに
so.no.u.chi.ni.
【副】不久、過幾天
【類】近いうちに

そのうちに事実がわかるだろう。
so.no.u.chi.ni./ji.ji.tsu.ga./wa.ka.ru./da.ro.u.
不久後應該就能真相大白了吧。

いずれ
i.zu.re.
【副】早晚、總有一天

人間はいずれ死ぬのだ。
ni.n.ge.n.wa./i.zu.re./shi.nu.no.da.
人早晚會死的。

遅れ早かれ
o.so.ka.re.ha.ya.ka.re.
【常】遲早、早晚

この問題は遅れ早かれ発生します。
ko.no.mo.n.da.i.wa./o.so.ka.re./ha.ya.ka.re./ha.sse.i./
shi.ma.su.
這問題遲早會發生。

常用名詞篇

時間篇

感想篇

事情狀況篇

物品狀態篇

慣用句篇

231

快

🎧113

必備單字

はや
速い 　　　　　【形】快

ha.ya.i.

こども　　せいちょう　はや
子供は成 長 が速い。

ko.do.mo.wa./se.i.cho.u.ga./ha.ya.i.
孩子的成長很快。

舉一反三

びょうし
トントン拍子 　【常】很順暢、很快

to.n.to.n.byo.u.shi.

サイトのリニューアルはトントン拍子に進んだ。
sa.i.to.no./ri.nyu.u.a.ru.wa./to.n.to.n.pyo.u.shi.ni./su.
su.n.dda.
網站的更新很順暢地進行。

すばや
素早い 　　　　【形】敏捷、快速

su.ba.ya.i.
　　　　　　　　　　　てばや
　　　　　　　　　【類】手早い

かのじょ　すばや　　しごと　　かたづ
彼女は素早く仕事を片付けました。

ka.no.jo.wa./su.ba.ya.ku./shi.go.to.o./ka.ta.zu.ke.
ma.shi.ta.
她很俐落快速地把工作完成了。

すみ
速やか 　　　　【形】迅速

su.mi.ya.ka.
　　　　　　　　　　て　と　　はや
　　　　　　　　　【類】手っ取り早い

かれ　わたし　しつもん　たい　　　すみ　　　こた
彼は私の質問に対して速やかに答えた。

ka.re.wa./wa.ta.shi.no./shi.tsu.mo.n.ni./ta.i.shi.te./
su.mi.ya.ka.ni./ko.ta.e.ta.
他迅速回答了我的問題。

慢、太遲

113

必備單字

遅い　【形】慢
おそ

o.so.i.

私 は歩くのが遅いです。
わたし　ある　　　　　おそ

wa.ta.shi.wa./a.ru.ku.no.ga./o.so.i.de.su.
我走路很慢。

舉一反三

ゆっくり　【副】慢慢、緩慢

yu.kku.ri.　　　　　【類】ゆったり

傷は、ゆっくり癒えている。
きず　　　　　　　　　い

ki.zu.wa./yu.kku.ri./i.e.te./i.ru.
傷口正慢慢地癒合。

手遅れ　【名】為時已晚、錯過、耽誤
ておく

te.o.ku.re.

慌てて修 正しましたがもう手遅れです。
あわ　　しゅうせい　　　　　　　　　　ておく

a.wa.te.te./shu.u.se.i./shi.ma.shi.ta.ga./mo.u./te.o.ku.re.de.su.
慌慌張張修正了，但為時已晚。

のろのろ　【副】慢吞吞

no.ro.no.ro.　　　　　【類】徐々に
じょじょ

のろのろしていると遅れるよ。
おく

no.ro.no.ro./shi.te./i.ru.to./o.ku.re.ru.yo.
再慢吞吞的，會遲到喔。

時間日期

 114

必備單字

時間 【名】時間
じかん

ji.ka.n.

もう時間がない。
じかん
mo.u./ji.ka.n.ga./na.i.
沒時間了。

舉一反三

何時 【疑】幾點
なんじ

na.n.ji.

今何時ですか？
いまなんじ
i.ma./na.n.ij.de.su.ka.
現在幾點？

期日 【名】期限、到期日
きじつ

ki.ji.tsu.

すっかり車検の期日を忘れてしまった。
しゃけん　きじつ　わす
su.kka.ri./sha.ke.n.no./ki.ji.tsu.o./wa.su.re.te./shi.ma.tta.
徹底忘了驗車的期限。

日付 【名】日期
ひづけ

hi.zu.ke.
　　　　　　　　　　【類】日にち
　　　　　　　　　　　　　ひ

注文書に日付をつける。
ちゅうもんしょ　ひづけ
chu.u.mo.n.sho.ni./hi.zu.ke.o./tsu.ke.ru.
在訂購單上寫上日期。

Chapter 9
感想篇

懶人日語單字
舉一反三的

日語
單字書

好的

🎧 115

必備單字

いい　　　　　　　【形】好、優良

i.i.

とてもいい映画です。
to.te.mo./i.i./e.i.ga.de.su.
很好的電影。

舉一反三

完璧　　　　　　　【形】完美
かんぺき

ka.n.pe.ki.

完璧な人間なんていないよ。
かんぺき　にんげん
ka.n.pe.ki.na./ni.n.ge.n./na.n.te./i.na.i.yo.
沒有人是完美的。

素晴らしい　　　　【形】出色
すば

su.ba.ra.shi.i.　　　　【類】抜群、格別
　　　　　　　　　　　　ばつぐん　かくべつ

素晴らしい提案に感謝します。
すば　　　　ていあん　かんしゃ
su.ba.ra.shi.i./te.i.a.n.ni./ka.n.sha./shi.ma.su.
感謝 (你) 出色的意見。

素敵　　　　　　　【形】非常好、絕佳
すてき

su.te.ki.

どの写真も素敵です。
しゃしん　すてき
do.no./sha.shi.n.mo./su.te.ki.de.su.
不管哪張照片都很棒。

不好的

115

必備單字

よくない
yo.ku.na.i.

【形】不好、不佳

【類】マイナス

やる<ruby>前<rt>まえ</rt></ruby>から<ruby>諦<rt>あきら</rt></ruby>めるのはよくないよ。

ya.ru./ma.e./ka.ra./a.ki.ra.me.ru.no.wa./yo.ku.na.i.yo.

在做之前就放棄並不好。

舉一反三

<ruby>評判<rt>ひょうばん</rt></ruby>が<ruby>悪<rt>わる</rt></ruby>い
hyo.u.pa.n.ga./wa.ru.i.

【常】評價很差、風評很差

【類】<ruby>悪名<rt>あくめい</rt></ruby>

<ruby>彼<rt>かれ</rt></ruby>は<ruby>近所<rt>きんじょ</rt></ruby>には<ruby>評判<rt>ひょうばん</rt></ruby>が<ruby>悪<rt>わる</rt></ruby>い。

ka.re.wa./ki.n.jo.ni.wa./hyo.u.pa.n.ga./wa.ru.i.

他在附近的評價很差。

<ruby>失敗作<rt>しっぱいさく</rt></ruby>
shi.ppa.i.sa.ku.

【名】失敗品

この<ruby>小説<rt>しょうせつ</rt></ruby>はまったくの<ruby>失敗作<rt>しっぱいさく</rt></ruby>だ。

ko.no./sho.u.se.tsu.wa./ma.tta.ku.no./shi.ppa.i.sa.ku.
da.

這本小說完全是失敗作品。

<ruby>不評<rt>ふひょう</rt></ruby>
fu.hyo.u.

【名】評價低、名聲不好

【類】<ruby>悪評<rt>あくひょう</rt></ruby>、<ruby>不人気<rt>ふにんき</rt></ruby>

その<ruby>映画<rt>えいが</rt></ruby>は<ruby>私<rt>わたし</rt></ruby>は<ruby>好評<rt>こうひょう</rt></ruby>だと<ruby>思<rt>おも</rt></ruby>ったが、<ruby>周<rt>まわ</rt></ruby>りの<ruby>人<rt>ひと</rt></ruby>には<ruby>不評<rt>ふひょう</rt></ruby>だった。

so.no./e.i.ga.wa./wa.ta.shi.wa./ko.u.hyo.u.da.to./o.mo.
tta.ga./ma.wa.ri.no./hi.to.ni.wa./fu.hyo.u.da.tta.

那部電影我覺得很好，但周遭的人則給它低評價。

常用名詞篇　時間篇　感想篇　事情狀況篇　物品狀態篇　慣用句篇

好吃

🎧116

必備單字

おいしい　　　　【形】好吃
o.i.shi.i.
　　　　　　　　　　【類】美味、うまい
　　　　　　　　　　　　び み

このクッキーはとてもおいしかった。
ko.no./ku.kki.i.wa./to.te.mo./o.i.shi.ka.tta.
這蛋糕很好吃。

舉一反三

ご馳走　　　　　【名】豐盛菜餚、款待
　　ち そう
go.chi.so.u.

お正月に母は食卓にご馳走を並べた。
　しょうがつ はは しょくたく　 ちそう　なら
o.sho.u.ga.tsu.ni./ha.ha.wa./sho.ku.ta.ku.ni./go.chi.
so.u.o./na.ra.be.ta.
過年時母親在餐桌上擺上豐盛菜餚。

絶品　　　　　　【名】絕品佳餚
　ぜっぴん
ze.ppi.n.

妻の作る料理は絶品です。
つま つく りょうり ぜっぴん
tsu.ma.no./tsu.ku.ru./ryo.u.ri.wa./ze.ppi.n.de.su.
妻子做的菜是絕品佳餚。

味わい　　　　　【名】滋味、味道
　あじ
a.ji.wa.i.

ここのラーメン、まろやかな味わいが特徴です。
　　　　　　　　　　　　　　あじ　　　 とくちょう
ko.ko.no./ra.a.me.n./ma.ro.ya.ka.na./a.ji.wa.i.ga./
to.ku.cho.u.de.su.
這裡的拉麵,特徵是溫和順口的滋味。

難吃

116

必備單字

まずい 【形】難吃

ma.zu.i.

あそこの料理<ruby>料理<rt>りょうり</rt></ruby>はとてもまずい。
a.so.ko.no./ryo.u.ri.wa./to.te.mo./ma.zu.i.
那裡的菜非常難吃。

舉一反三

口<ruby>口<rt>くち</rt></ruby>に合<ruby>合<rt>あ</rt></ruby>わない 【常】不合嘴、不合口味

ku.chi.ni./a.wa.na.i.

このスープは私<ruby>私<rt>わたし</rt></ruby>の口<ruby>口<rt>くち</rt></ruby>に合<ruby>合<rt>あ</rt></ruby>わない。
ko.no./su.u.pu.wa./wa.ta.shi.no./ku.chi.ni./a.wa.na.i.
這湯不合我的口味。

味気<ruby>味気<rt>あじけ</rt></ruby>ない 【形】沒味道

a.ji.ke.na.i.
【類】味<ruby>味<rt>あじ</rt></ruby>がない

病院食<ruby>病院食<rt>びょういんしょく</rt></ruby>は味気<ruby>味気<rt>あじけ</rt></ruby>ないと思<ruby>思<rt>おも</rt></ruby>われている。
byo.u.i.n.sho.ku.wa./ka.ji.ke.n.a.i.to./o.mo.wa.re.te./i.ru.
醫院的食物被認為沒味道。

おいしくない 【形】不好吃

o.i.shi.ku.na.i.

このシュークリーム、評判<ruby>評判<rt>ひょうばん</rt></ruby>のわりにはあまりおいしくないね。
ko.no./shu.u.ku.ri.i.mu./hyo.u.pa.n.no./wa.ri.ni.wa./a.ma.ri./o.i.shi.ku.na.i.ne.
這個泡芙，雖然獲好評卻沒那麼好吃。

239

酸

🎧 117

必備單字

酸っぱい　　　【形】酸

su.ppa.i.

味が酸っぱくて顔がゆがんだ。
a.ji.ga./su.ppa.ku.te./ka.o.ga./yu.ga.n.da.
嘗起來很酸，臉都扭曲了。

舉一反三

酸味　　　【名】酸味

sa.n.mi.

ヨーグルトの酸味が苦手だ。
yo.o.gu.ru.to.no./sa.n.mi.ga./ni.ga.te.da.
我不喜歡優格的酸味。

甘酸っぱい　　　【形】酸甜

a.ma.zu.ppa.i.

いちごの甘酸っぱい香りが部屋を満たした。
i.chi.go.no./a.ma.zu.ppa.i./ka.o.ri.ga./he.ya.o./mi.ta.shi.ta.
屋子裡充滿了草莓的酸甜香味。

酸っぱい味　　　【名】酸味

su.ppa.i.a.ji.

この牛乳は酸っぱい味がする。
ko.no./gyu.u.nyu.u.wa./su.ppa.i.a.ji.ga./su.ru.
這牛奶有酸味。

甜

117

必備單字

甘い <ruby>甘<rt>あま</rt></ruby>い 【形】甜

a.ma.i.

【類】甘やか <ruby>甘<rt>あま</rt></ruby>やか

<ruby>旬<rt>しゅん</rt></ruby> の<ruby>桃<rt>もも</rt></ruby>は<ruby>甘<rt>あま</rt></ruby>い。

shu.n.no./mo.mo.wa./a.ma.i.

當季的桃子很甜。

舉一反三

甘口 <ruby>甘口<rt>あまくち</rt></ruby> 【名】偏甜

a.ma.ku.chi.

【類】甘党 <ruby>甘党<rt>あまとう</rt></ruby>

<ruby>子供<rt>こども</rt></ruby>がいるので<ruby>甘口<rt>あまくち</rt></ruby>カレーを<ruby>作<rt>つく</rt></ruby>ります。

ko.do.mo.ga./i.ru./no.de./a.ma.ku.chi.ka.re.e.o./tsu.ku.ri.ma.su.

因為有小孩,所以做偏甜的咖哩。

スイーツ 【名】甜點

su.i.i.tsu.

【類】甘味、お菓子 <ruby>甘味<rt>あまみ</rt></ruby>、お<ruby>菓子<rt>かし</rt></ruby>

<ruby>私<rt>わたし</rt></ruby> が<ruby>最<rt>もっと</rt></ruby>も<ruby>好<rt>す</rt></ruby>きなスイーツはバームクーヘンです。

wa.ta.shi.ga./mo.tto.mo./su.ki.na./su.i.i.tsu.wa./ba.a.mu.ku.u.he.n.de.su.

我最喜歡的甜點是年輪蛋糕。

甘さ <ruby>甘<rt>あま</rt></ruby>さ 【名】甜度

a.ma.sa.

このゼリー、おいしくて<ruby>甘<rt>あま</rt></ruby>さも<ruby>控<rt>ひか</rt></ruby>えめで<ruby>何個<rt>なんこ</rt></ruby>でも<ruby>食<rt>た</rt></ruby>べたくなる。

ko.no./ze.ri.i./o.i.shi.ku.te./a.ma.sa.mo./hi.ka.e.me.de./na.n.ko.de.mo./ta.be.ta.ku.na.ru.

這個果凍,很好吃甜度也較低,再多也想吃。

常用名詞篇

時間篇

感想篇

事情狀況篇

物品狀態篇

慣用句篇

苦澀 🎧118

必備單字

苦い 【名】苦

ni.ga.i. 【類】ビター、苦味

そのビールは苦い味がする。

so.no./bi.i.ru.wa./ni.ga.i./a.ji.ga./su.ru.

這啤酒有苦味。

舉一反三

ほろ苦い 【形】微苦

ho.ro.ni.ga.i.

大人向けなほろ苦いチョコケーキが好きです。

o.to.na.mu.ke.na./ho.ro.ni.ga.i./cho.ko.ke.e.ki.ga./su.ki.de.su.

喜歡適合大人、微苦的巧克力蛋糕。

渋み 【名】澀、澀味

su.bu.mi.

このお茶、苦みや渋みはほとんどなく、あっさりしている。

ko.no./o.cha./ni.ga.mi.ya./shi.bu.mi.wa./ho.to.n.do./na.ku./a.ssa.ri./shi.te./i.ru.

這茶沒有苦味也沒有澀味，很爽口。

渋い 【形】澀

shi.bu.i.

今日のお茶、なんか味が渋い。

kyo.u.no./o.cha./na.n.ka./a.ji.ga./shi.bu.i.

今天的茶，總覺得味道很澀。

辣

118

必備單字

辛い（から）　　　【名】辣

ka.ra.i.

【類】辛さ（から）

本場の韓国料理は辛すぎてとても食べられない。
（ほんば　かんこくりょうり　から　　　　　　　　た）

ho.n.ba.no./ka.n.ko.ku.ryo.u.ri.wa./ka.ra.su.gi.te./
to.te.mo./ta.be.ra.re.na.i.

道地的韓國料理太辣了，沒辦法吃。

舉一反三

ピリ辛（から）　　　【名】微辣

pi.ri.ka.ra.

少しピリ辛だけど、あまり辛くなくお子様も食べられる。
（すこ　　から　　　　　　　から　　　こさま　　た）

su.ko.shi./pi.ri.ka.ra./da.ke.do./a.ma.ri./ka.ra.ku.na.
ku./o.ko.sa.ma.mo./ta.be.ra.re.ru.

雖然有點微辣，但不是那麼辣，小孩也能吃。

辛口（からくち）　　　【名】偏辣

ka.ra.ku.chi.

カレーは辛口のが好き。
（からくち　　す）

ka.re.e.wa./ka.ra.ku.chi./no.ga./su.ki.

喜歡吃偏辣的咖哩。

ピリッとする　　　【動】辣辣的、有點辣

pi.ri.tto./su.ru.

冷奴にからしをつけると少しピリッとしておいしい。
（ひややっこ　　　　　　　　　すこ）

hi.ya.ya.kko.ni./ka.ra.shi.o./tsu.ke.ru.to./su.ko.shi./
pi.ri.tto./shi.te./o.i.shi.i.

冷豆腐沾一點日式芥末，有點微辣很好吃。

常用名詞篇

時間篇

感想篇

事情狀況篇

物品狀態篇

慣用句篇

奇怪

🎧119

必備單字

怪しい
あや
a.ya.shi.i.

【形】可疑

【類】不審、怪しげ

あや　　ひと　　いえ　まわ
怪しい人が家の周りをウロウロしている。

a.ya.shi.i./hi.to.ga./i.e.no./ma.wa.ri.o./u.ro.u.ro./shi.te./i.ru.

有可疑的人在房子周遭徘徊。

舉一反三

おかしい
o.ka.shi.i.

【形】奇怪

ちょうし　　　　　　　　　　　　　　　　　　　　つな
パソコンの調子がおかしい、インターネットが繋がらない。

pa.so.ko.n.no./cho.u.shi.ga./o.ka.shi.i./i.n.ta.a.ne.tto.ga./tsu.na.ga.ra.na.i.

電腦的狀況很怪，連不上網路。

不思議
ふしぎ
fu.shi.gi.

【形】不可思議

【類】へんてこ

なま　もの　かれ せいこう　　　　　　　　ふしぎ
怠け者の彼が成功したのは不思議だ。

na.ma.ke.mo.no.no./ka.re.ga./se.i.ko.u.shi.ta./no.wa./fu.shi.gi.da.

他這種懶惰的人會成功，真是不可思議。

違和感
いわかん
i.wa.ka.n.

【名】不協調、奇怪的感覺

わたし　かれ　てきとう　はつげん　いわかん　かん
私は彼の適当な発言に違和感を感じた。

wa.ta.shi.wa./ka.re.no./te.ki.to.u.na./ha.tsu.ge.n.ni./i.wa.ka.n.no./ka.n.ji.ta.

對他隨便的發言，我覺得怪怪的。

理所當然

119

必備單字

当たり前
あ　　　まえ

【名、形】理所當然

a.ta.ri.ma.e.

いちど　れんしゅう　　　　　　　　　　　　　しっぱい　　　あ
1度も練習していないから、失敗したのは当たり
まえ
前だ。

i.chi.do.mo./re.n.shu.u.shi.te.i.na.i./ka.ra./shi.ppa.i.shi.
ta./no.wa./a.ta.ri.ma.e.da.

1次都沒練習過，失敗也是理所當然。

舉一反三

自然に
しぜん

【副】自然而然、自然

shi.ze.n.ni.

はる　く　　　　　　　しぜん　くさ　は
春が来れば、自然に草が生えてくる。

ha.ru.ga./ku.re.ba./shi.ze.n.ni./ku.sa.ga./ha.e.te./ku.ru.

春天來了，草自然就會長出來。

当然
とうぜん

【形】當然
いっぱんてき
【類】一般的

to.u.ze.n.

こんないたずらして、怒られるのが当然だ。
　　　　　　　　　　　　おこ　　　　　　　　　とうぜん

ko.n.na./i.ta.zu.ra./shi.te./o.ko.ra.re.ru.no.ga./to.u.ze.
n.da.

這樣惡作劇，當然會被罵。

もちろん

【副】當然

mo.chi.ro.n.

わたし　　　　　　　　　　　　　　かのじょ　かんげい
私たちはもちろん彼女を歓迎します。

wa.ta.shi.ta.chi.wa./mo.chi.ro.n./ka.no.jo.o./ka.n.ge.i./
shi.ma.su.

我們當然歡迎她。

常用名詞篇

時間篇

感想篇

事情狀況篇

物品狀態篇

慣用句篇

貴　🎧120

必備單字

高い　【形】貴、高

たか

ta.ka.i.

値段が高くても、気に入れば買います。

ねだん　たか　　　き　い　か

ne.da.n.ga./ta.ka.ku.te.mo./ki.ni./i.re.ba./ka.i.ma.su.

就算價格很高，喜歡的話還是會買。

舉一反三

高価　【名】高價

こうか

ko.u.ka.　【類】高額

こうがく

この車は私には高価すぎる。

くるま わたし　こうか

ko.no./ku.ru.ma.wa./wa.ta.shi.ni.wa./ko.u.ka.su.gi.ru.

這車對我來說太高價了。

高級　【形】高級

こうきゅう

ko.u.kyu.u.

それはとても高級なお茶です。

こうきゅう　ちゃ

so.re.wa./to.te.mo./ko.u.kyu.u.na./o.cha.de.su.

那是非常高級的茶。

お金がかかる　【常】很花錢、花錢

かね

o.ka.ne.ga./ka.ka.ru.

東京に住むにはお金がかかる。

とうきょう　す　　　かね

to.u.kyo.u.ni./su.mu./ni.wa./o.ka.ne.ga./ka.ka.ru.

在東京住很花錢。

便宜

120

必備單字

安い やすい　【形】便宜

ya.su.i.

ここは物価が安いです。
ko.ko.wa./bu.kka.ga./ya.su.i.de.su.
這裡的物價很便宜。

舉一反三

激安 げきやす　【名】超級便宜、很便宜

ge.ki.ya.su.

食費を節約するために激安スーパーで買い物する。
sho.ku.hi.o./se.tsu.ya.ku./su.ru./ta.me.ni./ge.ki.ya.su./su.u.pa.a.de./ka.i.mo.no./su.ru.
為了要節省伙食費，都到超便宜的超市買東西。

お得 とく　【名】划算

o.to.ku.
【類】お買い得 かとく

今回のセールは普段よりお得だよ。
ko.n.ka.i.no./se.e.ru.wa./fu.da.n./yo.ri./o.to.ku.da.yo.
這次的拍賣比平常更划算。

手頃 てごろ　【形】合適、合理

te.go.ro.

ここのパンは種類が豊富で、値段も手頃だ
ko.ko.no./pa.n.wa./shu.ru.i.ga./ho.u.fu.de./ne.da.n.mo./te.go.ro.da.
這裡的麵包種類豐富，價格也很合理。

常用名詞篇　時間篇　感想篇　事情狀況篇　物品狀態篇　慣用句篇

珍貴　🎧121

必備單字

珍しい　【形】稀奇
めずら

me.zu.ra.shi.i.

田中くんが勉強するなんて珍しい。
たなか　　べんきょう　　　　　めずら

ta.na.ka.ku.n.ga./be.n.kyo.u./su.ru./na.n.te./me.zu.ra.shi.i.

田中君竟然會用功，真是稀奇。

舉一反三

大事にする　【常】珍惜
だいじ

da.i.ji.ni./su.ru.

素敵なプレゼントありがとう。大事にします。
すてき　　　　　　　　　　　　　　だいじ

su.te.ki.na./pu.re.ze.n.to./a.ri.ga.to.u./da.i.ji.ni./shi.ma.su.

謝謝你送我這麼棒的禮物。我會好好珍惜。

肝心　【形】重要
かんじん

ka.n.ji.n.

成功するには辛抱が肝心だ。
せいこう　　　　　しんぼう　かんじん

se.i.ko.u./su.ru./ni.wa./shi.n.bo.u.ga./ka.n.ji.n.da.

要成功，忍耐是很重要的。

貴重　【形】貴重
きちょう

ki.cho.u.

このテーブルは貴重なアンティークだ。
きちょう

ko.no./te.e.bu.ru.wa./ki.cho.u.na./a.n.ti.i.ku.da.

這桌子是很貴重的古董。

沒有價值、免費 🎧121

必備單字

ただ 【名】免費

ta.da.

とうろく
登録するだけでギフト券がただで貰えるよ。
to.u.ro.ku./su.ru./da.ke.de./gi.fu.to.ke.n.ga./ta.da.de./
mo.ra.e.ru.yo.
只要登録就能免費得到禮券。

舉一反三

無料 【名】免費

mu.ryo.u.

むりょう ちゅうしゃ
ここは無料で駐車できます。
ko.ko.wa./mu.ryo.u.de./chu.u.sha./de.ki.ma.su.
這裡可以免費停車。

価値がない 【常】沒價值

ka.chi.ga./na.i.

しょうせつ よ かち
この小説は読む価値がない。
ko.no./sho.u.se.tsu.wa./yo.mu./ka.chi.ga./na.i.
這本小說沒有讀的價值。

役に立たない 【常】沒用、起不了作用

ya.ku.ni./ta.ta.na.i. 【類】クズ、無用

てんじょう くら やく た
天井についていたライトは暗すぎて役に立たな
い。
te.n.jo.u.ni./tsu.i.te./i.ta./ra.i.to.wa./ku.ra.su.gi.te./
ya.ku.ni./ta.ta.na.i.
天花板上的燈太暗了，起不了作用。

常用名詞篇

時間篇

感想篇

事情狀況篇

物品狀態篇

慣用句篇

困難

🎧122

必備單字

難しい 【形】難

mu.zu.ka.shi.i.

昨日のテストは難しかった。
ki.no.u.no./te.su.to.wa./mu.zu.ka.shi.ka.tta.
昨天的考試很難。

舉一反三

困難 【名、形】困難

ko.n.na.n.

素人には洗濯機の内部の掃除はとても困難です。
shi.ro.u.to.ni.wa./se.n.ta.ku.ki.no./na.i.bu.no./so.u.ji.wa./to.te.mo./ko.n.na.n.de.su.
對外行人來說，要清洗洗衣機內部是很困難的。

複雑 【形】複雜

fu.ku.za.tsu.

この機械のメカニズムは複雑です。
ko.no./ki.ka.i.no./me.ka.ni.zu.mu.wa./fu.ku.za.tsu.de.su.
這機器的構造很複雜。

ハードル 【名】難度

ha.a.do.ru.

この本は内容が難しすぎて、初心者にはハードルが高いと思う。
ko.no./ho.n.wa./na.i.yo.u.ga./mu.zu.ka.shi.su.gi.te./sho.shi.n.sha.ni.wa./ha.a.do.ru.ga./ta.ka.i.to./o.mo.u.
我覺得這本書的內容太難了，對初學者來說難度很高。

簡単

 122

必備單字

簡単 【形】簡單

ka.n.ta.n.

この問題はとても簡単で誰にでもわかる。
ko.no./mo.n.da.i.wa./to.te.mo./ka.n.ta.n.de./da.re.
ni.de.mo./wa.ka.ru.
這問題很簡單，誰都會。

舉一反三

易しい 【形】簡單

ya.sa.shi.i.

この質問はすごく易しいね。
ko.no./shi.tsu.mo.n.wa./su.go.ku./ya.sa.shi.i.ne.
這問題真簡單呢。

わかりやすい 【形】好懂、容易懂

wa.ka.ri.ya.su.i.

先生の説明はわかりやすい。
se.n.se.i.no./se.tsu.me.i.wa./wa.ka.ri.ya.su.i.
老師的說明很好懂。

単純 【形】單純、簡單

ta.n.ju.n.

この問題は単純すぎる。
ko.no./mo.n.da.i.wa./ta.n.ju.n.su.gi.ru.
這問題太單純 (簡單) 了。

常用名詞篇 / 時間篇 / 感想篇 / 事情狀況篇 / 物品狀態篇 / 慣用句篇

舒服　🎧123

必備單字

心地がいい　【常】舒服、感覺好
ここち

ko.ko.chi.ga./i.i.　【類】気持ちいい
きも

このソファーは座り心地がいい。
すわ　ここち

ko.no./so.fa.a.wa./su.wa.ri./go.ko.chi.ga./i.i.

這沙發坐起來很舒服。

舉一反三

快適　【形】舒適、舒暢
かいてき

ka.i.te.ki.

涼しくて、クーラーなしで快適に眠れた。
すず　かいてき　ねむ

su.zu.shi.ku.te./ku.u.ra.a.na.shi.de./ka.i.te.ki.ni./
ne.mu.re.ta.

天氣很涼，不用冷氣也睡得很舒適。

気楽　【形】輕鬆、安逸
きらく

ki.ra.ku.

彼女は今は気楽に暮らしている。
かのじょ　いま　きらく　く

ka.no.jo.wa./i.ma.wa./ki.ra.ku.ni./ku.ra.shi.te./i.ru.

她現在過著輕鬆的生活。

まったり　【副】悠閒

ma.tta.ri.　【類】和やか
なご

家族とまったりと夏休みを過ごした。
かぞく　なつやす　す

ka.zo.ku.to./ma.tta.ri.to./na.tsu.ya.su.mi.o./su.go.shi.
ta.

和家人悠閒地度過了暑假。

不自在

 123

常用名詞篇
時間篇
感想篇
事情狀況篇
物品狀態篇
慣用句篇

必備單字

ぎこちない 【形】生澀、生硬
gi.ko.chi.na.i.

体にむだな力が入っているので、動きがぎこちない。

ka.ra.da.ni./mu.da.na./chi.ka.ra.ga./ha.i.tte./i.ru./no.de./u.go.ki.ga./gi.ko.chi.na.i.

身體用了太多不必要的力氣，動作變得很生硬。

舉一反三

不得意 【形、名】不擅長
fu.to.ku.i.

私は数学が不得意です。

wa.ta.shi.wa./su.u.ga.ku.ga./fu.to.ku.i.de.su.

我不擅長數學。

たどたどしい 【形】斷斷續續、結結巴巴
ta.do.ta.do.shi.i.

先生からの電話で緊張してしまい、話し方がたどたどしくなった。

se.n.se.i./ka.ra.no./de.n.wa.de./ki.n.cho.u./shi.te./shi.ma.i./ha.na.shi.ka.ta.ga./ta.do.ta.do.shi.i.ku.na.tta.

接到老師的電話太緊張，講話變得結結巴巴的。

気まずい 【形】尷尬
ki.ma.zu.i.

彼と喧嘩をして、気まずい雰囲気になった。

ka.re.to./ke.n.ka.o./shi.te./ki.ma.zu.i./fu.n.i.ki.ni./na.tta.

和他吵了架，氣氛變得很尷尬。

肯定 🎧124

必備單字

きっと 【副】一定

ki.tto.

この服、きっと田中さんに似合いますよ。
ko.no./fu.ku./ki.tto./ta.na.ka.sa.n.ni./ni.a.i.ma.su.yo.
這衣服，一定很適合田中先生。

舉一反三

違いない 【連】沒錯、一定

chi.ga.i.na.i.　　【類】相違なく

今回の大会は大成功に違いない。
ko.n.ka.i.no./ta.i.ka.i.wa./da.i.se.i.ko.u.ni./chi.ga.i.na.i.
這次的大會一定會很成功。

必ず 【副】一定、肯定

ka.na.ra.zu.　　【類】言うまでもない

僕たちは必ず勝つ。
wa.ta.shi.ta.chi.wa./ka.na.ra.zu./ka.tsu.
我們肯定會贏。

確かに 【副】確實是

ta.shi.ka.ni.

どこへ行ったかな？確かにここにあったのに。
do.ko.e./i.tta./ka.na./ta.shi.ka.ni./ko.ko.ni./a.tta./no.ni.
去哪了？先前確實是在這裡啊。(找東西時)

大概

124

必備單字

多分 【副】大概
た ぶ ん

ta.bu.n.
【類】大抵
たいてい

それは多分違うと思います。
た ぶ ん ちが　　おも

so.re.wa./ta.bu.n./chi.ga.u.to./o.mo.i.ma.su.
我想那大概是錯的。

舉一反三

恐らく 【副】恐怕
おそ

o.so.ra.ku.

子供たちは、恐らくもう知っているでしょう。
こども　　　　　　おそ　　　　　　し

ko.do.mo.ta.chi.wa./o.so.ra.ku./mo.u./shi.tte./i.ru./
de.sho.u.
孩子們恐怕已經知道了。

かもしれない 【連】可能會、說不定

ka.mo.shi.re.na.i.

明日彼に会えるかもしれない。
あした かれ　あ

a.shi.ta./ka.re.ni./a.e.ru./ka.mo.shi.re.na.i.
明天說不定會和他見面。

もしかして 【連】該不會是

mo.shi.ka.shi.te.
【類】もしかしたら

それはもしかして課長の車ですか？
かちょう くるま

so.re.wa./mo.shi.ka.shi.te./ka.cho.u.no./ku.ru.ma.de.
su.ka.
那該不會是課長的車吧？

適合、正確　　∩125

必備單字

ふさわしい　　【形】適合
fu.sa.wa.shi.i.　　【類】妥当、相応、適切

責任感の強い田中君はこの仕事にふさわしい。
se.ki.ni.n.ka.n.no./tsu.yo.i./ta.na.ka.ku.n.wa./ko.no./
shi.go.to.ni./fu.sa.wa.shi.i.
這工作適合責任感很強的田中君。

舉一反三

似合う　　【動】適合
ni.a.u.

その服はあなたにとても似合ってるよ。
so.no./fu.ku.wa./a.na.ta.ni./to.te.mo./ni.a.tte./ru.yo.
那衣服很適合你喔。

精確　　【形】精準、準確度
se.i.ka.ku.

この方法は精確を欠いている。
ko.no./ho.u.ho.u.wa./se.i.ka.ku.o./ka.i.te./i.ru.
這方法欠缺準確度。

的確　　【形、名】準確、確切
te.ki.ka.ku.

彼の意見は常に的確だ。
ka.re.no./i.ke.n.wa./tsu.ne.ni./te.ki.ka.ku.da.
他的意見經常很確切。

大致隨便

125

常用名詞篇
時間篇
感想篇
事情狀況篇
物品狀態篇
慣用句篇

必備單字

適当
てきとう

【形】隨便、隨意

te.ki.to.u.

時間がなかったから適当に近い店を選んだ。
じかん　　　　　　　てきとう　ちか　みせ　えら

ji.ka.n.ga./na.ka.tta./ka.ra./te.ki.to.u.ni/chi.ka.i./mi.se.o./e.ra.n.da.

因為沒時間，所以就隨便選了較近的店。

舉一反三

でたらめ　　　【形、名】亂七八糟、荒唐、胡說八道

de.ta.ra.me.

この記事はでたらめだ。
きじ

ko.no./ki.ji.wa./de.ta.ra.me.da.

這報導是胡說八道。

いい加減　　　【形】隨便
かげん

i.i.ka.ge.n.

彼女はいい加減に手を洗った。
かのじょ　　　かげん　て　あら

ka.no.jo.wa./i.i./ka.ge.n.ni./te.o./a.ra.tta.

她很隨便地洗了手。

がさつ　　　　【形】粗魯、粗野

ga.sa.tsu.　　　　【類】荒っぽい
あら

あの人はがさつだから、そういう細かいことは気
ひと　　　　　　　　　　　　　こま　　　　　　き
づかないと思う。
おも

a.no./hi.to.wa./ga.sa.tsu.da.ka.ra./so.u.i.u./ko.ma.ka.i./ko.to.wa./ki.zu.ka.na.i.to./o.mo.u.

那人很粗魯，我想不會注意到那麼細的地方。

257

有趣

🎧126

必備單字

面白い 【形】有趣
おもしろ

o.mo.shi.ro.i.

私 の担任は優しくそして面白くて皆に好かれて
わたし たんにん　　　やさ　　　　　　　おもしろ　　　みな　す
います。

wa.ta.shi.no./ta.n.ni.n.wa./ya.sa.shi.ku./so.shi.te./
o.mo.shi.ro.ku.te./mi.na.ni./su.ka.re.te./i.ma.su.

我的導師很溫柔又有趣，大家都很喜歡他。

舉一反三

ユーモア 【名】幽默感

yu.u.mo.a.

この人はユーモアがあって面白い。
ひと　　　　　　　　　　　　　おもしろ

ko.no./hi.to.wa./yu.u.mo.a.ga./a.tte./o.mo.shi.ro.i.

那人有幽默感，很有趣。

ウケる 【動】好笑、受歡迎

u.ke.ru.

このアニメで、自分が特にウケた場面はこれだ。
　　　　　　　じぶん　とく　　　　　ばめん

ko.no./a.ni.me.de./ji.bu.n.ga./to.ku.ni./u.ke.ta./ba.me.
n.wa./ko.re.da.

那部動畫，我特別覺得好笑的一幕是這個。

笑える 【動】好笑
わら

wa.ra.e.ru.

この動画は笑えるよ。
　　　どうが　わら

ko.no./do.u.ga.wa./wa.ra.e.ru.yo.

這影片很好笑喔。

126

無聊

必備單字

つまらない　【形】無聊、無趣

tsu.ma.ra.na.i.

<ruby>今<rt>いま</rt></ruby>の<ruby>仕事<rt>しごと</rt></ruby>はつまらないから、<ruby>新<rt>あたら</rt></ruby>しい<ruby>仕事<rt>しごと</rt></ruby>を<ruby>探<rt>さが</rt></ruby>したいです。

i.ma.no./shi.go.to.wa./tsu.ma.ra.i./ka.ra./a.ta.ra.shi.i./
shi.go.to.o./sa.ga.shi.ta.i.de.su.

現在的工作很無趣，想找新工作。

舉一反三

退屈<rt>たいくつ</rt>　【形】無聊、很悶

ta.i.ku.tsu.

この<ruby>番組<rt>ばんぐみ</rt></ruby>は<ruby>退屈<rt>たいくつ</rt></ruby>だ。

ko.no./ba.n.gu.mi.wa./ta.i.ku.tsu.da.

這節目很悶。

くだらない　【形】沒趣、無謂

ku.da.ra.na.i.

くだらないことに<ruby>時間<rt>じかん</rt></ruby>を<ruby>使<rt>つか</rt></ruby>うな。

ku.da.ra.na.i./ko.to.ni./ji.ka.n.no./tsu.ka.u.na.

別把時間用在無謂的事上。

殺風景<rt>さっぷうけい</rt>　【形】平淡無奇、冷清

sa.ppu.u.ke.i.

ブログが<ruby>文字<rt>もじ</rt></ruby>ばかりだと<ruby>殺風景<rt>さっぷうけい</rt></ruby>な<ruby>感<rt>かん</rt></ruby>じがする。

bu.ro.gu.ga./mo.ji./ba.ka.ri.da.to./sa.ppu.u.ke.i.na./
ka.n.ji.ga./su.ru.

部落格若只有文字，就覺得平淡無奇。

常用名詞篇

時間篇

感想篇

事情狀況篇

物品狀態篇

慣用句篇

非常 🎧127

必備單字

特に　とく
to.ku.ni.

【副】特別
【反】普通 (普通)　ふつう

私 は特に洋楽が好き。　わたし とく ようがく す
wa.ta.shi.wa./to.ku.ni./yo.u.ga.ku.ga./su.ki.
我特別喜歡西洋音樂。

舉一反三

とても
to.te.mo.

【副】非常
【類】すごい

友達が転校して、とても寂しい。　ともだち てんこう さび
to.mo.da.chi.ga./te.n.ko.u./shi.te./to.te.mo./sa.bi.shi.i.
朋友轉學了，非常寂寞。

ずいぶん
zu.i.bu.n.

【副】非常、很
【類】十 分、かなり　じゅうぶん

彼はずいぶん若いときに結婚した。　かれ わか けっこん
ka.re.wa./zu.i.bu.n./wa.ka.i./to.ki.ni./ke.n.ko.n./shi.ta.
他在很年輕的時候結婚了。

非常に　ひじょう
hi.jo.u.ni.

【副】非常
【類】大いに　おお

今日は非常に暑いです。　きょう ひじょう あつ
kyo.u.wa./hi.jo.u.ni./a.tsu.i.de.su.
今天非常地熱。

Chapter 10
事情狀況篇

懶人日語單字
舉一反三的

日語
單字書

緊急　　　🎧128

必備單字

緊急
きんきゅう
【名、形】緊急

ki.n.kyu.u.

緊急の場合はボタンを押してください。
きんきゅう　ばあい　　　　　　　　　　　　お

ki.n.kyu.u.no./ba.a.i.wa./bo.ta.n.o./o.shi.te./ku.da.sa.i.
緊急的情況請按這個按鈕。

舉一反三

至急
しきゅう
【副】緊急、盡速、趕快

shi.kyu.u.
　　　　　　　　　　　　だいしきゅう
【類】大至急

サンプルを至急手配してください。
　　　　　　　しきゅうてはい

sa.n.pu.ru.o./shi.kyu.u./te.ha.i./shi.te./ku.da.sa.i.
請盡速準備樣品。

非常事態
ひじょうじたい
【名】緊急狀態

hi.jo.u.ji.ta.i.
　　　　　　　　　　　　きんきゅうじたい
【類】緊急事態

非常事態の準備ができている。
ひじょうじたい　じゅんび

hi.jo.u.ji.ta.i.no./ju.n.bi.ga./de.ki.te./i.ru.
已經準備好應付緊急狀態。

迫る
せま
【動】迫在眉睫、接近

se.ma.ru.

試験が迫っているからか全然眠れない。
しけん　せま　　　　　　　　　　　ぜんぜんねむ

shi.ke.n.ga./se.ma.tte./i.ru.ka.ra./ze.n.ze.n./ne.mu.re.
na.i.
可能因為考試快到了，完全睡不著。

拖延

128

必備單字

ダラダラ 　　　　【副】拖拖拉拉、慢吞吞

da.ra.da.ra.

宿題をダラダラやっています。
shu.ku.da.i.o./da.ra.da.ra./ya.tte./i.ma.su.
拖拖拉拉地寫功課。

舉一反三

のろのろ 　　　　【副】緩慢、磨蹭

no.ro.no.ro.

渋滞にはまり、車はのろのろと進んだ。
ju.u.ta.i.ni./ha.ma.ri./ku.ru.ma.wa./no.ro.no.ro.to./
su.su.n.da.
碰上了塞車，車子緩慢地前進。

引き延ばす 　　　　【動】拖延

hi.ki.no.ba.su.

返事をいつまでも引き延ばすわけにはいかない。
he.n.ji.o./i.tsu.ma.de.mo./hi.ki.no.ba.su./wa.ke.
ni.wa./i.ka.na.i.
不能一直拖延著不回覆。

延期する 　　　　【動】延期

e.n.ki./su.ru.
　　　　　　　　　　【類】保留する

その会議は延期された。
so.no./ka.i.gi.wa./e.n.ki./sa.re.ta.
那個會議延期了。

常用名詞篇

時間篇

感想篇

事情狀況篇

物品狀態篇

慣用句篇

有名　　　　🎧129

必備單字

有名　　　　　【形】有名
ゆうめい

yu.u.me.i.　　　　【類】著名
ちょめい

このお土産は有名ですか？
みやげ　ゆうめい

ko.no./o.mi.ya.ge.wa./yu.u.me.i.de.su.ka.

這個伴手禮有名嗎？

舉一反三

名高い　　　　【形】著名、出名、聞名
なだか

na.da.ka.i.

軽井沢は避暑地として名高い。
かるいざわ　ひしょち　　　なだか

ka.ru.i.za.wa.wa./hi.sho.chi./to.shi.te./na.da.ka.i.

輕井澤以避暑聖地聞名。

噂の　　　　　【常】傳說中的
うわさ

u.wa.sa.no.

せっかく北海道に行ったのに、噂のスープカレー
ほっかいどう　い　　　　　　うわさ
は食べられなかった。
た

se.kka.ku./ho.kka.i.do.u.ni./i.tta./no.ni./u.wa.sa.no./
su.u.pu.ka.re.e.wa./ta.be.ra.re.na.ka.tta.

難得去了北海道，卻沒吃傳說中的咖哩湯。

知らないものはいない　　【常】眾所皆知
し

shi.ra.na.i./ mo.no.wa./i.na.i.　【類】よく知られた

その事実を知らないものはいない。
じじつ　し

so.no./ji.ji.tsu.o./shi.ra.na.i./mo.no.wa./i.na.i.

那個事實是眾所皆知。

沒沒無聞

 129

必備單字

無名
むめい

【名】默默無聞、不出名

mu.me.i.

彼は無名の役者です。
かれ　むめい　やくしゃ

ka.re.wa./mu.me.i.no./ya.ku.sha.de.su.
他是沒沒無聞的演員。

舉一反三

名もない
な

【常】沒有名字、不知名

na.mo.na.i.

名もない小さなこの川が、隅田川に繋がっています。
な　　　ちい　　　　　かわ　　すみだがわ　つな

na.mo.na.i./chi.i.sa.na./ko.no./ka.wa.ga./su.mi.da.ga.
wa.ni./tsu.na.ga.tte./i.ma.su.
這條沒有名字的小河、和隅田川相連。

注目されない
ちゅうもく

【常】不被注意、不受矚目

chu.u.mo.ku./sa.re.na.i.

この商品はまだ注目されていない。
　　しょうひん　　　　　ちゅうもく

ko.no.sho.u.hi.n.wa./ma.da./shu.u.mo.ku.sa.re.te.i.na.i.
這商品還不受矚目。

知名度が低い
ちめいど　ひく

【常】知名度很低

chi.me.i.do.ga./hi.ku.i.

この会社は日本国内での知名度は低いですが、ヨーロ
　　かいしゃ　にほんこくない　　　ちめいど　ひく
ッパでは評価されているメーカーなのです。
　　　　　ひょうか

ko.no./ka.i.sha.wa./ni.ho.n.ko.ku.na.i.de.no./chi.me.i.
do.wa./hi.ku.i.de.su.ga./yo.o.ro.ppa./de.wa./hyo.u.ka./
sa.re.te./i.ru./me.e.ka.a./na.no.de.su.
這公司在日本國內知名度雖低，在歐洲是獲好評的製造商。

常用名詞篇

時間篇

感想篇

事情狀況篇

物品狀態篇

慣用句篇

相同、類似　　∩130

必備單字

同じ　　　　　【形】相同
おな

o.na.ji.

わたし　おな　いけん
私 も同じ意見です。

wa.ta.shi.mo./o.na.ji./i.ke.n.de.su.

我也有相同的意見。

舉一反三

似る　　　　　【動】相似、像
に

ni.ru.

きゅうしゅう　かたち　　　　　　　　　　たいりく　に
九 州 の形はアフリカ大陸に似ている。

kyu.u.shu.u.no./ka.ta.chi.wa./a.fu.ri.ka.ta.i.ri.ku.ni./ni.te./i.ru.

九州的形狀很像非洲大陸。

そっくり　　　　【形、副】很相像

so.kku.ri.

かのじょ　はは
彼女は母にそっくりだ。

ka.no.jo.wa./ha.ha.ni./so.kku.ri.da.

她很像母親。

瓜二つ　　　　【名】長得一模一樣
うりふた

u.ri.fu.ta.tsu.

　　　　　　しまい　まった　うりふた
あの姉妹は全く瓜二つだね。

a.no./shi.ma.i.wa./ma.tta.ku./u.ri.fu.ta.tsu.da.ne.

那對姊妹長得根本一模一樣。

不同

130

必備單字

ちが
違う
chi.ga.u.
【動】錯、不同
【類】違い

デザインと美術は似ているが違うものだ。

de.za.i.n.to./bi.ji.tsu.wa./ni.te./i.ru.ga./chi.ga.u./mo.no.da.

設計和美術雖然很像但卻是不同的。

舉一反三

そうい
相違
so.u.i.
【名】差異、差別

もうしこみしょ きさいないよう じじつ そうい
この申込書の記載内容は事実と相違があります。

ko.no./mo.u.shi.ko.mi.sho.no./ki.sa.i.na.i.yo.u.wa./ji.ji.tsu.to./so.u.i.ga./a.ri.ma.su.

這申請書的記載內容和事實有差異。

べつ
別
be.tsu.
【名】不同的、別的

きょうかしょ よ りかい べつ
教科書を読むことと、それを理解することとは別のことです。

kyo.u.ka.sho.o./yo.mu./ko.to.to./so.re.o./ri.ka.i./su.ru./ko.to.to.wa./be.tsu.no./ko.to.de.su.

看教科書和理解它,是兩碼子事。

かくさ
格差
ka.ku.sa.
【名】差別、差異
【類】ギャップ

ゆうふく ひとびと まず ひとびと かくさ ひろ
裕福な人々と貧しい人々との格差はますます広がっている。

yu.u.fu.ku.na./hi.to.bi.to.to./ma.zu.shi.i./hi.to.bi.to.to.no./ka.ku.sa.wa./ma.su.ma.su./hi.ro.ga.tte./i.ru.

有錢人和窮人的差別越來越大。

流行　　　🎧 131

必備單字

流行り　　　【名】流行
は や

ha.ya.ri.　　　【類】流行
　　　　　　　　りゅうこう

流行語というのはその年を代表する流行りの
りゅうこうご　　　　　　　　とし　だいひょう　　　　は や
言葉です。
ことば
ryu.u.ko.u.go./to.i.u./no.wa./so.no.to.shi.o./da.i.hyo.
u./su.ru./ha.ya.ri.no./ko.to.ba.de.su.
所謂的流行語，是代表那個年代、流行的話語。

舉一反三

流行る　　　【動】流行、盛行
は や

ha.ya.ru.

このゲームは私たちが子供の頃に流行りました。
　　　　　　わたし　　こども　ころ　は や
ko.no./ge.e.mu.wa./wa.ta.shi.ta.chi.ga./ko.do.mo.no./
ko.ro.ni./ha.ya.ri.ma.shi.ta.
這遊戲在我們孩堤時代流行過。

ブーム　　　【名】熱潮

bu.u.mu.　　　【類】トレンド

今はプチ整形がブームだ。
いま　　　　せいけい
i.ma.wa./pu.chi.se.i.ke.i.ga./bu.u.mu.da.
現在有微整型的熱潮。

人気　　　【名】受歡迎
にんき

ni.n.ki.

このバンドはますます人気が出てきた。
　　　　　　　　　　　にんき　で
ko.no./ba.n.do.wa./ma.su.ma.su./ni.n.ki.ga./de.te./
ki.ta.
這樂團漸漸地開始受歡迎。

過時保守

131

必備單字

時代遅れ（じだいおくれ）
ji.da.i.o.ku.re.

【名】陳舊、迂腐、跟不上時代

【類】時代錯誤（じだいさくご）

彼（かれ）らの考（かんが）え方（かた）は時代遅（じだいおく）れだ。

ka.re.ra.no./ka.n.ga.e.ka.ta.wa./ji.da.i.o.ku.re.da.

他們的想法已經跟不上時代了。

舉一反三

アナログ
a.na.ro.gu.

【名】舊時代的、類比式的

【類】時代（じだい）に合（あ）わない

私（わたし）はアナログの人間（にんげん）で、パソコンもスマホも使（つか）いこなせません。

wa.ta.shi.wa./a.na.ro.gu.no./ni.n.ge.n.de./pa.so.ko.n.mo./su.ma.ho.mo./tsu.ka.i.ko.na.se.ma.se.n.

我是舊時代的人，不管電腦還是智慧型手機都不太上手。

古い（ふるい）
fu.ru.i.

【形】陳舊

【類】古臭い（ふるくさい）

顧問（こもん）の考（かんが）えが古（ふる）くて困（こま）ります。

ko.mo.n.no./ka.n.ga.e.ga./fu.ru.ku.te./ko.ma.ri.ma.su.

顧問的想法很陳舊，讓人困擾。

保守的（ほしゅてき）
ho.shu.te.ki.

【形】保守的

【類】革命的（かくめいてき）

映画会社（えいががいしゃ）は新作（しんさく）の投資（とうし）に保守的（ほしゅてき）な態度（たいど）を見（み）せている。

e.i.ga.ga.i.sha.wa./shi.n.sa.ku.no./to.u.shi.ni./ho.shu.te.ki.na./ta.i.do.o./mi.se.te./i.ru.

電影公司對投資新作品，呈現保守的態度。

常用名詞篇

時間篇

感想篇

事情狀況篇

物品狀態篇

慣用句篇

感動　　　🎧132

必備單字

感動する　　【動】感動
かんどう

ka.n.do.u./su.ru.

私は彼女の優しさに感動した。
わたし　かのじょ　やさ　　　　　　かんどう

wa.ta.shi.wa./ka.no.jo.no./ya.sa.shi.sa.ni./ka.n.do.u./
shi.ta.

我被她的體貼感動。

舉一反三

胸が熱くなる　　【常】心頭一熱、受感動
むね　あつ

mu.ne.ga./a.tsu.ku./na.ru.　　【類】ぐっとくる

戦う選手の姿には、思わず胸が熱くなった。
たたか　せんしゅ　すがた　　　　おも　　　むね　あつ

ta.ta.ka.u./se.n.shu.no./su.ga.ta.ni.wa./o.mo.wa.zu./
mu.ne.ga./a.tsu.ku./na.tta.

看到選手們奮戰的樣子，忍不住心頭一熱。

しみじみ　　【副】深切感受

shi.mi.ji.mi.　　　【類】ぐんと

この映画を見て、戦争の恐ろしさがしみじみ分か
えいが　み　　　　せんそう　おそ
った。

ko.no./e.i.ga.o./mi.te./se.n.so.u.no./o.so.ro.shi.sa.ga./
shi.mi.ji.mi./wa.ka.tta.

看了這部電影，深切感受到戰爭的恐怖。

ジーンと　　【副】動容

ji.i.n.to.

被害者の言葉にジーンときた。
ひがいしゃ　ことば

hi.ga.i.sha.no./ko.to.ba.ni./ji.i.n.to./ki.ta.

受害者的話讓人動容。

無感覺

132

必備單字

感^{かん}じない　　　　【常】感受不到

ka.n.ji.na.i.

手^てが寒^{さむ}くて痛^{いた}みを感^{かん}じない。

te.ga./sa.mu.ku.te./i.ta.mi.o./ka.n.ji.na.i.

太冷了，手感受不到痛。

舉一反三

響^{ひび}かない　　　　【常】沒共鳴

hi.bi.ka.na.i.

このストーリーは私^{わたし}の心^{こころ}に響^{ひび}かない。

ko.no./su.to.o.ri.i.wa./wa.ta.shi.no./ko.ko.ro.ni./hi.bi.ka.na.i.

這故事不能讓我產生共鳴。

共感^{きょうかん}できない　　【常】無法同意、沒有同感

kyo.u.ka.n./de.ki.na.i.

私^{わたし}はその話^{はなし}に共感^{きょうかん}できない。

wa.ta.shi.wa./so.no./ha.na.shi.ni./kyo.u.ka.n./de.ki.na.i.

我對那句話沒有同感。

ピンと来^こない　　　【常】無法共鳴、無法體會

pi.n.to./ko.na.i.

この本^{ほん}、私^{わたし}にはあまりピンと来^こない内容^{ないよう}だったんです。

ko.no.ho.n./wa.ta.shi.ni.wa./a.ma.ri./pi.n.to./ko.na.i./na.i.yo.u./da.tta.n.de.su.

這本書的内容我無法體會。

常用名詞篇

時間篇

感想篇

事情狀況篇

物品狀態篇

慣用句篇

271

安靜

🎧133

必備單字

静か　　　　【形】安靜
shi.zu.ka.

静かにしてください。
shi.zu.ka.ni./shi.te./ku.da.sa.i.
請安靜。

舉一反三

静寂　　　　【名】寂靜
se.i.ja.ku.　　　【類】無音

悲鳴で静寂がやぶられた。
hi.me.i.de./se.i.ja.ku.ga./ya.bu.ra.re.ta.
哀嚎劃破了寂靜。

黙る　　　　【動】沉默
da.ma.ru.　　　【類】だんまり、だまり、無言

何と言ってよいかわからなかったので、私は黙っていた。
na.n.to./i.tte./yo.i.ka./wa.ka.ra.na.ka.tta./no.de./wa.ta.shi.wa./da.ma.tte./i.ta.
不知該說什麼好，於是我保持沉默。

シーンと　　　【副】鴉雀無聲
shi.i.n.to.

コンサートが始まると、会場中がシーンとなった。
ko.n.sa.a.to.ga./ha.ji.ma.ru.to./ka.i.jo.u.chu.u.ga./shi.i.n.to./na.tta.
演唱會開始後，會場鴉雀無聲。

熱鬧、吵

133

必備單字

うるさい　　　　【形】吵、囉嗦

u.ru.sa.i.

そうおん
騒音がうるさくて私は眠れない。

so.u.o.n.ga./u.ru.sa.ku.te./wa.ta.shi.wa./ne.mu.re.na.
i.

噪音太吵了讓我無法睡。

舉一反三

賑やか　　　　【形】熱鬧

ni.gi.ya.ka.

まち　　まつ　　にぎ
町はお祭りで賑やかだ。

ma.chi.wa./o.ma.tsu.ri.de./ni.gi.ya.ka.da.

鎮上因慶典而很熱鬧。

騒音　　　　【名】噪音

so.u.o.n.　　　　【類】ノイズ

きんじょ　こうじ　そうおん
近所の工事の騒音でいらいらする。

ki.n.jo.no./ko.u.ji.no./so.u.o.n.de./i.ra.i.ra./su.ru.

因附近的工程噪音而覺得煩躁。

ざわつく　　　　【動】騷動、沸沸揚揚、鬧哄哄

za.wa.tsu.ku.

だい　　　　き　　　　かいじょう
大スターが来たので会場がざわついた。

da.i.su.ta.a.ga./ki.ta./no.de./ka.i.jo.u.ga./za.wa.tsu.
i.ta.

因為大明星來了，引起會場一陣騷動。

常用名詞篇

時間篇

感想篇

事情狀況篇

物品狀態篇

慣用句篇

273

真正

 134

必備單字

本物 ほんもの　【動】真貨、貨真價實、真的

ho.n.mo.no.

この造花はまるで本物のようだ。
そうか　　　　　　　　ほんもの

ko.no./zo.u.ka.wa./ma.ru.de./ho.n.mo.no.no./yo.u.da.
這人造花看起來像真的一樣。

舉一反三

正 真 正 銘 しょうしんしょうめい　【名】真正的、如假包換

sho.u.shi.n.sho.u.me.i.

これは 正 真 正 銘 のオーガニック野菜です。私
　　　しょうしんしょうめい　　　　　　　　やさい　　　わたし
が保証します。
ほしょう

ko.re.wa./sho.u.shi.n.sho.u.me.i.no./o.o.ga.ni.kku./
ya.sa.i.de.su./wa.ta.shi.ga./ho.sho.u./shi.ma.su.
這是真正的有機蔬菜。我可以保證。

本当 ほんとう　【名】真的

ho.n.to.u.

それは本当ですか？嘘ですか？
　　　ほんとう　　　　　うそ

so.re.wa./ho.n.to.u.de.su.ka./u.so.de.su.ka.
那是真的還是騙人的？

本音 ほんね　【名】實話、真心話

ho.n.ne.　　　　　　　　【類】本心
　　　　　　　　　　　　　　　ほんしん

彼の発言は本音ではない。
かれ　はつげん　ほんね

ka.re.no./ha.tsu.ge.n.wa./ho.n.ne./de.wa.na.i.
他的發言不是真心話。

假的

必備單字

偽物 にせもの
【動】假貨、贗品

ni.se.mo.no.
【類】盗作 とうさく

このダイヤは偽物です。 にせもの
ko.no./da.i.ya.wa./ni.se.mo.no.de.su.

這鑽石是假貨。

舉一反三

パクる
【動】盜用

pa.ku.ru.

本人がストーリーをパクったことを認めた。 ほんにん みと
ho.n.ni.n.ga./su.to.o.ri.o./pa.ku.tta./ko.to.o./mi.to.me.ta.

他本人承認盜用了故事。

真似 まね
【名】模仿

ma.ne.
【類】模倣 もほう

子供は親の真似をする。 こども おや まね
ko.do.mo.wa./o.ya.no./ma.ne.o./su.ru.

小孩會模仿父母。

いかさま
【名、形】欺騙、假的

i.ka.sa.ma.

怪しい外人にいかさま物を売りつけられた。 あや がいじん もの う
a.ya.shi.i./ga.i.ji.n.ni./i.ka.sa.ma./mo.no.o./u.ri.tsu.ke.ra.re.ta.

被可疑的外國人強迫推銷了假貨。

常用名詞篇

時間篇

感想篇

事情狀況篇

物品狀態篇

慣用句篇

明亮

🎧135

必備單字

明るい　　　　【形】明亮

あか

a.ka.ru.i.

この部屋は狭いけれど明るいです。

へ や　せま　　　　　　あか

ko.no./he.ya.wa./se.ma.i./ke.re.do./a.ka.ru.i.de.su.

這房間雖然窄，但很明亮。

舉一反三

眩しい　　　　【形】耀眼、眩目、刺眼

まぶ

ma.bu.shi.i.　　　【類】まばゆい

朝の日差しがとても眩しい。

あさ　ひ ざ　　　　　　まぶ

a.sa.no./hi.za.shi.ga./to.te.mo./ma.bu.shi.i.

早上的陽光十分刺眼。

輝く　　　　　【動】閃耀、閃亮

かがや

ka.ga.ya.ku.

空一面に星が輝いてる。

そらいちめん　ほし　かがや

so.ra./i.chi.me.n.ni./ho.shi.ga./ka.ga.ya.i.te./i.ru.

滿天的星星閃耀著。

ピカピカ　　　【副】亮晶晶

pi.ka.pi.ka.　　　【類】キラキラ

靴をピカピカに磨いた。

くつ　　　　　　　みが

ku.tsu.o./pi.ka.pi.ka.ni./mi.ga.i.ta.

把鞋子擦得亮晶晶。

黑暗

135

必備單字

暗い　【形】暗

ku.ra.i.

もう 6 時過ぎてるよ。外はもう暗いでしょう。

mo.u./ro.ku.ji./su.gi.te.ru.yo./so.to.wa./mo.u./ku.ra.
i.de.sho.u.

已經過 6 點了。外面天已經暗了吧。

舉一反三

薄暗い　【形】陰暗、昏暗

u.su.gu.ra.i.

薄暗いところで読書をすると目が疲れる。

u.su.gu.ra.i./to.ko.ro.de./do.ku.sho.o./su.ru.to./me.
ga./tsu.ka.re.ru.

在昏暗的地方讀書的話，眼睛容易疲勞。

真っ暗　【名】漆黑、烏黑
　　　　　　【類】ダーク

ma.kku.ra.

この辺りは夜は真っ暗だ。

ko.no./a.ta.ri.wa./yo.ru.wa./ma.kku.ra.da.

這附近一片漆黑。

影　【名】影子
　　　【類】闇

ka.ge.

夕日に選手たちの影が長く伸びた。

yu.u.hi.ni./se.n.shu.ta.chi.no./ka.ge.ga./na.ga.ku./no.
bi.ta.

夕陽將選手們的影子拉得很長。

常用名詞篇　時間篇　感想篇　事情狀況篇　物品狀態篇　慣用句篇

源源不絕　🎧136

必備單字

どんどん　　　【副】源源不絕、接連不斷

do.n.do.n.

参加者がどんどん増えてきた。
sa.n.ka.sha.ga./do.n.do.n./fu.e.te./ki.ta.
參加者不斷地增加。

舉一反三

次々と　　　【副】接二連三、接連不斷

tsu.gi.tsu.gi.to.　　　【類】次から次へと

次々と客が来た。
tsu.gi.tsu.gi.to./kya.ku.ga./ki.ta.
客人接二連三地到來。

絶え間なく　　　【形】不間斷、不斷

ta.e.ma.na.ku.

雨は絶え間なく降っている。
a.me.wa./ta.e.ma.na.ku./fu.tte./i.ru.
雨不斷地下。

連続する　　　【動】連續

re.n.zo.ku./su.ru.

物事が連続して起こった。
mo.no.go.to.ga./re.n.zo.ku./shi.te./o.ko.tta.
事情接連發生。

必備單字

ちょっぴり
cho.ppi.ri.

【副】一點點、稍稍

この料理にはにんにくがちょっぴり使ってある。
ko.no./ryo.u.ri./ni.wa./ni.n.ni.ku.ga./ccho.ppi.ri./tsu.ka.tte./a.ru.

這道菜用了一點點大蒜。

舉一反三

少し
su.ko.shi.

【副】一點點、少許
【類】少々

彼は水を少し飲んだ。
ka.re.wa./mi.zu.o./su.ko.shi./no.n.da.

他喝了一點點水。

ちょっと
cho.tto.

【副】稍微、有一點
【類】ちょっとだけ

お菓子を買おうと思ったけど、お金がちょっと足りなかった。
o.ka.shi.o./ka.o.u.to./o.mo.tta./ke.do./o.ka.ne.ga./cho.tto./ta.ri.na.ka.tta.

本來想買零食，但錢稍微不夠。

わずか
wa.zu.ka.

【副】僅僅、些微

私のチームはわずかの差で勝った。
wa.ta.shi.no./chi.i.mu.wa./wa.zu.ka.no./sa.de./ka.tta.

我隊險勝。

常用名詞篇

時間篇

感想篇

事情狀況篇

物品狀態篇

慣用句篇

279

大致、幾乎

🎧137

必備單字

ほとんど 　　　【副】幾乎

ho.to.n.do.

<ruby>仕事<rt>しごと</rt></ruby>をほとんど<ruby>終<rt>お</rt></ruby>えた。
shi.go.to.o./ho.to.n.do./o.e.ta.
工作幾乎都做完了。

舉一反三

おおよそ 　　　【副】大約、大致

o.o.yo.so.

<ruby>私<rt>わたし</rt></ruby>はその<ruby>内容<rt>ないよう</rt></ruby>をおおよそ<ruby>理解<rt>りかい</rt></ruby>できた。
wa.ta.shi.wa./so.no./na.i.yo.u.o./o.o.yo.so./ri.ka.i./de.ki.ta.
我大致理解了那個內容。

<ruby>概<rt>おおむ</rt></ruby>ね 　　　【副】大概、大致

o.o.mu.ne. 　　　【類】大部分<rt>だいぶぶん</rt>

そのデザインは<ruby>概<rt>おおむ</rt></ruby>ね<ruby>決<rt>き</rt></ruby>まった。
so.no./de.za.i.n.wa./o.o.mu.ne./ki.ma.tta.
那個設計已大致決定了。

ほぼ 　　　【副】幾乎

ho.bo.

<ruby>工事<rt>こうじ</rt></ruby>はほぼ<ruby>完成<rt>かんせい</rt></ruby>した。
ko.u.ji.wa./ho.bo./ka.n.se.i./shi.ta.
工程幾乎完成了。

完全、根本

137

必備單字

全然
ぜんぜん

【副】完全、一點也不

ze.n.ze.n.

【類】完全に
かんぜんに

私は全然英語が理解できない。
わたし ぜんぜんえいご りかい

wa.ta.shi.wa./ze.n.ze.n./e.i.go.ga./ri.ka.i./de.ki.na.i.

我完全不懂英文。

舉一反三

まったく
【副】全然、簡直

ma.tta.ku.

【類】すっかり

まったく我慢できない。
がまん

ma.tta.ku./ga.ma.n./de.ki.na.i.

簡直無法忍耐。

無理
むり

【形、名】根本不可能、辦不到

mu.ri.

更に1時間は無理だ。
さら いちじかん むり

sa.ra.ni./i.chi.ji.ka.n.wa./mu.ri.da.

要再1小時是根本不可能的。

まるで
【副】就像是、就如同

ma.ru.de.

この絵はまるで写真みたいですね。
え しゃしん

ko.no.e.wa./ma.ru.de./sha.shi.n./mi.ta.i.de.su.ne.

這幅畫就像是照片一樣。

常用名詞篇

時間篇

感想篇

事情狀況篇

物品狀態篇

慣用句篇

有錢

🎧138

必備單字

お金持ち
かねも

【名】有錢人

o.ka.ne.mo.chi.

かのじょ　かねも　　　　　　　　　　　　ゆめみ
彼女はお金持ちになることを夢見ている。

ka.no.jo.wa./o.ka.ne.mo.chi.ni./na.ru./ko.to.o./yu.me.
mi.te./i.ru.

她夢想能成為有錢人。

舉一反三

セレブ

【名】名流

se.re.bu.

【類】お嬢さん、坊っちゃん
　　　じょう　　　　ぼ

かれ　　　　　　　　　　　　　　　　　　　　せいかつ
彼は、セレブみたいな生活ができるのですか？

ka.re.wa./se.re.bu./mi.ta.i.na./se.i.ka.tsu.ga./de.ki.ru.
no./de.su.ga.

他能過名流般的生活嗎？

億万長者
おくまんちょうじゃ

【名】億萬富翁

o.ku.ma.n.cho.u.ja.

【類】富裕層
　　　ふゆうそう

かれ　　　　　　　　　　　　　　も　　　　　　　　　おくまんちょうじゃ
彼はいくつかのホテルを持っている億万長者だ。

ka.re.wa./i.ku.tsu.ka.no./ho.te.ru.o./mo.tte./i.ru./o.ku.
ma.n.cho.u.ja.da.

他是擁有好幾個飯店的億萬富翁。

裕福
ゆうふく

【名、形】富裕

yu.u.fu.ku.

かのじょ　　　ゆうふく　いえ　う
彼女は、裕福な家に生まれた。

ka.no.jo.wa./yu.u.fu.ku.na./i.e.ni./u.ma.re.ta.

她出生在富裕的家庭。

貧窮

138

必備單字

貧乏 【名、形】貧窮
びんぼう

bi.n.bo.u.

父は若い頃、貧乏で苦労した。
ちち わか ころ びんぼう くろう

chi.chi.wa./wa.ka.i.ko.ro./bi.n.bo.u.de./ku.ro.u.shi.ta.

父親年輕時因貧窮而吃了不少苦。

舉一反三

貧乏人 【名】窮人
びんぼうにん

bi.n.bo.u.ni.n.

彼はお金を貧乏人に配った。
かれ かね びんぼうにん くば

ka.re.wa./o.ka.ne.o./bi.n.bo.u.ni.n.ni./ku.ba.tta.

他把錢分給窮人。

貧しい 【形】窮、貧困
まず

ma.zu.shi.i.　　　　　【類】貧乏くさい
　　　　　　　　　　　　　びんぼう

家族と貧しい生活をしているけど、誰も不幸だな
かぞく まず せいかつ だれ ふこう
んて思わない。
おも

ka.zo.ku.to./ma.zu.shi.i./se.i.ka.tsu.o./shi.te./i.ru./ke.
do./da.re.mo./fu.ko.u.da./na.n.te./o.mo.wa.na.i.

家人雖過著貧困的生活，但沒有人覺得不幸。

金欠 【名】缺錢
きんけつ

ki.n.ke.tsu.

新しいカメラが欲しいけど今月も金欠です。
あたら ほ こんげつ きんけつ

a.ta.ra.shi.i./ka.me.ra.ga./ho.shi.i./ke.do./ko.n.ge.tsu.
mo./ki.n.ke.ts.de.su.

雖然想要新相機，但這個月也缺錢。

常用名詞篇

時間篇

感想篇

事情狀況篇

物品狀態篇

慣用句篇

忙碌　🎧139

必備單字

忙しい　【形】忙碌
いそが

i.so.ga.shi.i.

最近は引越しで忙しいです。
さいきん　ひっこ　いそが

sa.i.ki.n.wa./hi.kko.shi.de./i.so.ga.shi.i.de.su.

最近忙著搬家。

舉一反三

猫の手も借りたい　【常】忙不過來
ねこ て か

ne.ko.no.te.mo./ka.ri.ta.i.

年末は猫の手も借りたいほど忙しくなる。
ねんまつ ねこ て か　　　　　いそが

ne.n.ma.tsu.wa./ne.ko.no.te.mo./ka.ri.ta.i./ho.do./i.so.
ga.shi.ku.na.ru.

年末會變得忙不過來。

目が回る　【常】(忙得) 暈頭轉向
め まわ

me.ga./ma.wa.ru.

忙しくて目が回る。
いそが　　　め まわ

i.so.ga.shi.ku.te./me.ga./ma.wa.ru.

忙得暈頭轉向。

手が塞がる　【常】正在做某件事、正在忙
て ふさ

te.ga./fu.sa.ga.ru.

今手が塞がっていて手伝えない。ごめん。
いまて ふさ　　　　　　てつだ

i.ma./te.ga./fu.sa.ga.tte./i.te./te.tsu.da.e.na.i./go.me.n.

現在正在忙所以不能幫你忙，對不起。

悠閒、無事可做

 139

必備單字

暇 ひま 【形】閒

hi.ma.

昨日は暇だったからケーキを作った。
きのう ひま つく

ki.no.u.wa./hi.ma./da.tta./ka.ra./ke.e.ki.o./tsu.ku.tta.

昨天很閒所以做了蛋糕。

舉一反三

手が空く て あ 【常】有空

te.ga./a.ku.

今手が空いていますか？
いま て あ

i.ma./te.ga./a.i.te./i.ma.su.ka.

現在有空嗎？

ぶらぶら 【副】閒晃

bu.ra.bu.ra.

私たちは商店街をぶらぶらした。
わたし しょうてんがい

wa.ta.shi.ta.chi.wa./sho.u.te.n.ga.i.o./bu.ra.bu.ra./shi.ta.

我們在商店街閒晃。

のんびり 【副】悠閒、悠哉

no.n.bi.ri.

週末は家でのんびり過ごした。
しゅうまつ いえ す

shu.u.ma.tsu.wa./i.e.de./no.n.bi.ri./su.go.shi.ta.

週末在家悠閒地度過。

公正

🎧140

必備單字

正義
せいぎ
se.i.gi.

【名】正義

【反】不正 (非法)

わたし　　　せいぎ　　　　　　たたか
私 たちは正義のために 戦 っている。
wa.ta.shi.ta.chi.wa./se.i.gi.no./ta.me.ni./ta.ta.ka.tte./
i.ru.
我們正為了正義而戰。

舉一反三

公正
こうせい
ko.u.se.i.

【形、名】公平、公正

【反】不公平 (不公平)

せんせい　　　　　　もんだい　こうせい　はんだん
先生はその問題を公正に判断しなければならない。
se.n.se.i.wa./so.no./mo.n.da.i.o./ko.u.se.i.ni./ha.n.da.
n./shi.na.ke.re.ba./na.ra.na.i.
老師必需要公平地判斷那個問題。

客観的
きゃっかんてき
kya.kka.n.te.ki.

【形】客觀

しゅかんてき
【反】主観的 (主觀)

きゃっかんてき　いけん　　　　　　き
客 観 的 な意見をお聞かせください。
kya.kka.n.te.ki.na./i.ke.n.o./o.ki.ka.se./ku.da.sa.i.
請給我客觀的意見。

平等
びょうどう
byo.u.do.u.

【形、名】平等、一視同仁

さべつ
【反】差別する (歧視)

ぶちょう　ぶか　びょうどう　せっ
部長は部下に平等に接している。
bu.cho.u.wa./bu.ka.ni./byo.u.do.u.ni./se.sshi.te./i.ru.
部長對待部下一視同仁。

Chapter 11
物品狀態篇

懶人日語單字
舉一反三的
**日語
單字書**

乾燥

🎧141

必備單字

かんそう
乾燥　　　　　【名】乾燥

ka.n.so.u.

かんそう　　　　　　いた
乾燥でのどが痛くなった。

ka.n.so.u.de./no.do.ga./i.ta.ku./na.tta.

因乾燥喉嚨變痛。

舉一反三

か
枯れる　　　　　【動】乾枯

ka.re.ru.

はちう　　　　はな　か
鉢植えの花が枯れてしまった。

ha.chi.u.e.no./ha.na.ga./ka.re.te./shi.ma.tta.

盆栽的花枯了。

カサカサ　　　　【副】乾巴巴、乾燥

ka.sa.ka.sa.

くうき　　かんそう　　　　　　はだ
空気の乾燥のせいで肌がカサカサになった。

ku.u.ki.no./ka.n.so.u.no./se.i.de./ha.da.ga./ka.sa.ka.sa.
ni./na.tta.

因為空氣乾燥，皮膚變得乾巴巴的。

かわ
乾く　　　　　【動】乾燥、乾渴

ka.wa.ku.

さいきん　あめ　ひ　おお　　せんたくもの　かわ
最近、雨の日が多くて洗濯物が乾かない。

sa.i.ki.n./a.me.no.hi.ga./o.o.ku.te./se.n.ta.ku.mo.no.
ga./ka.wa.ka.na.i.

最近雨天很多，晒的衣服都不乾。

潮濕

141

必備單字

じめじめ 【副】潮濕、濕漉漉的

ji.me.ji.me.

梅雨のじめじめした天気が続いています。
つゆ　　　　　　　　てんき　つづ

tsu.yu.no./ji.me.ji.me./shi.ta./te.n.ki.ga./tsu.zu.i.te./
i.ma.su.

梅雨期濕的天氣一直持續著。

舉一反三

ぬるぬる 【副】黏滑、濕滑

nu.ru.nu.ru.

昨日の雨で地面がぬるぬるになった。
きのう　あめ　　じめん

ki.no.u.no./a.me.de./ji.me.n.ga./nu.ru.nu.ru.ni./
na.tta.

昨天下雨地上濕濕滑滑的。

しっとり 【副】濕潤、滋潤

shi.tto.ri.

ローションで肌をしっとりさせた。
はだ

ro.o.sho.n.de./ha.da.o./shi.tto.ri./sa.se.ta.

用乳液讓皮膚變得滋潤。

潤う 【動】潤澤、濕潤
うるお
u.ru.o.u. 【類】湿り気
　　　　　　しめ　け

雨で畑が潤った。
あめ　はたけ　うるお

a.me.de./ha.ta.ke.ga./u.ru.o.tta.

下雨讓田地變得潤澤。

常用名詞篇

時間篇

感想篇

事情狀況篇

物品狀態篇

慣用句篇

冷 🎧142

必備單字

寒い　　　　　　【形】冷
さむ

sa.mu.i.

外は寒いから家で遊ぼうよ。
そと　さむ　　　　いえ　あそ

so.to.wa./sa.mu.i./ka.ra./i.e.de./a.so.bo.u.yo.

外面很冷，在家玩吧。

舉一反三

冷える　　　　　【動】感覺冷、寒冷、變冷
ひ

hi.e.ru.　　　　　【類】凍える
　　　　　　　　　　　　こご

朝晩は冷えるので、暖かくしてお過ごしくださ
あさばん　ひ　　　　　　　あたた　　　　　　　す

い。

a.sa.ba.n.wa./hi.e.ru./no.de./a.ta.ta.ka.ku./shi.te./o.su.
go.shi./ku.da.sa.i.

早晚會變冷，請注意日常生活保暖。

冷え込む　　　　【動】驟冷、受寒
ひ　こ

hi.e.ko.mu.

今朝は一段と冷え込んだ。
けさ　いちだん　ひ　こ

ke.sa.wa./i.chi.da.n.to./hi.e.ko.n.da.

今早變得更冷。

寒さ　　　　　　【名】寒冷
さむ

sa.mu.sa.　　　　　【類】寒気
　　　　　　　　　　　　かんき

体の芯まで凍えるほどの冬の寒さを感じた。
からだ　しん　　　こご　　　　　　ふゆ　さむ　　かん

ka.ra.da.no./shi.n./ma.de./ko.go.e.ru./ho.do.no./fu.yu.
no./sa.mu.sa.o./ka.n.ji.ta.

感受到冬天連骨頭都凍僵的寒冷。

熱

142

必備單字

暑い 【形】熱
あつ

a.tsu.i.

まだまだ暑い日が続いている。
ma.da.ma.da./a.tsu.i./hi.ga./tsu.zu.i.te./i.ru.
炎熱的日子還持續著。

舉一反三

蒸し暑い 【形】濕熱、悶熱
む あつ

mu.shi.a.tsu.i. 【類】ムシムシ

この国の夏は、蒸し暑くジメジメとしたシーズンで
す。
ko.no./ku.ni.no./na.tsu.wa./mu.shi.a.tsu.ku./ji.me.
ji.me./to.shi.ta./shi.i.zu.n.de.su.
這國家的夏天是悶熱潮濕的季節。

炎天下 【名】烈日下
えんてんか

e.n.te.n.ka.

彼らは朝から炎天下で作業して熱中症になった。
かれ あさ えんてんか さぎょう ねっちゅうしょう
ka.re.ra.wa./a.sa./ka.ra./e.n.te.n.ka.de./sa.gyo.u./shi.
te./ne.cchu.u.sho.u.ni./na.tta.
他們從早上就在烈日下工作，所以中暑了。

猛暑 【名】酷暑
もうしょ

mo.u.sho. 【類】酷暑
こくしょ

猛暑で水不足が深刻になった。
もうしょ みずぶそく しんこく
mo.u.sho.de./mi.zu.bu.so.ku.ga./shi.n.ko.ku.ni./na.tta.
因為酷暑，所以缺水情況也變得嚴重。

常用名詞篇

時間篇

感想篇

事情狀況篇

物品狀態篇

慣用句篇

冰涼

🎧143

必備單字

冷たい 【形】冷的、冰涼

つめ

tsu.me.ta.i.

何か冷たい飲み物はいかがですか？
なに つめ の もの

na.ni.ka./tsu.me.ta.i./no.mi.mo.no.wa./i.ka.ga.de.su.ka.

要不要來點冷飲？

舉一反三

ひんやり 【副】涼爽、冰涼

hi.n.ya.ri.

冷房のひんやりした空気が気持ちいい。
れいぼう くうき き も

re.i.bo.u.no./hi.n.ya.ri./shi.ta./ku.u.ki.ga./ki.mo.chi./i.i.

冷氣冰涼的空氣感覺很舒服。

涼しい 【形】涼快

すず

su.zu.shi.i.

今日は曇っていて少し涼しい。
きょう くも すこ すず

kyo.u.wa./ku.mo.tte./i.te./su.ko.shi./su.zu.shi.i.

今天是陰天比較涼快。

冷める 【動】冷掉

さ

sa.me.ru.

コーヒーが冷める前に飲んでください。
さ まえ の

ko.o.hi.i.ga./sa.me.ru./ma.e.ni./no.n.de./ku.da.sa.i.

在咖啡冷掉之前請喝。

燙

143

必備單字

熱い　【形】熱、燙
あつ

a.tsu.i.

暑いときに熱いものは食べたくない。
あつ　　　　　　あつ　　　　　　　　た

a.tsu.i./to.ki.ni./a.tsu.i./mo.no.wa./ta.be.ta.ku.na.i.
熱的時候就不想吃燙的食物。

舉一反三

熱々　【副】熱騰騰
あつあつ

a.tsu.a.tsu.

焼き立ての熱々のパンが食べたい。
や　　た　　　あつあつ　　　　　　　た

ya.ki.ta.te.no./a.tsu.a.tsu.no./pa.n.ga./ta.be.ta.i.
想吃剛烤好熱騰騰的麵包。

湯気　【名】熱氣、蒸氣
ゆ　げ

yu.ge.

湯気でめがねが曇った。
ゆ　げ　　　　　　　　　くも

yu.ge.de./me.ga.ne.ga./ku.mo.tta.
蒸氣讓眼鏡起霧。

沸騰　【名】沸騰
ふっとう

fu.tto.u.

お鍋の水が沸騰してから卵を入れる。
なべ　みず　ふっとう　　　　　　たまご　い

o.na.be.no./mi.zu.ga./fu.tto.u./shi.te./ka.ra./ta.ma.
go.o./i.re.ru.
鍋裡的水沸騰後把蛋加進去。

常用名詞篇

時間篇

感想篇

事情狀況篇

物品狀態篇

慣用句篇

293

天然

 144

必備單字

自然 しぜん 【形、名】自然、天生

shi.ze.n.

この料理に自然の甘みを感じた。
りょうり しぜん あま かん

ko.no./ryo.u.ri.ni./shi.ze.n.no./a.ma.mi.o./ka.n.ji.ta.

這道料理可以感受到自然的甜味。

舉一反三

天然 てんねん 【名、形】天然

te.n.ne.n.

このクリームは、天然のオイルを使っている。
てんねん つか

ko.no./ku.ri.i.mu.wa./te.n.ne.n.no./o.i.ru.o./tsu.ka.tte./i.ru.

這鮮奶油是用天然的油。

大自然 だいしぜん 【名】大自然

da.i.shi.ze.n.

大自然の中で過ごすことが大好きです。
だいしぜん なか す だいす

da.i.shi.ze.n.no./na.ka.de./su.go.su./ko.to.ga./da.i.su.ki.de.su.

很喜歡在大自然中生活。

ナチュラル 【形】自然

na.chu.ra.ru.

今日はナチュラルなメイクがしたい。
きょう

kyo.u.wa./na.chu.ra.ru.na./me.i.ku.ga./shi.ta.i.

今天想上自然的妝。

人工

必備單字

人工 <ruby>じんこう</ruby>
ji.n.ko.u.
【形】人工
【類】不自然 <ruby>ふしぜん</ruby>

<ruby>しない</ruby>市内のテーマパークには人工 <ruby>じんこう</ruby>のビーチがあります
shi.na.i.no./te.e.ma.pa.a.ku./ni.wa./ji.n.ko.u.no./bi.i.chi.ga./a.ri.ma.su.
市區裡的主題樂園有人工海灘。

舉一反三

加工 <ruby>かこう</ruby>
ka.ko.u.
【名】加工

スマホで撮 <ruby>と</ruby>った写真 <ruby>しゃしん</ruby>をアプリで加工 <ruby>かこう</ruby>してみた。
su.ma.ho.de./to.tta./sha.shi.n.no./a.pu.ri.de./ka.ko.u./shi.te./mi.ta.
試著用 APP 加工手機拍的照片。

人為的 <ruby>じんいてき</ruby>
ji.n.i.te.ki.
【形】人工、人為

<ruby>こんかい</ruby>今回の衝突事故 <ruby>しょうとつじこ</ruby>は人為的 <ruby>じんいてき</ruby>ミスの可能性 <ruby>かのうせい</ruby>がある。
ko.n.ka.i.no./sho.u.to.tsu.ji.ko.wa./ji.n.i.te.ki./mi.su.no./ka.no.u.se.i.ga./a.ru.
這次的追撞意外有可能是人為疏失。

製造 <ruby>せいぞう</ruby>
se.i.zo.u.
【名】製造
【類】生産 <ruby>せいさん</ruby>

<ruby>ともだち</ruby>友達はお菓子 <ruby>かし</ruby>を製造 <ruby>せいぞう</ruby>する会社 <ruby>かいしゃ</ruby>で働 <ruby>はたら</ruby>いている。
to.mo.da.chi.wa./o.ka.shi.o./se.i.zo.u./su.ru./ka.i.sha.
de./ha.ta.ra.i.te./i.ru.
朋友在製造零食的公司工作。

常用名詞篇

時間篇

感想篇

事情狀況篇

物品狀態篇

慣用句篇

硬 　　　　　 ∩145

硬い　_{かた}　【形】硬

ka.ta.i.

【類】固い、堅い、硬直

ベッドが硬くて、夜中に何回も目が覚めた。

be.ddo.ga./ka.ta.ku.te./yo.na.ka.ni./na.n.ka.i.mo./me.ga./sa.me.ta.

床太硬，晚上醒了好幾次。

カチカチ　【副】硬梆梆

ka.chi.ka.chi.　【類】カッチンコッチン

アイスが凍りすぎてカチカチに固くなった。

a.i.su.ga./ko.o.ri.su.gi.te./ka.chi.ka.chi.ni./ka.ta.ku.na.tta.

冰淇淋冰太久了，變得硬梆梆。

パリパリ　【副】脆

pa.ri.pa.ri.

薄焼きせんべいがパリパリしていておいしいです。

u.su.ya.ki.se.n.be.i.ga./pa.ri.pa.ri./shi.te./i.te./o.i.shi.i.de.su.

薄燒仙貝脆脆的很好吃。

ごわごわ　【副】強韌、不滑順

go.wa.go.wa.

髪がごわごわでまとまらない。

ka.mi.ga./go.wa.go.wa.de./ma.to.ma.ra.na.i.

頭髮很不滑順，不好整理。

軟

必備單字

柔らかい　【形】柔軟、柔嫩
やわ

ya.wa.ra.ka.i.

昨日買った牛肉はとても柔らかい。
きのう か　ぎゅうにく　　　　　　　やわ

ki.no.u./ka.tta./gyu.u.ni.ku.wa./to.te.mo./ya.wa.ra.ka.i.

昨天買的牛肉非常嫩。

舉一反三

ふわふわ　【副】輕飄飄、軟綿綿
fu.wa.fu.wa.　　【類】ふんわり

干した後の布団はふわふわして気持ちがいい。
ほ　　　あと　ふとん　　　　　　　　　　　きも

ho.shi.ta./a.to.no./fu.to.n.wa./fu.wa.fu.wa./shi.te./ki.mo.chi.ga./i.i.

晒過的棉被，軟綿綿的很舒服。

ソフト　　【副】軟
so.fu.to.

この革靴はソフトで履き心地がいい。
かわぐつ　　　　　　　　は　ここち

ko.no./ka.wa.gu.tsu.wa./so.fu.to.de./ha.ki.ko.ko.chi.ga./i.i.

這皮鞋很軟，穿起來很舒服。

とろとろ　【副】軟爛、滑溜
to.ro.to.ro.

ふわふわでとろとろなスクランブルエッグが食べたい。
　　　　　　　　　　　　　　　　　　　　　　た

fu.wa.fu.wa.de./to.ro.to.ro.na./su.ku.ra.n.bu.ru.e.ggu.ga./ta.be.ta.i.

想吃鬆軟滑嫩的美式炒蛋。

常用名詞篇

時間篇

感想篇

事情狀況篇

物品狀態篇

慣用句篇

新鮮

🎧146

必備單字

新鮮
しんせん

【形】新鮮

shi.n.se.n.

新鮮な魚が食べたい。
しんせん さかな た

shi.n.se.n.na./sa.ka.na.ga./ta.be.ta.i.

想吃新鮮的魚。

舉一反三

フレッシュ

【形】新鮮

fu.re.sshu.

ここでフレッシュな野菜が手頃な価格で買える。
やさい てごろ かかく か

ko.ko.de./fu.re.sshu.na./ya.sa.i.ga./te.go.ro.na./ka.ka.ku.de./ka.e.ru.

這裡可以用合理的價格買到新鮮的蔬菜。

ほやほや

【副】剛剛才、熱騰騰

ho.ya.ho.ya.

できたてほやほやの肉まんが好き。
にく す

de.ki.ta.te./ho.ya.ho.ya.no./ni.ku.ma.n.ga./su.ki.

喜歡剛出爐熱騰騰的肉包。

できたて

【名】現做、剛做好、新做的

de.ki.ta.te.

できたてのおいしいお酒を飲んでみてください
さけ の

de.ki.ta.te.no./o.i.shi.i./o.sa.ke.o./no.n.de./mi.te./ku.da.sa.i.

請喝看看剛釀好的酒。

腐壊

必備單字

腐る　【動】腐敗、臭了

ku.sa.ru.

停電で冷蔵庫の中の食べ物が腐っちゃった。

te.i.de.n.de./re.i.zo.u.ko.no./na.ka.no./ta.be.mo.no.
ga./ku.sa.ccha.tta.

因為停電，冰箱裡的食物都壞了。

舉一反三

傷む　【動】腐壞

i.ta.mu.

雨で花が傷んだ。

a.me.de./ha.na.ga./i.ta.n.da.

下雨的關係花都腐壞了。

腐敗　【名】腐敗

fu.ha.i.

夏場は果物が腐敗しやすい。

na.tsu.ba.wa./ku.da.mo.no.ga./fu.ha.i./shi.ya.su.i.

夏天時水果容易腐敗。

生臭い　【形】腥

na.ma.gu.sa.i.

自分で捌いた魚は刺身では生臭くて食べられない。

ji.bu.n.de./sa.ba.i.ta./sa.ka.na.wa./sa.shi.mi.de.wa./
na.ma.gu.sa.ku.te./ta.be.ra.re.na.i.

自己處理的魚如果做成生魚片的話，會很腥沒辦法吃。

黏稠

🎧147

べたべた
be.ta.be.ta.

【副】黏、黏糊糊

【類】べとべと

<ruby>汗<rt>あせ</rt></ruby>でシャツがべたべたとくっつく。
a.se.de./sha.tsu.ga./be.ta.be.ta.to./ku.ttsu.ku.
因為流汗，襯衫都黏著。

舉一反三

ねっとり
ne.tto.ri.

【副】黏、黏糊糊

【類】ねばっこい

ペンキはまだ<ruby>乾<rt>かわ</rt></ruby>かず、ねっとりしている。
pe.n.ki.wa./ma.da./ka.wa.ka.zu./ne.tto.ri./shi.te./i.ru.
油漆還沒乾，所以黏黏的。

ねばねば
ne.ba.ne.ba.

【副】黏糊糊

【類】ぬるぬる

<ruby>納豆<rt>なっとう</rt></ruby>で<ruby>口<rt>くち</rt></ruby>の<ruby>周<rt>まわ</rt></ruby>りがねばねばする。
na.tto.u.de./ku.chi.no./ma.wa.ri.ga./ne.ba.ne.ba./su.ru.
因為納豆，嘴巴周圍黏黏的。

べたつく
be.ta.tsu.ku.

【副】黏

【反】さっぱり (清爽)

<ruby>台所<rt>だいどころ</rt></ruby>のあちこちは<ruby>油<rt>あぶら</rt></ruby>でべたついている。
da.i.do.ko.ro.no./a.chi.ko.chi.wa./a.bu.ra.de./be.ta.tsu.i.te./i.ru.
廚房到處都黏黏的。

Chapter 12
慣用句篇

懶人日語單字
舉 一 反 三 的
**日語
單字書**

含「頭」的慣用句 🎧148

必備單字

頭 が上がらない　　【常】抬不起頭
あたま　　あ

a.ta.ma.ga./a.ga.ra.na.i.

彼は奥さんには頭が上がらない。
かれ　おく　　　　　あたま　あ

ka.re.wa./o.ku.sa.n.ni.wa./a.ta.ma.ga./a.ga.ra.na.i.

他在老婆面前抬不起頭。

舉一反三

頭 を冷やす　　【常】讓頭腦冷靜下來、冷靜
あたま　ひ

a.ta.ma.o./hi.ya.su.

頭を冷やして考え直しなさい。
あたま　ひ　　　　　かんが　なお

a.ta.ma.o./hi.ya.shi.te./ka.n.ga.e.na.o.shi./na.sa.i.

冷靜下來再重新思考吧。

頭 を振る　　【常】搖頭、否定
あたま　ふ

a.ta.ma.o./fu.ru.

母は返事のかわりにただ頭を振っただけだった。
はは　へんじ　　　　　　　　あたま　ふ

ha.ha.wa./he.n.ji.no./ka.wa.ri.ni./ta.da./a.ta.ma.o./
fu.tta./da.ke.da.tta.

母親只是以搖頭代替回答。

頭 を下げる　　【常】低頭拜託
あたま　さ

a.ta.ma.o./sa.ge.ru.

彼は頭を下げる事が嫌いだ。
かれ　あたま　さ　　　こと　きら

ka.re.wa./a.ta.ma.o./sa.ge.ru./ko.to.ga./ki.ra.i.da.

他討厭向人低頭拜託。

含「顏」的慣用句 🎧 14

必備單字

顔を潰す

ka.o.o./tsu.bu.su.

【常】害人臉上無光、丟了面子

【類】顔を潰れる、顔に泥を塗る

彼は恩師の顔を潰してしまった。
ka.re.wa./on.shi.no./ka.o.o./tsu.bu.shi.te./shi.ma.tta.
他丟了恩師的臉。

舉一反三

顔が広い

ka.o.ga./hi.ro.i.

【常】人面很廣

友達は顔が広いから、よく有名人を紹介してくれる。
to.mo.da.chi.wa./ka.o.ga./hi.ro.i./ka.ra./yo.ku./yu.u.me.i.ji.n.no./sho.u.ka.i./shi.te./ku.re.ru.
朋友的人面很廣，經常介紹名人給我認識。

顔から火が出る

ka.o./ka.ra./hi.ga./de.ru.

【常】害羞得臉紅

友達に笑われて顔から火が出るような気持ちだった。
to.mo.da.chi.ni./wa.ra.wa.re.te./ka.o./ka.ra./hi.ga./de.ru./yo.u.na./ki.mo.chi.da.tta.
被朋友笑，覺得害羞得臉都紅了。

顔を立てる

ka.o.o./ta.te.ru.

【常】給面子

ここは先輩の顔を立てて出番を譲るとしよう。
ko.ko.wa./se.n.pa.i.no./ka.o.o./ta.te.te./de.ba.n.o./yu.zu.ru.to./shi.yo.u.
這裡應該要給前輩面子，讓前輩出場。

常用名詞篇

時間篇

感想篇

事情狀況篇

物品狀態篇

慣用句篇

含「眼」的慣用句 🎧149

必備單字

大目に見る　　　【常】寬恕

o.o.me.ni./mi.ru.

些細な過ちは大目に見てください。
sa.sa.i.na./a.ya.ma.chi.wa./o.o.me.ni./mi.te./ku.da.sa.i.
小過錯就請寬恕一下。

舉一反三

目が高い　　　【常】眼光很高

me.ga./ta.ka.i.

お目が高いですね。
o.me.ga./ta.ka.i.de.su.ne.
您真有眼光。

目が散る　　　【常】眼花撩亂

me.ga./chi.ru.

目が散って何を見たらいいのか全然わからない。
me.ga./chi.tte./na.ni.o./mi.ta.ra./i.i.no.ka./ze.n.ze.n./
wa.ka.ra.na.i.
眼花撩亂，不知道該看什麼好。

目が点になる　　　【常】驚訝、目瞪口呆

me.ga./te.n.ni./na.ru.

犬のありえない行動に目が点になった。
i.nu.no./a.ri.e.na.i./ko.u.do.u.ni./me.ga./te.n.ni./na.tta.
被小狗不可思議的動作嚇得目瞪口呆。

含「耳」的慣用句 🎧 14

必備單字

耳が痛い　　　【常】被指出弱點而聽不下去
みみ　いた

mi.mi.ga./i.ta.i.

間違いを指摘されて耳が痛い。
まちが　　　してき　　　みみ　いた

ma.chi.ga.i.o./shi.te.ki./sa.re.te./mi.mi.ga./i.ta.i.
被指謫錯誤聽了覺得很難受。

舉一反三

耳が遠い　　　【常】耳背
みみ　とお

mi.mi.ga./to.o.i.

祖父は耳が遠いので、よくトンチンカンな返事を
そ ふ　みみ　とお　　　　　　　　　　　　　　　　　　　　へんじ
する。

so.fu.wa./mi.mi.ga./to.o.i./no.de./yo.ku./to.n.chi.n.ka.
n.na./he.n.ji.o./su.ru.
祖父因為耳背，回答常會牛頭不對馬嘴。

耳に障る　　　【常】聽了不舒服、覺得吵
みみ　さわ

mi.mi.ni./sa.wa.ru.　【類】耳障り
　　　　　　　　　　　　　　　みみざわ

車のエンジン音は耳に障る。
くるま　　　　　　　　おん　みみ　さわ

ku.ru.ma.no./e.n.ji.n.o.n.wa./mi.mi.ni./sa.wa.ru.
車子的引擎聲讓人聽了不舒服。

小耳に挟む　　　【常】聽說
こみみ　はさ

ko.mi.mi.ni./ha.sa.mu.

驚きのニュースを小耳に挟んだ。
おどろ　　　　　　　　　　　こみみ　はさ

o.do.ro.ki.no./nyu.u.su.o./ko.mi.mi.ni./ha.sa.n.da.
聽說了驚人的新聞。

常用名詞篇

時間篇

感想篇

事情狀況篇

物品狀態篇

慣用句篇

含「鼻」的慣用句 🎧150

鼻息が荒い 【常】蓄勢待發

ha.na.i.ki.ga./a.ra.i.

今年こそ優勝するぞとキャプテンは鼻息が荒い。

ko.to.shi./ko.so./yu.u.sho.u./su.ru.zo.to./kya.pu.te.
n.wa./ha.na.i.ki.ga./a.ra.i.

隊長蓄勢待發地說今年一定要優勝。

鼻が高い 【常】感到驕傲

ha.na.ga./ta.ka.i.

姉妹でメダルを獲得したのですから家族も鼻が高い
でしょうね。

shi.ma.i.de./me.da.ru.o./ka.ku.to.ku./shi.ta.no.de.su.
ka.ra./ka.zo.ku.mo./ha.na.ga./ta.ka.i.de.sho.u.ne.

姉妹都獲得獎牌，家人一定也感到很驕傲吧。

鼻で笑う 【常】瞧不起、恥笑

ha.na.de./wa.ra.u.

後輩をバカにして鼻で笑ったことを謝らなければな
らない。

ko.u.ha.i.o./ba.ka.ni./shi.te./ha.na.de./wa.ra.tta./ko.to.
o./a.ya.ma.ra.na.ke.re.ba./na.ra.na.i.

把後輩當傻瓜並恥笑他們的事，必需道歉。

鼻につく 【常】煩膩

ha.na.ni./tsu.ku.

彼のけだるい話し方が鼻につく。

ka.re.no./ke.da.ru.i.ha.na.shi.ka.ta.ga./ha.na.ni./tsu.ku.

對他那慵懶的說話方式感到煩膩。

含「口」的慣用句

必備單字

開いた口が塞がらない　　　【常】目瞪口呆

a.i.ta./ku.chi.ga./fu.sa.ga.ra.na.i.

彼の無責任な態度には開いた口が塞がらない。
ka.re.no./mu.se.ki.ni.n.na./ta.i.do./ni.wa./a.i.ta./ku.
chi.ga./fu.sa.ga.ra.na.i.
他那不負責任的態度讓人目瞪口呆。

舉一反三

口がうまい　　　【常】很會說話、舌燦蓮花

ku.chi.ga./u.ma.i.

あのセールスマンは口がうまい。
a.no./se.e.ru.su.ma.n.wa./ku.chi.ga./u.ma.i.
那個業務很會說話。

口が堅い　　　【常】口風很緊

ku.chi.ga./ka.ta.i.

あの人は口が堅いから、教えても大丈夫だ。
a.no./hi.to.wa./ku.chi.ga./ka.ta.i./ka.ra./o.shi.e.te.
mo./da.i.jo.u.bu.da.
那人口風很緊，告訴他也沒關係。

口が軽い　　　【常】口風不緊

ku.chi.ga./ka.ru.i.

田中くんは口が軽いからこのことは彼に言わない
方がいい。
ta.na.ka.ku.n.wa./ku.chi.ga./ka.ru.i./ka.ra./ko.no.ko.to.
wa./ka.re.ni./i.wa.na.i./ho.u.ga./i.i.
田中君的口風很不緊，這事最好別告訴他。

常用名詞篇

時間篇

感想篇

事情狀況篇

物品狀態篇

慣用句篇

307

含「心」的慣用句 🎧151

必備單字

怒り心頭に発する　　【常】燃起心頭怒火

i.ka.ri.shi.n.to.u.ni./ha.ssu.ru.

皆の前で先輩に罵倒されて怒り心頭に発した。

mi.na.no./ma.e.de./se.n.pa.i.ni./ma.to.u./sa.re.te./i.ka.
ri.shi.n.to.u.ni./ha.sshi.ta.

在大家面前被前輩痛罵，燃起了心頭怒火。

舉一反三

心 が痛む　　【常】心痛

ko.ko.ro.ga./i.ta.mu.

被災者の苦しみを思うと 心 が痛む。

hi.sa.i.sha.no./ku.ru.shi.mi.o./o.mo.u.to./ko.ko.ro.ga./
i.ta.mu.

想到受災者的苦難，就覺得心痛。

心 ここにあらず　　【常】心不在焉

ko.ko.ro./ko.ko.ni./a.ra.zu.

試合のときは両親の体調が心配で心ここにあらず
だった。

shi.a.i.no./to.ki.wa./ryo.u.shi.n.no./ta.i.cho.u.ga./shi.
n.pa.i.de./ko.ko.ro./ko.ko.ni./a.ra.zu.da.tta.

比賽時因為擔心父母的健康而心不在焉。

心 に刻む　　【常】銘記在心

ko.ko.ro.ni./ki.za.mu.

仲間たちと記念撮影して、思い出を 心 に刻んだ。

na.ka.ma.ta.chi.to./ki.ne.n.sa.tsu.e.i./shi.te./o.mo.i.de.
o./ko.ko.ro.ni./ki.za.n.da.

和同伴們攝影留念，將回憶銘記在心。

含「手」的慣用句 🎧 15

必備單字

て ば
手早い　　　　　　【常】動作迅速

te.ba.ya.i.

かれ　しごと　てばや
彼は仕事が手早い。

ka.re.wa./shi.go.to.ga./te.ba.ya.i.

他工作動作很快。

舉一反三

て　ぬ
手を抜く　　　　【常】偷懶

te.o./nu.ku.

いそが　　　　　しごと　て　ぬ
忙しくても仕事は手を抜いちゃダメです。

i.so.ga.shi.ku.te.mo./shi.go.to.wa./te.o./nu.i.cha./
da.me.de.su.

就算再忙，工作也不能偷懶。

て　あし　で
手も足も出ない　　　　【常】束手無策

te.mo.a.shi.mo./de.na.i.

　　　しごと　むずか　　　　て　あし　で
この仕事は難しくて手も足も出ない。

ko.no./shi.go.to.wa./mu.zu.ka.shi.ku.te./te.mo.a.shi.
mo./de.na.i.

這工作太難，讓人束手無策。

て あ
お手上げ　　　　【常】舉手投降、無計可施

o.te.a.ge.

　　　もんだい　　　　て あ
この問題はお手上げだ。

ko.no./mo.n.da.i.wa./o.te.a.ge.da.

這問題讓人無計可施。

常用名詞篇

時間篇

感想篇

事情狀況篇

物品狀態篇

慣用句篇

含「腳」的慣用句 ∩ 152

足が重い 【常】不想動、提不起勁

a.shi.ga./o.mo.i.

検査結果を聞きに行くのは足が重い。
ke.n.sa.ke.kka.o./ki.ki.ni./i.ku./no.wa./a.shi.ga./o.mo.i.
提不起勁去看檢查結果。

足が地に着かない 【常】很興奮、不腳踏實地

a.shi.ga./chi.ni./tsu.ka.na.i.

決勝進出が決まり、足が地に着かない。
ke.ssho.u.shi.n.shu.tsu.ga./ki.ma.ri./a.shi.ga./chi.ni./
tsu.ka.na.i.
確定進入決賽，興奮得不得了。

足が棒になる 【動】腳如千斤重、腳很痠

a.shi.ga./bo.u.ni./na.ru.

1日中歩いて、足が棒になってしまった。
i.chi.ni.chi.ju.u./a.ru.i.te./a.shi.ga./bo.u.ni./na.tte./shi.
ma.tta.
走了1整天，腳痠得就像千斤重。

足が出る 【動】錢不夠

a.shi.ga./de.ru.

お金を使いすぎて足が出た。
o.ka.ne.o./tsu.ka.i.su.gi.te./a.shi.ga./de.ta.
花太多錢了，錢不夠用。

含「腹」的慣用句 🎧 15

必備單字

腹が黒い 【常】黑心、內心奸詐邪惡

ha.ra.ga./ku.ro.i.

【類】腹黒い

あの男はいつもニコニコしているが、実は腹が黒い。

a.no./o.to.ko.wa./i.tsu.mo./ni.ko.ni.ko./shi.te./i.ru.ga./ji.tsu.wa./ha.ra.ga./ku.ro.i.

那男的雖然笑盈盈的，其實很黑心。

舉一反三

腹を決める 【動】下定決心

ha.ra.o./ki.me.ru.

この道を進むという腹を決めたら、全力で突き進めばいい。

ko.no./mi.chi.o./su.su.mu./to.i.u./ha.ra.o./ki.me.ta.ra./ze.n.ryo.ku.de./tsu.ki.su.su.me.ba./i.i.

一旦下定決心要走這條路，就盡全力前進。

腹を割る 【動】敞開心房

ha.ra.o./wa.ru.

彼とは一度腹を割って話したいと思っている。

ka.re./to.wa./i.chi.do./ha.ra.o./wa.tte./ha.na.shi.ta.i.to./o.mo.tte./i.ru.

想和他敞開心房聊一聊。

太腹 【名】大方

fu.to.ba.ra.

【類】太っ腹

さすが課長、今日も奢ってくれた。太腹だね。

sa.su.ga./ka.cho.u./kyo.u.mo./o.go.tte./ku.re.ta./fu.to.ba.ra.da.ne.

不愧是課長，今天也請客。真是大方。

常用名詞篇
時間篇
感想篇
事情狀況篇
物品狀態篇
慣用句篇

含「骨」的慣用句 🎧153

骨が折れる
ほね　お

【常】費力、費好大的勁

ho.ne.ga./o.re.ru.

【類】骨を折る
ほね　お

せんもんようご　まな　　　ほね　お
専門用語を学ぶのは骨が折れる。

se.n.mo.n.yo.u.go.o./ma.na.bu./no.wa./ho.ne.ga./o.re.ru.

為了學專業用語費了好大的勁。

舉一反三

骨身を削る
ほねみ　けず

【常】盡心盡力

ho.ne.mi.o./ke.zu.ru.

【類】骨身を惜しまず
ほねみ　お

ながねん　あいだ　　ほねみ　けず　　　はたら
長年の間、骨身を削って働いた。

na.ga.ne.n.no.a.i.da./ho.ne.mi.o./ke.zu.tte.ha.ta.ra.i.ta.

長久以來，一直盡心盡力工作。

馬の骨
うま　ほね

【常】來歷不明的人

u.ma.no./ho.ne.

かれ　　　　　　　うま　ほね　　　し
彼はどこの馬の骨とも知れないやつだ。

ka.re.wa./do.ko.no./u.ma.no./ho.ne.to.mo./shi.re.na.i./ya.tsu.da.

他是來歷不明的人。

真骨頂
しんこっちょう

【名】真本事、真工夫

shi.n.ko.ccho.u.

こ　の　　さくひん　　　　かれ　しんこっちょう　　しめ
この作品こそ、彼の真骨頂を示すものだ。

ko.no./sa.ku.hi.n./ko.so./ka.re.no./shi.n.ko.ccho.u.o./shi.me.su./mo.no.da.

這作品才能顯示了他的真本事。

含「肝」的慣用句 🎧 1.

必備單字

肝が据わる 【常】有膽識
きも　す

ki.mo.ga./su.wa.ru. 【類】腹が据わる
はら　す

彼は肝が据わっている。問題があっても動じな
かれ　きも　す　　　　　　　　　もんだい　　　　　　　どう
い。

ka.re.wa./ki.mo.ga./su.wa.tte./i.ru./mo.n.da.i.ga./
a.tte.mo./do.u.ji.na.i.

他很有膽識，有問題也不為所動。

舉一反三

肝に銘じる 【常】銘記在心
きも　めい

ki.mo.ni./me.i.ji.ru. 【類】肝に銘ずる
きも　めい

彼の忠告を肝に銘じている。
かれ　ちゅうこく　きも　めい

ka.re.no./chu.u.ko.ku.o./ki.mo.ni./me.i.ji.te./i.ru.

把他的忠告銘記在心。

肝をつぶす 【常】嚇破膽
きも

ki.mo.o./tsu.bu.su.

電車にひかれそうになって肝をつぶした。
でんしゃ　　　　　　　　　　　　きも

de.n.sha.ni./hi.ka.re.so.u.ni./na.tte./ki.mo.o./tsu.
bu.shi.ta.

差點被電車撞上，嚇破了膽。

度肝を抜く 【常】嚇一大跳、大吃一驚
どぎも　ぬ

do.gi.mo.o./nu.ku. 【類】荒肝を抜く
あらぎも　ぬ

彼女のファッションに度肝を抜かれた。
かのじょ　　　　　　　　　　　どぎも　ぬ

ka.no.jo.no./fa.ssho.n.ni./do.gi.mo.o./nu.ka.re.ta.

為她的打扮大吃一驚。

常用名詞篇

時間篇

感想篇

事情狀況篇

物品狀態篇

慣用句篇

含「氣息」的慣用句 🎧154

息が切れる 【常】上氣不接下氣
いき き

i.ki.ga./ki.re.ru.

階段を駆け上がったので、息が切れた。
かいだん か あ いき き
ka.i.da.n.o./ka.ke.a.ga.tta./no.de./i.ki.ga./ki.re.ta.
因為奔跑上樓，喘得上氣不接下氣。

舉一反三

息が合う 【常】合拍、合得來
いき あ

i.ki.ga./a.u.

私 は彼と息が合わない。
わたし かれ いき あ
wa.ta.shi.wa./ka.re.to./i.ki.ga./a.wa.na.i.
我和他很不合拍。

息が詰まる 【常】喘不過氣
いき つ

i.ki.ga./tsu.ma.ru.

ストレスが溜まって息が詰まりそうです。
た いき つ
su.to.re.su.ga./ta.ma.tte./i.ki.ga./tsu.ma.ri.so.u.de.su.
累積了很多壓力，覺得快喘不過氣。

息が長い 【常】常青樹
いき なが

i.ki.ga./na.ga.i.

このグループ、まだ活動してるんだ。息が長いな。
かつどう いき なが
ko.no./gu.ru.u.pu./ma.da./ka.tsu.do.u./shi.te.ru.n.da./
i.ki.ga./na.ga.i.na.
那個團體還在活動啊，真是常青樹呢。

含「蟲」的慣用句 🎧 15

常用名詞篇

時間篇

感想篇

事情狀況篇

物品狀態篇

慣用句篇

必備單字

虫の知らせ 【常】第六感

mu.shi.no./shi.ra.se.

後から思えば、虫の知らせかもしれないが、途中で引き返したため事故に巻き込まれずに済んだ。

a.to./ka.ra./ka.n.ga.e.ba./mu.shi.no./shi.ra.se./ka.mo.
shi.re.na.i.ga./to.chu.u.de./hi.ki.ka.e.shi.ta./ta.me./
ji.ko.ni./ma.ki.ko.ma.re.zu.ni./su.n.da.

事後回想，可能因為第六感所以途中折返沒被捲入事故。

舉一反三

虫の居所が悪い 【常】心情不好

mu.shi.no./i.do.ko.ro.ga./wa.ru.i.

部長、朝から虫の居所が悪いね。声をかけないほうがいい。

bu.cho.u./a.sa.ka.ra./mu.shi.no./i.do.ko.ro.ga./wa.ru.
i.ne./ko.e.o./ka.ke.na.i./ho.u.ga./i.i.

部長，從早上就心情不好。還是別和他講話好。

虫が好かない 【常】莫名討厭

mu.shi.ga./su.ka.na.i.

あの人はなんとなく虫が好かないやつだ。

a.no.hi.to.wa./na.n.to.na.ku./mu.shi.ga./su.ka.na.i./
ya.tsu.da.

那個人就是莫名讓人討厭。

國家圖書館出版品預行編目(CIP)資料

懶人日語單字：舉一反三的日語單字書／雅典日研所
編著.--二版.--新北市：雅典文化,民108.09
面；　公分--(全民學日語；55)
ISBN 978-986-97795-3-1(平裝附光碟片)

1.日語 2.詞彙

803.12　　　　　　　　　　　　108011096

懶人日語單字：舉一反三的日語單字書

編著／雅典日研所
責編／許惠萍
美術編輯／許惠萍
封面設計／林鈺恆

法律顧問：方圓法律事務所／涂成樞律師

總經銷：永續圖書有限公司　　　CVS代理／美璟文化有限公司
永續圖書線上購物網　　　　　TEL：(02) 2723-9968
www.foreverbooks.com.tw　　　FAX：(02) 2723-9668

出版日／2019年09月

雅典文化

出版社

22103　新北市汐止區大同路三段194號9樓之1
TEL　(02) 8647-3663
FAX　(02) 8647-3660

懶人日語單字：舉一反三的日語單字書

雅致風靡　典藏文化

親愛的顧客您好，感謝您購買這本書。

為了提供您更好的服務品質，煩請填寫下列回函資料，您的支持
是我們最大的動力。

您可以選擇傳真、掃描或用本公司準備的免郵回函寄回，謝謝。

姓名：	性別：　□男　□女
出生日期：　年　月　日　電話：	
學歷：　　　　　職業：　□男　□女	
E-mail：	
地址：□□□	
從何得知本書消息：□逛書店 □朋友推薦 □DM廣告 □網路雜誌	
購買本書動機：□封面 □書名 □排版 □內容 □價格便宜	
你對本書的意見： 內容：□滿意□尚可□待改進　編輯：□滿意□尚可□待改進 封面：□滿意□尚可□待改進　定價：□滿意□尚可□待改進	
其他建議：	

經銷：永續圖書有限公司

永續圖書線上購物網
www.foreverbooks.com.tw

您可以使用以下方式將回函寄回。

您的回覆，是我們進步的最大動力，謝謝。

① 使用本公司準備的免郵回函寄回。

② 傳真電話：（02）8647-3660

③ 掃描圖檔寄到電子信箱：

　　yungjiuh@ms45.hinet.net

沿此線對折後寄回，謝謝。

廣 告 回 信
基隆郵局登記證
基隆廣字第056號

2 2 1 - 0 3

 雅典文化事業有限公司　收
新北市汐止區大同路三段194號9樓之1

雅致風韋　典藏文化